〈김광순 소장 필사본 고소설 100선〉

정각록 · 장선생전

역주 김광순金光淳

대구출생. 경북고, 경북대, 경북대 대학원을 졸업. 1965년 계명대, 영남대, 경북대 강사, 1971년 경북대 교수, 1980년 문학박사, 중화민국 한학연구중심 객원교수, 중국문화대 초빙교수, 국어국문학회상임이사, 한국어문학회장, 한국고소설학회장, 한국문학언어학회장, 동방한문학회장, 국제퇴계학회대구경북회장, 퇴계연구소장, 영남퇴계학회 및 국제퇴계학회이사, 한국국학연구원 자문위원, 전국대학신문주간교수협의회장, 대구 · 경북도문화재위원을 역임했다. ○현재 퇴계학진흥협의회이사, 경북대학교명예교수, 중국옌볜대학교겸직교수, 택민국학연구원장이다. ○수상 3.1문화상, 아카데미학술상, 대구광역시문화상, 경북대학술상, 경북대우수저작상. 홍조근정훈장을 받았다. ○학술논저『고소설사』등 62권, 편저『한국고소설전집』등 84권, 번역서『천군연의』등 24권. 수필집『하늘로흐르는강』등 총 174권을 간행했다. ○연구논문〈춘향전근원설화의 연구사적 검토(국어국문학회)〉등 기타 논문 다수, 비문〈임진왜란 구국공신 의병도대장 김면 장군 전적비〉등 58점을 썼다. ○학술발표〈시조신화의 양상〉(국어국문학회) 등 국내 42회, 〈朝鮮朝儒學者小說觀〉(中國孔孟筍思想國際學術研討會)등 국외 14회를 발표했다.

택민국학연구원 연구총서 51
〈김광순 소장 필사본 고소설 100선〉

정각록 · 장선생전

초판 인쇄 2019년 12월 20일
초판 발행 2019년 12월 31일

발행인 비영리법인 택민국학연구원장
역주자 김광순
주 소 대구시 동구 아양로 174 금광빌딩 4층
홈페이지 http://www.taekmin.co.kr

발행처 (주)박이정
　　　　대표 박찬익 ❙ 편집장 한병순 ❙ 책임편집 정봉선
주 소 서울시 동대문구 천호대로 16가길 4
전 화 02) 922-1192~3 ❙ 팩스 02) 928-4683
홈페이지 www.pjbook.com ❙ **이메일** pijbook@naver.com
등 록 2014년 8월 22일 제305-2014-000028호

ISBN 979-11-5848-545-0 (94810)
ISBN 979-11-5848-544-3 (세트)

* 책값은 뒤표지에 있습니다.

택민국학연구원 연구총서 51

김광순 소장 필사본 고소설 100선

정각록 · 장선생전

김광순 역주

(주)박이정

  21세기를 '문화 시대'라 한다. 문화와 관련된 정보와 지식이 고부가가치를 지니기 때문에, '문화 시대'라는 말을 과장이라 할 수 없다. 이러한 '문화 시대'에서 빈번히 들을 수 있는 용어가 '문화산업'이다. 문화산업이란 문화 생산물이나 서비스를 상품으로 만드는 산업 형태를 가리키는데, 문화가 산업 형태를 지니는 이상 문화는 상품으로서 생산·판매·유통 과정을 밟게 된다. 경제가 발전하고 삶의 질에 관심을 가질수록 문화 산업화는 가속도가 붙을 것이다.

  문화가 상품의 생산 과정을 밟기 위해서는 참신한 재료가 공급되어야한다. 지금까지 없었던 것을 만들어낼 수도 있으나, 온고지신溫故知新의 정신으로 오랜 세월에 걸쳐 그 훌륭함이 증명된 고전 작품을 돌아봄으로써 내실부터 다져야 한다. 고전적 가치를 현대적 감각으로 재현하여 대중에게 내놓을 때, 과거의 문화는 살아 있는 문화로 발돋움한다. 조상들이 쌓아온 문화유산을 소중히 여기고, 그 속에서 가치를 발굴해야만 문화 산업화는 외국 것의 모방이 아닌 진정한 우리의 것이 될 수 있다.

  이제 고소설에서 그러한 가치를 발굴함으로써 문화 산업화 대열에 합류하고자 한다. 소설은 당대에 창작되고 유통되던 시대의 가치관과 사고 체계를 반드시 담는 법이니, 고소설이라고 해서 예외일 수는 없다. 고소설을 스토리텔링, 영화, 드라마, 애니메이션, CD 등 새로운 문화 상품으로 재생산하기 위해서는 문화생산자들이 쉽게 접하고 이해할 수 있게끔 고소설을 현대어로 옮기는 작업이 선행되어야 한다.

고소설의 대부분은 필사본 형태로 전한다. 한지韓紙에 필사자가 개성 있는 독특한 흘림체 붓글씨로 썼기 때문에 필사본이라 한다. 필사본 고소설을 현대어로 옮기는 작업은 쉽지않다. 필사본 고소설 대부분이 붓으로 흘려 쓴 글자인 데다 띄어쓰기가 없고, 오자誤字와 탈자脫字가 많으며, 보존과 관리 부실로 인해 온전하게 전승되지 못하는 경우가 많다. 그뿐만 아니라, 이미 사라진 옛말은 물론이고, 필사자 거주지역의 방언이 뒤섞여 있고, 고사성어나 유학의 경전 용어와 고도의 소양이 담긴 한자어가 고어체古語体로 적혀 있어서, 전공자조차도 난감할 때가 있다. 이러한 이유로, 고전적 가치가 있는 고소설을 엄선하고 유능한 집필진을 꾸려 고소설 번역 사업에 적극적으로 헌신하고자 한다.

　필자는 대학 강단에서 40년 동안 강의하면서 고소설을 수집해 왔다. 고소설이 있는 곳이라면 주저하지 않고 어디든지 찾아가서 발품을 팔았고, 마침내 487종(복사본 포함)의 고소설을 수집할 수 있게 되었다. 필사본 고소설이 소중하다고 하여 내어놓기를 주저할 때는 그 자리에서 필사筆寫하거나 복사를 하고 소장자에게 돌려주기도 했다. 그렇게라도 하지 않았다면 지금쯤 벽지나 휴지의 재료가 되어 소실되었을 가능성이 크다. 본인이 소장하고 있는 작품 중에는 고소설로서 문학적 수준이 높은 작품이 다수 포함되어 있고 이들 중에는 학계에도 알려지지 않은 유일본과 희귀본도 있다. 필자 소장 487종을 연구원들이 검토하여 100종을 선택하였으니, 이를 〈김광순 소장 필사본 고소설 100선〉이라 이름 한 것이다.

　〈김광순 소장 필사본 고소설 100선〉 제1차 역주본 8권에 대한 학자들의 〈서평〉만 보더라도 그 의의가 얼마나 큰 지를 알 수 있다. 한국고소설학회 전회장 건국대 명예교수 김현룡박사는 『고소설연구』(한국고소설학회) 제39집에서 "아직까지 연구된 적이 없는 작품들이 다수 포함되어 있어서 앞으로 국문학연구에 크게 기여할 것"이라 했고, 국민대 명예교수 조희웅박사는『고전문학연구』(한국고전문학회) 제47집에서 "문학적인 수준이 높거나 학계에 알려지지 않은 유일본과 희귀본 100종만을 골라 번역했다"고 극찬했다. 고려대 명예교수 설중환박사는『국학연구론총』(택민국학연구원) 제15집에서 "한국문화의 세계화라는 토대를 쌓음으로써 한국문학에 크게 기여할 것이라"고 했다. 제2차 역주본 8권에 대한 학자들의 서평을 보면, 한국고소설학회 전회장 건국대 명예교수 김현룡박사는『국학연구론총』(택민국학연구원) 제18집에서 "총서에 실린 새로운 작품들은 우리 고소설 학계의 현실에 커다란 활력소가 될 것"이라고 했고, 고려대 명예교수 설중환박사는『고소설연구』(한국고소설학회) 제41집에서 〈승호상송기〉, 〈양추밀전〉 등은 학계에 처음 소개하는 유일본으로 고전문학에서의 가치는 매우 크다"라고 했다. 영남대 교육대학원 교수 신태수박사는『동아인문학』(동아인문학회) 31집에서 전통시대의 대중이 향수하던 고소설을 현대의 대중에게 되돌려준다는 점과 학문분야의 지평을 넓히고 활력을 불어 넣는다고 하면서 "조상이 물려준 귀중한 문화재를 더 이상 훼손되지 않도록 갈무리 할 수 있는 문학관 건립이 화급하다"고 했다.

언론계의 반응 또한 뜨거웠다. 매스컴과 신문에서 역주사업에 대한 찬사가 쏟아졌다. 언론계의 찬사를 소개해 보면 다음과 같다. 조선일보(2017.2.8)의 경우는 "古小說, 일반인도 쉽게 읽을 수 있도록"이라는 제목에서 "우리 문학의 뿌리를 살리는 길"이라고 극찬했고, 매일신문(2017.1.25)의 경우는 "고소설 현대어 번역 新문화상품"이라는 제목에서 "희귀·유일본 100선 번역사업, 영화·만화 재생산 토대 마련"이라고 극찬했다. 영남일보(2017.1.27)의 경우는 "김광순 소장 필사본 고소설 100선 3차 역주본 8권 출간"이라는 제목에서 "문화상품 토대 마련의 길잡이"이라고 극찬했고, 대구일보(2017.1.23)의 경우는 "대구에 고소설 박물관 세우는 것이 꿈"이라는 제목에서 "지역 방언·고어로 기록된 필사본 현대어 번역"이라고 극찬했다.

이런 극찬은 학계에서도 그대로 입증되었다. 2018년 10월 12일 전국학술대회 및 고소설 전시에서 "〈김광순소장 필사본 고소설100선〉 역주본의 인문학적 활용과 문학사적 위상"이란 주제로 조희웅(국민대), 신해진(전남대), 백운용(경북대), 권영호(경북대), 신태수(영남대)교수가 발표하고, 송진한(전남대), 안영훈(경희대), 소인호(청주대), 서인석(영남대), 김재웅(경북대)교수가 토론하였으며 김동협(동국대), 최은숙(경북대)교수가 사회를, 설중환(고려대)교수가 좌장을 맡아 진행했다. 이들 교수들은 역주본의 인문학적 활용과 가치를 높이 평가했고, 소설문학연구에 새로운 영역을 개척, 문학사적 가치와 위상이 매우 높고 크다고 평가했다. 이날 〈김광순소장 필사본 고소설 전시회〉를 강영숙(경북대), 백운용(경북대), 박진아(안동대)간사가 개최하여 크게 관심을 끌었다.

역주사업을 중심으로 하여 이와 같은 평가가 이어졌지만, 역주사업이 전부일 수는 없다. 역주사업도 중요하지만, 고소설 보존은 더욱 중요하다. 고소설이 보존되어야 역주사업도 가능해지기 때문이다.

고소설의 보존이 어째서 얼마나 중요한지는 『금오신화』 하나만으로도 설명할 수 있다. 『금오신화』는 임진왜란 이전까지는 조선 사람들에게 읽히고 유통되었다. 최근 중국 대련도서관 소장 『금오신화』가 그 좋은 근거이다. 문제는 임란 이후로 자취를 감추었다는 데 있다. 우암 송시열도 『금오신화』를 얻어서 읽을 수 없었다고 할 정도이니, 임란 이후에는 유통이 끊어졌다고 해야 할 것이다. 그럼에도 『금오신화』가 잘 알려진 데는 이유가 있다. 작자 김시습이 경주 남산 용장사에서 창작하여 석실에 두었던 『금오신화』가 어느 경로를 통해 일본으로 반출되어 몇 차례 출판되었기 때문이다. 육당 최남선이 일본에서 출판된 대총본 『금오신화』를 우리나라로 역수입하여 1927년 『계명』 19호에 수록함으로써 비로소 한국에 알려졌다. 『금오신화』 권미卷尾에 "서갑집후書甲集後"라는 기록으로 보면 현존 『금오신화』가 을乙집과 병丙집도 있었으리라 추정되니, 현존 『금오신화』

5편이 전부가 아닐 가능성이 높다. 귀중한 문화유산이 방치되다 일부 소실되는 지경에까지 이르렀으니, 한국인으로서 부끄럽기 그지없다.

이런 문제를 해결하기 위해서는 필사본 고소설을 보존하고 문화산업에 활용할 수 있는 '고소설 문학관'이 건립되어야 한다. 고소설 문학관은 한국 작품이 외국으로 유출되지 못하도록 할 뿐 아니라 개인이 소장하면서 훼손되고 있는 필사본 고소설을 체계적으로 관리하는 데 크게 기여할 수 있다.

현재 가사를 보존하는 '한국가사 문학관'은 있지만, 고소설의 경우에는 그와 같은 시설이 전국 어느 곳에도 없으므로, '고소설 문학관' 건립은 화급을 다투는 일이다.

고소설 문학관은 영남에, 그 중에서도 대구에 건립되어야 한다. 본격적인 한국 최초의 소설은 김시습의 『금오신화』로서 경주 남산 용장사에서 창작되었음을 상기할 필요가 있다. 경주는 영남권역이고 영남권역 문화의 중심지는 대구이기 때문에, 고소설 문학관은 대구에 건립되어야 한다. 고소설 문학관 건립을 통해 대구가 한국 문화 산업의 웅도이며 문화산업을 선도하는 요람이 될 것을 확신하는 바이다.

2019년 11월 1일

경북대학교명예교수 · 중국옌볜대학교겸직교수
택민국학연구원장 문학박사 김 광 순

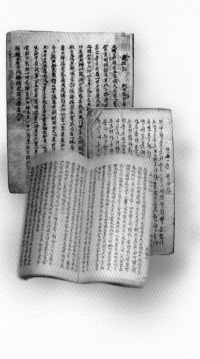

일러두기

1. 해제를 앞에 두어 독자의 이해를 돕도록 하고, 이어서 현대어역과 원문을 차례로 수록하였다.

2. 해제와 현대어역의 제목은 현대어로 옮긴 것으로 하고, 원문의 제목은 원문 그대로 표기하였다.

3. 현대어 번역은 김광순 소장 필사본 한국고소설 487종에서 정선한 〈김광순 소장 필사본 고소설 100선〉을 대본으로 하였다.

4. 현대어역은 독자들이 쉽게 이해할 수 있도록 한글 맞춤법에 맞게 의역하는 것을 원칙으로 하고, 어려운 한자어에는 한자를 병기하였다. 낙장 낙자일 경우 타본을 참조하여 의역하였다.

5. 화제를 돌이어 딴말을 꺼낼 때 쓰는 각설却說·화설話說·차설且說 등은 가능한 적당한 접속어로 변경 또는 한 행을 띄움으로 이를 대신할 수 있도록 하였다.

6. 낙장과 낙자가 있을 경우 다른 이본을 참조하여 원문을 보완하였고, 이본을 참조해도 판독이 어려울 경우 그 사실을 각주로 밝히고, 그래도 원문의 판독이 불가능한 경우에만 □로 표시하였다.

7. 고사성어와 난해한 어휘는 본문에서 풀어쓰고 , 그렇지 않은 경우에는 각주를 달아서 참고하도록 하였다.

8. 원문은 고어 형태대로 옮기되, 연구를 돕기 위해 띄어쓰기만 하고 원문 쪽수를 숫자로 표기하였다.

9. '해제'와 '현대어'의 표제어는 현대어로 번역한 작품명을 따라 쓰고, 원문의 제목은 원문제목 그대로 표기한다. 한자가 필요할 경우에는 한글 아래 괄호없이 한자를 병기 하였다.

　　예문 1) 이백李白 : 중국 당나라 시인. 자는 태백太白, 호는 청련거사青蓮居士 중국 촉蜀땅 쓰촨[四川] 출생. 두보杜甫와 함께 시종詩宗이라 함.

10. 문장 부호의 사용은 다음과 같다.

　　1) 큰 따옴표(" ") : 직접 인용, 대화, 장명章名.

　　2) 작은 따옴표(' ') : 간접 인용, 인물의 생각, 독백.

　　3) 『 』 : 책명册名.

　　4) 「 」 : 편명篇名.

　　5) 〈 〉 : 작품명.

　　6) [ ] : 표제어와 그 한자어 음이 다른 경우.

목차

제1부 정각록

제2부 장선생전

청각록

Ⅰ. 〈정각록〉 해제

　원문의 〈뎡각녹〉[1]은 현대어
로 표기하면 〈정각록〉이다. 성은
정鄭씨이고 벼슬은 각로閣老이니
'정각로의 기록'이란 뜻에서 현대
어로서 〈정각록〉이라 했다. 그래
서 이 작품의 해제와 현대어역에
서는 〈정각록〉[2]이라 부르기로
한다. 〈정각록〉은 현재까지 알려
지지 않은 여걸계 창작군담소설
이다.

〈정각록〉

　〈정각록〉을 〈정비전〉과 비교해 보면 배경이나 주인공이 다
른 이름으로 등장하지만, 유사한 프롯을 지니고 있는 것도 주목
할 만하다. 그렇다고 이야기의 구성이 유사하다고 같은 작품이
라 보기도 어렵다.

　〈뎡각녹〉은 〈김광순 소장 필사본 고소설 487종〉 중의 하나

---

1) 〈뎡각녹〉은 '정각노의 기록'이란 뜻이다. 정鄭은 성이고 각노閣老는 내각의
　원로. 중국 명나라 때, '재상'을 이르던 말인데, 이 작품에서는 정소저 아버
　지의 벼슬이 각노閣老이니 '정각노鄭閣老의 기록'이란 뜻이다. 따라서 이
　소설 원래의 제목 〈뎡각녹〉은 '정각노의 기록'이란 뜻으로 원문은 〈뎡각녹〉
　그대로 쓰고, 현대어로서 성씨가 〈정〉, 벼슬이 〈각노〉이니, '정각노의 기록'
　이란 뜻에서 〈정각록〉이라 한 것으로 보인다.

로서 〈김광순소장 필사본 고소설 100선〉에 선정된 작품이다.

그래서 〈뎡각녹〉은 학계에 처음 소개되는 작품으로, 세로 33cm 가로 18cm의 한지에 총 89면 각면 11행, 각 행 평균 21자로서 정자체와 흘림체를 혼용하여 씌어진 한글본으로 전하고 있다.

지금까지 발굴된 〈정비전〉의 이본은 매우 많지만 〈뎡각녹〉이라 씌어 전하는 작품으로서는 유일본이다.

따라서 신발굴이란 측면에서 보면 소설사에서 매우 중요한 작품이라 할 수 있다. 그래서 〈정각록〉의 서사적 의미를 찾아보고 이 작품이 우리 소설사에서 어떤 의미를 지니고 있는지를 살펴봄으로서 이 작품을 처음 접하는 독자들에게 소설을 읽고 이해하는데 도움을 주고자 한다.

〈정각록〉에 나타나는 서사적 의미는 다음과 같다.

첫째 여권 신장에 주안점을 두고 있는 기록물로 소설의 형식을 지니고 있다.

〈정각록〉의 수평적 갈등 구조와 수직적 갈등 구조의 서사적 대결 구도에서 위기 타파는 정소저의 지혜와 힘에 의해 성취된다. 따라서 이 작품에는 시종 여권 신장은 말할 것도 없고 여성 우위의 작가 의식이 내재되어 있음을 볼 수 있다.

조선시대의 여성은 유교 윤리에 의한 구속 때문에 전례가 없는 불리한 위치에 놓여 있었다. 생업에 종사하기 위해 불가피

한 경우가 아니면 심규深閨에 갇혀 있어야 했고, 자신의 의사와
는 관계없이 혼인하고, 정해져 있는 도리에 따라 시부모를 섬기
며 남편을 따르는 것을 생명보다 중하게 여겨야 했다. 그러나
남존여비의 규범이 바로 생활이나 의식의 실상일 수는 없었다.
억누를 수 없는 욕구를 지니고 시름하면서 부당한 구속에서
벗어날 것을 염원하는 여성들에게는 다행히 소설이 있어서 상
상을 통해 유교적인 규범과 질곡桎梏에서 벗어나 남녀의 지위를
역전시키는 것을 간접적이나마 경험할 수 있게 되었다.

이 작품도 이와 같은 시각에서 보면 여권 신장은 물론이고,
여성 우위의 작가의식에서 창작된 것이라고 할 수 있다.

수평적 갈등의 해결 과정부터 보자.

양경은 강제로 정소저를 며느리로 삼기 위해 방해물인 정소
저의 부친 정욱을 일부러 변방 전쟁터로 보낸다. 늑혼勒婚의
위기에 처한 정소저는 죽은 것으로 위장하여 위기를 모면한다.

이렇게 하여 정소저가 죽은 줄 알고 양경이 돌아감으로써
정소저는 위기에서 벗어난다. 작자는 정소저의 지혜로 양경·양
음과 정욱·정소저의 수평적 갈등을 해결하는 서사적 대결과정에
서 여권신장의 의미를 잘 나타내고 있다.

또한 수직적 갈등의 해결 과정을 보면 여성 우위의 창작의식
이 핍진하게 드러나고 있다. 수직적 갈등에서는 시서모인 양귀
비와 태자비가 된 정비와의 갈등이 극에 이르는데, 양귀비는

태손까지 낳은 며느리 정비를 중상모략으로 축출한다. 정비는 태손을 낳은 후 사약을 받으나 죽음을 가장하고 궁 밖으로 피신한다. 태자는 정비가 살아 있음을 알고 은밀히 만나지만, 이를 들킬 것을 염려하여 정비는 궁을 빠져나가서 이원중의 집에 머무르며 병서兵書와 무예武藝를 익힌다. 뒤이어 양씨 일족이 반란을 일으켜 천하가 위태로워지자 정비가 출전해 반군을 무찌르고 천자와 국가를 구한다.

정비는 반란을 평정한 후 양경을 벌하고 강문창, 이원중, 정욱 등 충신들이 벼슬을 받도록 한다.

이와 같이 정비는 남성보다 뛰어난 지혜와 힘을 발휘하는 영웅적 여인상을 보여 줌으로써 여권신장은 물론이고 여성 우위를 나타내고자 하는 작가의 의도가 두 갈등의 해결 양상에서 핍진하게 그려져 있다. 따라서 〈정각록〉은 봉건 유교의 관습 때문에 심규深閨에 갇혀 구속과 질곡桎梏 속에서 한 많은 삶을 살아가던 당시 여인들에게 소설을 통해 간접적이지만 여성의 우세한 힘을 보임으로써 카타르시스를 할 수 있도록 창작되었으리라고 짐작된다.

둘째 황실의 권위 실추에 역점을 두고 있다.

수평적 갈등과 수직적 갈등의 해결 과정의 서사적 대결 구도에서 보면, 〈정각록〉은 주인공 측을 충신으로 표방하고 이에 맞서는 세력을 간신으로 설정하여, 간신의 모함으로 실세하고 몰락했던 충신이 국가를 위기에서 구출함으로써 세력을 회복하는 서사구조를 갖추고 있음을 알 수 있다.

이와 같은 작품의 양상은 조선조 당쟁으로 인한 권력다툼의 모습과 상통하는 것으로 볼 수 있다. 어느 조정에서나 권력다툼이 있었고 승자와 패자가 있었다. 국가의 이익보다 파당의 권익을 우선하고 군신의 의리보다 동지간의 정의를 중시하는 등, 당쟁의 폐단이 조선조에는 더욱 심했다.

이와 같은 정치 현실에서 평민이 된 권귀층은 선대의 부귀영화를 동경했지만 현실적으로는 권좌 만회가 불가능함을 알고, 그들의 소망을 소설에 투영시켜 〈정각록〉과 같은 서사구조의 소설을 창작했다고 볼 수 있다.

〈정각록〉에서는 시종일관 무능한 왕권을 규탄하는 의식과 왕권이 실추 된 모습이 핍진하게 나타나고 있다. 황상은 간신의 계략에 속아 충신을 변방 전쟁터로 보내고, 후궁의 모함만 믿고 며느리에게 사약을 내리며, 간언하는 황후와 태자를 내치는 등 계속해서 실수를 범한다. 따라서 황실의 무능함이 핍진하게 폭로되어 그 권위는 여지없이 실추되고 있다.

한편으로 태자는 여장을 해서 정소저에게 접근하여 구혼한다. 황실의 태자가 여복으로 변장까지 하여 구혼하는 모습과 그리고 정비가 황상을 구출한 후 양경 일파를 처단하고, 자신과 연고가 있는 충신들을 복권시켜 높은 벼슬을 내리는 것은 황실의 권위를 실추시키려는 작가의 의도에서 나온 것이라 할 수 있다.

따라서 『정각록』은 조선조 당시 양반층이 무능한 왕권에 대해 증오했던 감정을 소설로 형상화시킨 것으로 볼 수 있다. 다시 말하면 정치적 문제로 원한이 사무쳤던 몰락 양반층이 반대 당파에 대해 가졌던 증오심을 형상화한 것이라 할 수 있다.

이것으로 미루어 보면 〈정각록〉은 정치적 문제로 원한이 사무쳤던 계층의 의식과 연결될 수 있어서, 이 작품의 작자는 권력층의 횡포에 원한이 맺히고 울분이 쌓였던 인물로서 황실의 권위를 실추시키려는 의도가 있었던 것으로 추정된다.

셋재, 개인 능력 중시를 엿볼 수 있다.

정소저와 양씨 일문 사이에서 벌어지는 궁중 안팎의 수평적 갈등과 수직적 갈등은 결국 양씨 일문이 일으킨 반란을 정소저가 진압함으로써 해결된다.

양경과 양귀비 등 양씨 일문의 사람들은 정소저에 비해 개인적 능력이 뒤떨어진다. 그런데도 불구하고 늑혼勒婚을 강요하거나 모함하는 등의 수법으로 양씨 일문이 정소저를 억압할 수 있는 이유는 가문의 배경 때문이다. 양귀비는 천자의 후궁으로서 천자의 후광을 받고 있고, 양경은 양귀비의 후광을 받고 있다.

반면에 정욱이 전쟁터로 쫓겨간 후 정소저는 처음부터 끝까지 철저하게 자신의 능력만으로 여러 가지의 위기를 극복한다. 정소저의 부친인 정욱 또한 궁중의 중신임에도 불구하고 어려움을 해결하는 데는 전혀 도움이 되지 못한다. 태자가 정소저에게 자신의 비妃가 되기를 권할 때도 정소저는 혼인으로써 자신의 입장을 강화하고 양씨 일문에 대항할 생각을 전혀 하지 않는다.

실제로 정소저는 태자비가 된 후에도 남편인 태자의 도움을 전혀 받지 못하며 양귀비로부터 모함을 당하게 되자 변명할 여지도 없이 쫓겨나고, 며느리로서 집안의 대를 이을 아들을 낳았는데도 사약을 받는다. 정소저가 양씨 일문과 싸워 이기고 부친을 전쟁터에서 돌아오게 한 것은 오로지 양씨 일문의 반란에 직접 출전하여 진압한 정소저 개인의 능력이다.

넷째, 개인 능력 중시 의식과 분수에 맞는 실리 추구에 있다.

가문이나 혼인 관계 같은 배경에 의존하지 않고 개인의 역량으로 모든 위기를 극복하고자 하는 개인 능력 중시 의식과 함께 나타나는 것이 분수에 맞는 실리 추구 의식이다.

양경이 구혼했을 때, 매파는 양씨 일문의 부귀영화를 함께 누리자고 권하지만 정욱은 정소저에게 걸맞는 능력을 지닌 배필을 구할 것만 생각할 뿐 헛된 부귀영화를 거절함으로써 부귀영화보다 분수에 맞는 실리를 추구한다.

정욱 뿐 아니라 정소저 자신도 태자가 환심을 사고자 황금과 백옥, 구슬, 비단 등 진귀한 보물을 선물했을 때 신분에 맞지 않다 하여 거절한다. 또한 태자가 구혼했을 때도 정소저는 궁중의 부귀를 원치 않는다고 거절하는데, 이러한 서사구조에서 분수에 맞는 실리 추구의 의미가 내재해 있음을 알 수 있다.

이처럼 정소저는 모두가 부러워할 만한 부귀영화를 누리기에 앞서 그 부귀가 자신의 신분이나 역량에 어울리는지를 먼저 생각하고 그렇지 않다고 판단하면 처음부터 욕심을 내지 않았다. 이는 가문 등의 배경에 의존하지 않고 개인의 역량을 추구하는 것과 함께, 개인의 그릇을 알고 분에 넘치는 것을 원하지 않는 실리 추구 의식을 드러낸 것이라 할 수 있다.

이상과 같은 서사적 의미를 지닌 〈정각록〉의 소설사적 위상은 어떠한가?

명나라 황실을 배경으로 사건이 수평적 갈등에서 수직적 갈등으로 변모 전개되는 서사적 대결구조이다. 여주인공인 정소저와 태자의 결연을 중심으로 보면 애정소설로 볼 수도 있지만, 전체적인 서사적 대결구조로 보면 간신의 흉계로 이별한 부친과 재회하기 위한 주인공 정소저의 영웅적 활약담이므로 군담소설, 그 가운데서도 여걸계 창작군담소설이라 할 수 있다.

창작군담소설은 조선조 후기에 유행했던 고소설로서 주인공이 전쟁을 통하여 영웅적 활약을 전개하는 일련의 작품군을 지칭하는데, 이 가운데 여성이 주인공이 되어 전개되는 소설을 여걸계 창작군담소설이라 일컫는다. 〈정각록〉은 몇 편 되지 않는 여걸계 창작군담소설의 하나로서 한국소설사상 중요한 위상를 지니고 있다고 할 수 있다.

조선조 군담소설은 그 소재의 원천에 따라서 역사군담, 창작 군담, 번역 및 번안군담으로 세분되는데, 〈정각록〉은 실제 역사 와는 무관한 가공적인 사건을 꾸며낸 것이므로 여걸계 창작군 담소설이라 할 수 있다. 창작군담소설은 가상적 인물의 전쟁담 으로, 대부분의 작품이 공식적인 서사적 대결구조로 구성되어 있다.

창작군담소설은 대체로 다음과 같은 14개의 플롯으로 구성 되어 있으니, (1) 주인공의 가문, (2) 기자치성, (3) 주인공의 전생 신분, (4) 주인공의 시련, (5) 주인공의 양육자, (6) 주인공 의 박해, (7) 주인공의 구출자, (8) 주인공의 결연, (9) 국가의 전란, (10) 주인공의 진출, (11) 주인공의 공로, (12) 주인공의 복수, (13) 가족과의 재회, (14) 주인공의 죽음이3) 그것이다. 〈정각록〉은 이들 14가지 플롯 가운데 (2), (3), (8)을 제외한 11개의 플롯과 일치하고 있어 창작군담소설의 구성을 지닌 작 품으로 간주된다.

창작군담소설의 주인공은 대체로 권문세가의 외아들이며 부 모가 치성을 들여 낳은 인물이다.주인공은 난리를 만나거나 간신의 참소로 부모 곁을 떠나 고난을 겪게 되지만 도사에게 구출되어 도술과 병법을 배운다. 이 때 국가는 전란으로 위기를

---

3) 서대석 : 〈군담소설의 구조와 배경〉,이화여대 출판부,1985참조.

맞게 되고, 주인공은 영웅적 활약을 전개하여 전란을 평정하고 높은 벼슬에 오르며 헤어졌던 가족을 만나 가정을 되찾고 부귀영화를 누린다는 이야기로 전개되는 것이 상례이다. 〈정각록〉은 주인공이 남성이 아니라 여성이라는 점만 다를 뿐 같은 서사구조의 이야기이다.

이러한 공통적인 내용은 작품에 따라 세부적으로는 많은 차이를 보인다. 전술한 14개의 항목 중에서도 (4) 주인공의 시련, (6) 주인공의 박해, (9) 국가의 전란, (11) 주인공의 공로, (12) 주인공의 복수 등 5개 항목을 중심으로 다시 분류하여 창작군담소설의 하위 유형을 외적과 대결하는 〈소대성전〉 유형, 국가 내적인 간신과 대결하는 〈유충렬전〉 유형, 창업하는 새로운 인물을 도와 구왕권과 대결하는 〈장백전〉 유형의 세 가지로 나누고 있다. 이에 따라 〈정각록〉의 소설사적 위상을 구체적으로 분류해 보면, 정소저가 국가 내적인 간신 양경과 양귀비와 대결하는 서사구조를 지니고 있기 때문에 〈유충렬전〉 유형에 속하는 여걸계 창작군담소설이라 할 수 있다.

창작군담소설 중에서도 여성이 전쟁에 참여하여 영웅적 면모를 보여주는 소설로는 〈이대봉전〉, 〈유문성전〉, 〈황운전〉, 〈홍계월전〉 등이 있는데, 이러한 창작군담소설을 여걸소설 혹은 여걸계 창작군담소설, 여장군형 창작군담소설이라 부른다. 그러나 여성 혼자 영웅적 활약을 하는 것이 아니고, 대체로 배우자인 남성과 함께 전쟁을 수행하는 경우가 많다. 따라서 이들 작품은 남주인공과 여주인공의 생애가 병렬적으로 나타나는 서사구조를 지니고 있다. 남주인공 중심의 군담소설이 단선적 서사구조를 보인다면, 여성영웅이 등장하는 소설은 복선적, 병렬적 서사구조로 전개된다.

그리고 남녀 주인공이 모두 전쟁에 참여하는 경우에는 전쟁 수행 능력에서 우열이 나타나는 것이 보통이다. 여성영웅이 남성 영웅과 같은 능력을 발휘하는 〈이대봉전〉, 초반에 여성이 우월한 존재로 부각되었다가 후반에 남성 중심으로 바뀌는 〈황운전〉, 〈유문성전〉, 처음부터 여성이 우월한 위치에서 남성을 지배하는 〈홍계월전〉 등이 있다.

그런데 〈정각록〉에는 정소저의 영웅적 능력과 비교할 남자

〈정각록〉

주인공이 설정되어 있지 않다. 정소저의 남편인 태자는 전쟁과 내정 유충렬전 유형의 소설이고 여걸계 창작군담소설이지만, 기존의 하위 유형 어디에도 속하지 않는 새로운 서사적 대결구조를 지니고 있다.

그래서 〈정각록〉은 기존에 없었던 여성 단독형 여걸계 창작 군담소설로서 한국 고소설사에서 매우 귀중한 작품으로 그 가

치가 매우 크다고 할 수 있다[4].

특히 조선시대의 여성들은 유교 윤리에 의한 구속 때문에 전례 없이 불리한 처지에 놓여 있었다. 간혹 생업에 종사하기 위해 불가피한 경우가 아니면 심규深閨에 갇혀 있어야 했고, 자기 의사와는 관계없이 혼인하여 정해져 있는 도리대로 시부모를 섬기고 남편을 따르는 것을 자신의 생명보다 중시해야 했다. 억누를 수 없는 욕구를 지니고 시름하고 한탄하면서 부당한 구속과 질곡桎梏 속에서 벗어나고자 했던 여성들에게는 다행히 여걸계 창작군담소설이 있어서, 구속과 질곡桎梏에서 탈출하고 남녀의 지위 역전을 간접적이나마 경험할 수 있었다.

〈정각록〉에서 정비가 영웅적인 능력을 발휘하는 것은 이러한 맥락에서 창작되어 여성독자들에게 수용되었을 것이다. 남성들의 열등함을 부각하고 여성이 남성을 지배하는 것은 조선조 남성 중심의 사회에서 누적되었던 여성의 불만이 표출된 것이다.

〈정각록〉은 바로 이러한 맥락에서 창작되어 독자들에게 수용되었고, 특히 여성독자들에게 찬사를 받았으리라 생각된다.

따라서, 남존여비사상이 팽배해 있던 시대임에도 불구하고 정소저가 뛰어난 지혜와 무예武藝로 남성으로서도 극복하기 어려운 전쟁을 승리로 이끌어 위기에 처해 있던 황실을 구출하고

---

4) 김광순 : 『오일론심기. 명각녹연구』, 박이정 , 2006 참조.

기울어져 가는 나라를 구하는 것은 여권신장은 물론이고 여성 우위의 의식에서 창작된 것이다.

이는 기득권을 쥐고 있는 남성층의 대표격인 황실의 권위를 여지없이 실추시킨다. 또한 정소저는 막강한 황실과 권문세가의 배경보다는 개인의 능력을 중시하였고, 부귀영화보다는 분수에 맞는 실리추구를 삶의 지표로 삼았다.

이는 당시의 여성뿐 아니라 모든 독자들에게 여성 우위의 사고관과 올곧은 인생관을 심어주려는 작가의 창작의식을 반영한 것이라고 볼 수 있다. 따라서 이 작품은 조선 후기 여권신장 운동의 일환으로서도 소설사적 가치가 크다고 할 수 있어 한 번쯤 읽어 볼만한 작품이다.

Ⅱ.〈정각록〉 현대어역

황상의 정궁正宮[1]이 사내아이를 낳으셨는데 성질이 순화順和하시고 요순堯舜[2]의 성덕聖德을 갖추셨으며 문장은 명필이고 육률六律[3]에 통하시니 만조백관滿朝百官이 다 칭하稱賀하기를, 후일에 반드시 태평성군太平聖君이 되리라 하더라.

이때 황상의 후궁 양귀비의 오라비 이부상서吏部尙書 태학사太學士 양경이 불충不忠하여 당시 권신權臣으로 어진 사람을 멀리하고 좀스러운 사람을 가까이 하여 백성을 살해하니 진秦나라 조고趙高[4]와 송나라 진회秦檜[5] 같았다. 이에 조정을 원망하고 천하가 요란하여, 원망하는 백성이 하늘에 사무칠 정도이더라.

---

1) 정궁(正宮) : 예전에, 임금의 정실인 황후 또는 왕비를 이르던 말.
2) 요순堯舜 : 중국 부족국가 시기의 성군. 요임금과 순임금은 이상적인 정치를 베풀어 백성들을 평화롭게 살게 하여, 중국인들에게 요임금과 순임금은 가장 이상적인 천자상天子像으로 알려져 왔다.
3) 육률六律 : 음률音律의 통칭. 육률육려六律六呂의 줄임말. 동양의 음계는 십이율十二律로 이루어져 있는데 육률六律은 양성陽聲이며 육려六呂는 음성陰聲에 속한다.
4) 조고趙高, ?~BC 207 : 중국 진秦나라 때의 환관. 진시황秦始皇이 죽은 뒤 후계를 세울 때, 조서를 거짓 꾸며 시황제의 장자長子 부소扶蘇를 죽이고 우둔한 호해胡亥를 제 2세 황제로 즉위시킴. 이어 이사李斯를 죽이고 스스로 정승이 되어 온갖 횡포한 짓을 다했음. 2세에게 사슴을 바치고 말[馬]이라고 하니, 조신朝臣들도 두려워서 모두 이에 따랐다고 하는 지록위마指鹿爲馬 고사의 주인공이기도 함.
5) 진회秦檜, 1090~1155 : 중국 남송南宋의 정치가. 자는 회지會之 고종高宗의 신임을 받아 19년간 국정을 전단하였으며, 충신 악비岳飛를 죽이고 항전파抗戰派를 탄압했으며, 금金나라와 굴욕적인 강화講和를 체결했음. 민족적 영웅인 악비와 대비되어 간신奸臣으로 낙인이 찍힘.

그런데 이 양경이 정소저의 신선 같은 모습을 보고 제 아들과 구혼하려 하였다. 그러나 정소저의 아버지 정욱이 매파媒婆를 대하여 발연勃然 정색正色하여 말하기를,

"나의 여식은 하늘이 내리신 바라. 만일 뜻 같지 않으면 슬하에서 늙게 하리라. 어찌 범같은 양가楊家와 더불어 결혼할 수 있겠는가?"

매파가 대답하여 말하기를.

"학사學士는 신임하는 대신이요 그 아드님은 금군禁軍[6]인지라 다른 날 당당하게 옥당玉堂[7]에 들 수 있을 것입니다. 만일 노선생老先生의 말씀같이 하신다면 두 집안이 결혼하시어 다른 날 당당히 옥당玉堂의 영화를 누리리다."

공이 앙소仰笑하며 말하기를.

"내 어찌 영랑令郞[8]의 혁혁赫赫한 부귀를 바랄 사람이리오. 원컨대 다시 이렇게 하지 말라."

말을 마치고 소매를 떨치며 안으로 들어가 버렸다.

이에 학사가 크게 화를 내고 말하기를,

"내 스스로 계책이 있다."

이 때에 안남安南[9]과 교지交趾[10] 두 나라가 반란을 일으켜

---

6) 금군禁軍 : 예전에, 궁궐을 지키고 임금을 호위하며 경비하는 군대를 이르던 말.

7) 옥당玉堂 : '홍문관弘文館'을 달리 이르던 말.

8) 영랑令郞 : '남의 아들'의 경칭敬稱. 영식令息, 영자令子.

9) 안남安南 : 지금의 월남, 즉 베트남 지역을 가리킴.

바다를 육로로 삼아 대국으로 쳐들어온다 하거늘, 폐하 대경大
驚하시어 군신群臣을 모아 적을 막기를 의논하시는데, 이부상서
吏部尚書 태학사太學士 양경이 앞으로 썩 나서서 임금님께 아뢰
기를,

"이제 교지交趾와 안남安南 두 나라가 반란을 일으키어 쳐들어
오니 그 세력이 태산 같아 능히 대적하지 못할 것입니다. 승상丞
相 정욱에게 대원수 인장印을 주어 두 나라 적을 막게 하시고
구도참모九道參謀 벼슬을 주어 백성을 안정하게 하소서."

황상께서 옳다고 여기시어 즉시 명패命牌로 정욱을 부르시어
대원수 겸 참모관에 임명하시고 황제께서 물러가라 하시니 승
상이 왕명을 받들고 생각하되,

'양경이 나로 하여금 전장戰場에 보내고 딸과 겁혼劫婚하고자
함이라.

그러나 내 어찌 총애 받는 신하되어 사지死地를 사양하리오.'

황상께 은혜에 감사하며 이렇게 아뢰었다.

"신이 비록 나이는 많고 재주는 없사오나 진충갈력盡忠竭力하
여 적병을 격파하고 백성을 진무鎭撫하겠습니다."

상이 옳게 여기시어 어주御酒로 대접하였다.

승상이 이에 즉시 대원수의 인장을 받아 궐하闕下에서 하직下
直 숙배肅拜하고 진중陣中에 돌아왔다.

---

10) 교지交趾 : 중국 한나라 때의 군 이름. 지금의 월남 북부의 통킹. 하노이
지방.

그런데 군정軍政이 급급急急하여 바로 즉시 수십만 대병大兵을 거느려 전장으로 나아갔다. 이때 잠깐 틈을 내어 초가집에 이르러 여아女兒와 이별하였는데, 소저가 이때 이렇게 말하였다.

"양경이 반드시 소녀와 겁혼劫婚코자 함이라.

그러나 제게 자연 방비할 도리 있으리니 아버님은 걱정 마시고 만리萬里 진중陣中에서 귀체貴体를 보중保重하사 대공大功을 세우시고 빨리 돌아오소서."

승상이 슬퍼하며 탄식하여 말하기를,

"내 몸이 한 번 전장에 감에 생사生死을 어찌 기별하리오마는 모름지기 어진 군자를 구하여 평생의 대사大事를 그르치지 말고 일생을 편히 하여 조상의 제사를 그치지 말라.

그리하여 노부老父의 타국고혼他國孤魂을 위로하라"

말을 마치고 소저가 부친을 이별하고 목이 메어 눈물을 흘리니 가득한 눈물이 붉은 치마를 적시더라.

승상 대원수 정공이 진중으로 돌아와 삼군을 재촉하여 적진으로 행하더라.

이때에 양경이 또 매파를 각로閣老[11] 진중에 보내 구혼하며 이렇게 말하였다.

"이제 승상이 먼 곳에 가시고 다만 영애令愛 소저 홀로 계시니, 정회情懷 망극罔極한지라. 만일 허혼許婚하시면 다시 황상께 아

---

11) 각로閣老 : 내각의 원로. 중국 명나라 때, '재상'을 이르던 말.

뢰어 다른 사람으로 대신 가게 하리니 자세한 소식 주소서."

그러자 승상이 크게 화를 내며 이렇게 말하였다.

"무도한 것이 귀비 옥금의 권세權勢를 믿고 대신을 업신여겨 조롱嘲弄하니 어찌 분하지 않으리오. 내 비록 용렬庸劣하나 벼슬이 일국의 으뜸이오, 겸하여 각로閣老 벼슬을 하여 위로 임금을 섬기고 아래로 백성을 다스려 조금도 탐색호색貪色好色한 일이 없거늘 의롭지 못하게 재물을 탐내리오. 전장에서 죽을지언정 결혼하지 못하리로다."

좌우로 호령하여 매파를 끌어 내치게 하였다.

매파가 돌아가 사연을 전하자, 양경이 크게 화를 내며 말하였다.

"정공이 나간 즉시 그 여자를 탈취奪取하고 저의 머리를 베어 이 분함을 풀리라."

이때에 정소저가 유모, 시비侍婢와 함께 상의하여 이렇게 말하였다.

"양경이 가마를 가지고 나를 탈취하려고 올 것이니 너희가 밝혀 말하되,

'우리 소저 부친을 이별하시고 통곡하시다가 기운이 막혀 죽었다.'

고 하라."

그러고는 즉시 관곽棺槨을 배설排設하고 옻칠하여 시위神位를 봉안奉安하고 중청中廳에 빈소를 마련하고 흰 장막을 드리웠으

며 향로香爐와 향합香盒을 놓고 붉은 명정銘旌을 걸었으되 형주 후인지명이라 하였다.

그러고는 소저는 유모와 시비 옥소애를 따라 향춘각에 숨어 주야晝夜로 공부하니 낮이면 손오孫吳의 병서兵書[12]와 강태공姜太公의 육도六韜[13]를 읽고 밤이면 후원에 들어가 말을 달리면서 창과 칼로 춤을 추어 간성지장干城之將[14]이 되기를 바라더라.

또한 묘책을 갖고 영을 내려 점인占人[15]을 청해 행랑行廊에 두고 제물祭物을 벌여 진설陳設을 분주하게 하더라.

각로閣老 출행出行한 지 칠 일 만에 양학사가 자기 아들 양음을 데리고 교자轎子를 가지고 정각로閣老 집에 이르니 제사상을 배설하고 온갖 제물을 벌여 잡인이 무수히 오가거늘 양학사 놀라 말하기를,

"이 집은 정각로 댁이라, 어찌 이러하냐?."

그러자 점인占人이 답하기를.

"정각로가 싸움터에 가시고 없기로 자리를 마련하였나이다."

학사가 말하기를,

---

12) 손오孫吳의 병서兵書 : 손자병법. 춘추시대 오吳나라 출신의 천재 병법가 이자 전략가인 손무孫武가 지은 대표적인 병법서兵法書.
13) 강태공姜太公의 육도六韜 : 중국 주周의 태공망太公望이 지은 병법서兵法書. 전한前漢의 황석공黃石公이 지어 장량張良에게 주었다는 '삼략三略과 합하여 '육도삼략六韜三略'으로 병칭한다.
14) 간성지장干城之將 : 원문의 '간셔봉장'은 간성봉장의 오기. 나라를 지키는 장수.
15) 점인占人 : 점쟁이, 상례喪禮를 돕는 역할을 하였다.

"각로閣老 일신이 멀리 가셨으나 소저는 생존하였으니 점인占人이 괜스레 소란하겠는가?"

점인이 답하기를,

"소저는 세상을 버리시어 염습殮襲하고 입관入官하와 안방에 빈소를 마련하였고, 집이 비어 있는 까닭으로 이 댁 하인으로부터 삯을 받고 자리를 마련하였나이다."

양학사 대경大驚하사 양음을 돌아보고 말하기를,

"나의 평생 계획하던 일이 허사로다."

양음이 대답하여 말하기를,

"비록 그러하오나 내당에 들어가 신위를 본 후 진실과 거짓을 알 일입니다."

학사 옳게 여겨 양음을 데리고 내당에 들어가 보니 백포초장白布綃帳16)을 드리웠는데 검은 관이 은은하고 비복 등이 상복을 갖추어 엎드려 통곡하며 눈물을 흘리거늘 학사가 시비侍婢에게 말하기를,

"소저가 어느 날 죽었는가?"

시비 울며 대답하기를,

"각로 출행하신 지 삼 일 만에 돌아가셨습니다."

양학사 비창悲愴하여 양음과 같이 관 앞에 나아가 슬피 조상弔喪하고 가더라.

---

16) 백포초장白布綃帳 : 흰 베로 만든 휘장揮帳.

황태자가 나이 이십이 세에 참천 두균의 딸을 간택揀擇하여 비妃에 봉封하였더니 두태비가 몸이 호리하여 질병이 많은지라 합궁合宮을 못하고 사 년만에 승하昇遐하니 태비도 비감悲感한 마음이 없었더라."

황상이 다시 태자비를 간택하고자 하시더니 궁중의 갑작스러운 재앙이 새로 간택할 태자비께 미칠까 염려하시어 태자를 영안궁에 피하게 하시니 원래 이 궁이 정각로 댁과 한 담을 사이하였는지라.

태자 이 궁에 오신 후 가까이 하시는 강문창과 잡담을 하며 소일하시었다.

때는 삼월 삼일이라.

만화萬花 다투어 핌에 봄 경치가 흥을 이기지 못하니 태자도 춘흥春興을 이기지 못하여 후원後苑을 두루 구경하다가 마침 들으니 글 읽는 소리 나거늘 태자 살펴 들으니 뒷담 밖에서 나는 것이었다. 태자께서 담을 넘겨보니 맞은 편 난간에서 어린 낭자가 단장채복丹粧彩服[17]도 하지 않고 홍분紅粉도 바르지 않고 앉아 황석공의 삼략三略과 강태공姜太公의 육도六韜와 손오孫吳의 병서兵書를 읽되, 병서를 읽는 소리가 하늘에 사무치거늘, 태자 생각하되 '병서兵書는 남자의 일이요 경서經書와 소학小學은 여자의 일이거늘, 병서를 읽는 것이 이상하다.' 하고 이윽히

---

17) 단장채복丹粧彩服 : 얼굴을 곱게 화장하고 고운 옷을 갖추어 입음.

바라보시니 꽃다운 모습이 씩씩하고 옥같은 얼굴이 수려秀麗하여 잠자는 듯 편안한 모습이었다.

또 붉은 입술은 단사丹沙로 새긴 듯하였고, 흰 이는 옥을 깎아 세운 듯하였으며, 팔자 모양의 두 눈은 강산江山 정기精氣를 감춘 듯하였으니 태자가 넋을 잃었더라.

그 여자가 책을 보다가 시비를 불러 탄식하며 말하기를,

"어떤 사람은 무슨 덕이 있어 부모를 뫼시고 평생 충효忠孝하며 또 자손이 만당滿堂함을 부모父母께 보이고 즐겨 하더니, 나는 무슨 죄로 이같이 기구한 운명인가? 부친을 멀리 이별한 것은 양경의 무엄無嚴한 간교奸巧 때문이니 분을 참지 못하겠도다. 내 비록 여자이나 훗날 이부상서 양경의 고기를 씹고자 하노라. 그러나 내일은 곧 관음사 제일齊日이라 부친을 위하여 발원發願하고자 하노라."

그러고는 향촉과 제기를 그녀 비단 휘장 안으로 들여가니 한 떼의 구름이 비단 휘장을 둘렀더라.

태자 무료히 돌아와 생각하기를,

'이 규수는 틀림없이 정각로의 딸이로다. 하늘이 황자비皇子妃를 정하여 두심이로다. 어찌 군자호구君子好逑[18]가 아니리오. 황상이 나를 위하여 양경의 딸을 태비로 삼으려 하시나, 양경은

---

18) 군자호구君子好逑 : 군자의 좋은 배필이라는 뜻.『시경詩經』「주남周南」〈관저장關雎章〉에 '관관이 우는 저구새는 강 가운데 섬에 있네, 얌전하고 어여쁜 아가씨는 군자의 좋은 배필일세.[關關雎鳩 在河之洲 窈窕淑女 君子好逑]'라는 귀절에서 유래한 말.

곧 손인損人[19]이라. 양귀비와 연결되어 도모하는 말들이 불행하시니, 내 어찌 양씨 여자를 취하여 화근을 만들 것인가? 그러나 자색姿色만 취해서는 안 될 것이로다. 옛날에 여후呂后[20]는 비록 여중군왕女中君王이었지만 한나라를 요란케 하였고, 무후武后[21]는 만고절색萬古絕色이었지만, 얼마 후 들어 음란淫亂함을 일으켰으니 어찌 자색姿色만 취하리오. 그 여자가 명일明日로 관음사에 발원發願하려 하니 이 몸도 거짓 여자 걸음으로 가서 저의 행동거지를 자세히 살핀 후 태비太妃를 삼으리라.' 하시고 이에 돌아와 강문창에게 이 말을 이르고 유모를 불러 여복女服을 준비하라 하더라.

다음 날 정소저가 교자를 타고 시비를 거느리고 동산 문으로 나가거늘 태자가 급히 돌아와 머리에 채봉진주彩鳳珍珠를 둘러 단장丹粧하고 푸른 저고리를 입고 붉은 치마를 끌어매니 늠름한 거동이 서왕모[22]西王母가 하계下界에 내려온 듯하였다. 채색

---

19) 손인損人: 사람에게 상처를 입힘, 혹은 상처를 입히는 사람.
20) 여후呂后: 중국 전한前漢의 시조 유방劉邦·高祖의 황후. 성 여呂씨이고 자는 아후娥姁, 이름은 치雉이다. 유방이 죽은 뒤 실권을 잡고 여씨 일족을 고위고관에 등용시켜 여씨정권을 수립하였으며 동생을 후황으로 책봉하여 유씨 옹호파의 반발을 불렀다. '중국 삼대 악녀'로 당의 측천무후, 청의 서태후와 동급으로 취급한다.
21) 무후武后: 측천무후則天武后. 중국에서 여성으로 유일하게 황제가 되었던 인물로 당唐 고종高宗의 황후였지만 690년 국호를 주周로 고치고 스스로 황제가 되어 15년 동안 중국을 통치하였다.
22) 서왕모西王母: 중국 신화 속의 선녀. 성은 양 이름은 회. 주나라 목왕이

향촉彩色香燭과 폐백幣帛을 가지고 흰 옥으로 장식한 가마를 타고 궁녀를 거느리고 관음사에 이르니 주지승이 맞아들이며 말하였다.

"알지 못하겠습니다만, 어떤 행차이십니까?"

시녀侍女 답하기를,

"주 노야老爺댁 소낭자이네. 주정사 노야老爺 전쟁에 가시고 소식을 몰라 불전佛殿에 발원發願하러 왔으니 노사老師께 불공을 청請하나이다."

말을 마치고 태자 타신 교자 이미 중당에 이르렀는데, 이때 정소저는 동편 정당에 자리하고 불공佛供을 드리고 있었다.

한 노승이 말하였다.

"정각로댁 소저 일찍 모친을 여의고 홀로 성장하였습니다. 한스러운 것은 동생도 하나 없는데 그 부친이 전쟁에 가 계시므로 불전佛殿에 발원發願하러 왔나이다."

이에 태자가 말하기를,

"정소저의 간곡한 마음이 나와 같으니 서로 만나 보는 것이 어떠하리오. 사승師僧이 오늘 청하여 정소저를 보게 하라."

노승이 정소저에게 아뢰리라 하고 가거늘,

태자 함께 따라가니 노승이 말하시기를.

"정소저의 위인이 당당하고 정곡情曲을 먼저 통하니 자연 중

서왕모를 만나서 요지에서 노닐며 돌아올 줄을 몰랐다 함.

당에 오시라고 하겠습니다."

그러고는 정소저께 여쭈어 두 소저가 서로 자색姿色을 자랑하고 마주 대할 것을 청하니 정소저 불쌍히 여겨 말하기를,

"그 소저의 마음이 불쌍하구나! 하지만 나는 천하의 큰 죄인이라 어찌 보리오."

유모가 깨우쳐 말하길,

"주소저와 정소저가 사연이 비슷하니 만나지 않으시면 무안해 하실 것입니다. 서로 만나서 사귀어 회포懷抱나 풀으소서."

정소저 마지못하여 청하여 볼 새, 주·정 양 소저 각각 유모를 데리고 중당에 나와 예를 갖추어 자리에 앉은 후 태자 눈을 들어 정소저를 보니 전일 영안궁 담에서 정각로鄭閣老 댁에 엿보던 소저라.

요요夭夭하고 정정貞靜한 태도가 진실로 평안한 모습인지라. 마음속으로 크게 기뻐하시더라. 정소저는 한번 주소저를 보니 정정貞靜하고 엄숙嚴肅하여 용호龍虎의 거동擧動이요 난봉鸞鳳의 기상이라.

마음속으로 칭찬하며 말하기를,

'저 같은 여자가 하계下界에 있으면 절로 빛나는데 사람으로서 저 같은 아내를 얻어 동락同樂하면 더욱 빛날 일이로다.' 하고 극히 사랑하더라.

주·정 양 소저 서로 입을 열고자 하더니,

태자太子가 먼저 말하기를,

"승僧의 말을 들으니 소저의 마음이 첩妾과 같은지라. 아직 상봉치 못함은 미처 전날의 연분이 없음이라. 첩妾도 팔자가 무상하여 가친家親을 전장에 보내고 자모慈母를 의지하여 지내는데 동생이 비록 있으나 아직 어립니다. 첩妾이 자색姿色이 있고 문자를 안다고 하지만 헛된 이름입니다. 그런데 이것이 전해져서 권문대가權門大家에서 구혼求婚하였습니다. 하지만 아버님께서 허락하지 아니하시고 이제 부친父親이 전쟁戰爭터로 가셨기에 권문대족權門大族이 첩妾의 고단함을 심히 핍박逼迫하니 첩妾이 어찌 용렬한 문호에 들어가 욕을 보겠습니까? 그러나 숨을 곳이 없습니다. 첩妾은 오히려 모친母親이 계시고 동생이 있어도 회포가 이렇게 망극罔極하거늘 소저는 자당慈堂이 아니 계시고 동생이 없으니 얼마나 적막寂寞하시겠습니까?"

정소저 듣기를 마치고 눈물을 뿌리고 붉은 입술을 열어 말하기를,

"첩妾의 슬픈 마음은 하늘로 종이를 삼고 오로봉23)으로 붓을 삼아도 다 하지 못할 것입니다. 오늘 마침 부친父親을 위하여 이 절에 왔다가 천행天幸으로 옥안성태玉顔聖態를 구경하오니 알지 못하겠습니다만 낭자의 나이는 얼마나 되었습니까."

태자가 대답하기를,

"나이 이십 세입니다."

---

23) 오로봉 : 오립송 五粒松.⇒ 잣나무(동의어)

말 한 마디 한 마디가 친밀하였기에 가까이 앉아 옥같은 손을 잡고 사랑하기가 끝이 없더라.

이에 주소저가 그윽이 청하여 말하기를,

"첩妾의 정사情思가 망극罔極하니 소저 댁에 가서 은신하여 욕을 피하고자 하옵니다. 소저는 실같은 잔명殘命을 보전하게 하소서."

정소저 말하기를,

"혼인婚姻은 인륜지대사人倫之大事라 어찌 임의로 하겠습니까? 내일 가중家中의 연고 있사오니 조용히 청하겠습니다."

종일토록 이야기하다가 날이 저물자 각각 재齋를 올리고 집으로 돌아오더라.

황태자 영안궁에 돌아와 정소저를 그리워하기가 끝이 없더라.

삼일 후 태자, 편지를 써서 정소저에게 보내니 정소저 서간書簡을 보고 마지못하여 답서答書하여 말하기를,

"저녁에 유모乳母를 보내거든 오소서."

태자 답서答書를 보고 크게 기뻐하시어 즉시 여복女服으로 갈아입고 유모 오기를 고대하시더라.

과연 정소저의 유모가 오거늘, 태자 백옥같은 교자轎子를 타고 동산으로 들어가니 정소저 당堂에 내려와 맞아들였다.

예를 마친 후 태자가 말하기를,

"소저께서 첩妾의 잔명殘命을 보호하시는군요."

이어 서로 의자매가 되기를 약속하고 주·정 양 소저가 금침衾枕을 한 방에 깔았더라.

이때 정소저는 화려한 옷은 모두 입지 않고 홍분紅粉을 바르지 아니하더라.

"정형은 어찌 홍분紅粉[24]을 바르지 않습니까?"

정소저 추연惆然히 탄식하며 말하기를,

"하늘 아래 죄인의 몸으로 어찌 채색 옷과 홍분紅粉을 가까이 하겠습니까?"

그러고는 오열嗚咽[25]하고 눈물 흘리니,

주소저가 위로하고 이렇게 말하였다.

"첩妾이 우연히 많은 식솔食率[26]들에게 정형 댁의 수고를 끼치오니 마음이 편안치 않습니다. 저에게 재물財物이 있사오니 가져다가 고마움을 표하겠습니다."

소저가 사양하며 말하기를,

"주소저 어찌 그런 말씀을 하시나요? 첩의 집 형편이 부족하지 않으니 주형 대접하기는 걱정이 없습니다."

태자 답하여 웃으며 말하기를,

"그래도 현매賢妹의 마음이 편하겠습니까?"

---

24) 홍분紅粉 : 연지와 분. 화장품 따위를 얼굴에 바르고 곱게 꾸밈.
25) 오열嗚咽 : 목이 메여 욺. 흐느껴 욺.
26) 식솔食率 : 집안에 딸린 식구.

이어 유모乳母 부모父母를 불러서 황금黃金 일천 냥과 백옥 병白玉瓶 한 雙과 명주明珠 일천 냥과 마노瑪瑙 둘과 운남감자 단 두 필 등을 가져다가 소저께 드리니, 소저가 이를 보고 말하기를,

"첩妾의 상자 중에도 진주보은眞珠寶銀이 무수한데 모두 버려두고 쓸 곳이 없사온데, 하물며 저 옥패산호玉佩珊瑚[27]를 어디 쓰겠습니까? 또 운남은 소매小妹가 듣자하니, 운남국의 어떤 물 가운데 불꽃같은 꽃이 피어나며 그 가운데 황금黃金같은 쥐가 무수히 나오는데 그 쥐를 잡아 털을 모아 비단을 짜니 이름은 서촉단[28]이라 한다고 합니다. 이 비단은 눈비에도 젖지 아니 하고 불을 질러도 타지 아니하는 것이니 천하에 기특한 보배라. 해마다 한 필씩 만들어 진상하면 천자天子와 황후皇后께서 입으시고 그 밖은 비록 후궁後宮이라도 입지 못한다고 하는데, 주형은 어디 가서 이런 기특한 보배를 숨겨 첩에게 근심을 끼치게 하시나이까? 첩에게는 쓸 곳이 없으니 도로 가져가소서."

마침내 받지 아니 하니 태자 더욱 기특히 여기시어 친히 소저 상자에 넣어주고 흔연欣然히 하례賀禮하여 말하기를,

"마땅히 군자의 좋은 짝이 된 후 깊은 곳에서 입으면 누가 알겠습니까?"

그러자 정소저가 이마를 찡그리며 말하기를,

---

27) 옥패산호玉佩珊瑚 : 육형석肉形石은 이 박물관博物館을 대표하는 유물 중 하나인데, 아쉽게도 지금은 다른 곳에 전시展示하고 있다.
28) 서촉단 : 서촉西蜀에서 나는 비단.

"주형은 어진 가문에서 생장生長하여서 이같이 무지한 사람에게 어찌 그런 말씀을 하십니까? 또한 국법이 지중하니 비록 모르신다 한들 감히 그런 말씀을 하십니까?"

태자 우러러 칭찬하며 말하기를,

"정형은 충효忠孝를 겸전兼全한 사람이시군요. 소저는 식견識見이 천박淺薄하여 덕을 잃고 예에도 어긋났으니 형은 저의 말실수를 용서하십시오."

서로 담화談話할 때 태자 속마음에 크게 감복하시더라.

주·정 양 소저는 밤이 깊도록 투호投壺²⁹⁾를 치다가 새벽닭이 운 후 취침하니 잠이 깊이 들었는지라.

태자 일어나 등촉燈燭을 밝히고 나아가 보니 소저 봄잠이 곤히 깊이 들어 백옥白玉같은 가슴을 드러내고 자고 있었는데, 그 거동이 동해東海 관음觀音이 곤하여 봄잠을 이기지 못하는 듯하였다.

이에 태자는 춘정春情³⁰⁾을 이기지 못하여 나아가 베개에 누우면서 가슴을 한데 닿게 하니 소저 잠을 깨어 비키며 말하기를,

"현매賢妹가 날 사랑하는 정이 비록 이 같으나 이러면 여자의 도리가 아닙니다. 원컨대 현매는 자던 금침衾枕으로 돌아가십시오."

팔로 밀치니 그 거동이 더욱 그윽하여 남자의 간장을 빼는

---

29) 투호投壺 : 고구려 때부터 성행했던 투호投壺는 궁중사람에서부터 여염사람들까지 누구나 즐겼던 놀이였다.
30) 춘정春情 : 남녀간의 정욕. .

듯하였다.

태자가 말하기를,

"나는 곧 동궁東宮[31] 주상主上[32]이라. 한 담을 사이하여 낭자의 신선 같은 태도를 생각하고 여기에 와서 함께 지내기를 여러 날이었다. 이로부터 낭자의 일신一身이 높아질 것이고 지난 밤 잠자리로부터 이 무한한 부귀를 누릴 것이니 어찌 마땅히 행하지 않겠는가?"

소저 이 말 듣고 대경大驚하고 크게 노怒하여 분함을 이기지 못하다가 마음을 억누르고 생각하길,

'내가 비록 여자나 이렇게 요망한 꾀를 피하지 못하여 욕을 보고 말았도다. 그러나 여자의 바라는 바는 태자 이상 없고, 혼인하면 부친께서 돌아오기도 쉬울 것이며, 양경의 원수도 갚을 수 있겠구나' 하면서도 이렇게 간교奸巧에 빠져든 것을 한탄하여 통곡痛哭하니, 태자께서 한없이 달래시더라.

이때에 궁녀 등이 서촉에서 나는 천 금의 가치가 있는 익당에서 나는 만 금이나 하는 시초띠를 드려 태자 여복女服을 벗고 장복章服[33]을 입으니 옥玉같은 얼굴과 신선神仙같은 풍채 더욱 더 하더라.

소저가 소매로 낯을 가리고 분기憤氣를 참지 못하거늘,

---

31) 동궁東宮 : 황태자나 왕세자를 일컫는 말.
32) 주상主上 : 임금.
33) 장복章服 : 예전에, 왕과 벼슬아치가 입는 제복의 하나를 이르던 말.

태자 위로하며 말하기를,

"낭자 어찌 이같이 슬퍼하시오. 분함을 참고 나의 말 좀 들어 보시오. 이로부터 낭자의 벼슬이 높아지고 멀리 간 노부老父를 빨리 돌아오시도록 할 것이며, 양경의 원수도 갚을 것이오. 내 비록 덕德이 박薄하나 성명性命[34]의 공을 닦고 충효忠孝를 밝혀 옛날 명왕明王을 본받고자 하여 어진 배필配匹을 얻고자 하였더니, 어찌 다행多幸스럽지 않으리오. 또 이 동산에 자취를 감추어 속만 썩이면서 살아 부친을 보지 못한다면 무엇이 좋으리오."

소저 분함을 참고 대답하기를,

"태자는 존귀尊貴하신 몸이라 옥체玉體 소중하시니 마땅히 어진 덕을 닦으셔야 하거늘, 나에게 이렇게 애매한 일을 행하여 비밀스럽게 첩妾을 속여 덕德을 잃고 간사한 행실이 나타나게 하시니 존귀尊貴하신 도리가 어찌 그러하겠습니까? 첩이 비록 나약한 여자이나 남의 궁녀宮女도 아니고 천인賤人도 아닙니다. 그런데 공후대신公侯大臣의 여자를 몰래 밤을 틈타 겁탈劫奪하고 자 하시니 이는 국법國法을 매우 손상시킨 것입니다. 첩의 목숨이 모질어 세상에 살아서 이 같은 욕을 보게 되었습니다. 남자의 취처娶妻하기와 여자의 성혼成婚하기는 다 부모의 명령을 따르거늘, 나는 간사한 꾀에 빠져 몸을 더럽게 하였으니 살아서

---

34) 성명性命 : 천성天性과 천명天命.

무엇 하겠습니까?"

말을 마치고 칼을 빼어 자결하려 하니 태자 급히 구하시고 백 가지로 달래는데도 마음을 풀지 않더라.

이 때에 궁녀宮女와 환관宦官 등이 비단 의복衣服과 칠보단장 七寶丹粧을 갖추고 모본단模本緞[35])은교자를 받들어 드리고 또 채복綵服을 들어 권하였는데 소저가 끝까지 입지 아니 하니 태자께서 정색하며 말씀하시기를,

"과인이 비록 용렬하나 군신이 되어 그리 해서야 되겠소. 과인이 낭자와 더불어 십 일을 함께 지내면서 글을 주고 받음을 때에는 성품이 온순하고 충효로 본을 삼아 부덕婦德이 물 흐르듯 하더니, 오늘은 어찌 이같이 통하지 못하는 것이오. 이것은 군신君臣 사이에서 때를 어기고 시행한 기묘한 방편이지만 내 마땅히 법대로 행하여 섭섭함을 풀어줄 것이오. 또 소저의 선자 옥질仙姿玉質[36])을 과인이 아끼어 마땅히 사랑하는 바인데, 소저 는 어찌 '노부의 명을 듣지 못했노라' 하고 목숨을 끊으려 하나 요? 과인이 불행하여 태비太妃를 잃음에 황상과 황후께서 태비를 간택하려 하시다가 내 우연히 후원後苑에 이르러 그대를 만났으니, 황상께 아뢰어 비妃로 봉封하고자 하니 어찌 다행한 일이 아니겠소. 성상께서 그대를 보시면 극히 사랑하시리라."

---

35) 모본단模本緞 : 명사비단의 하나. 본래 중국에서 난 것으로, 짜임이 곱고 윤이 나며 무늬가 아름답다.
36) 선자옥질仙姿玉質 : 신선의 자태에 옥의 바탕이라는 뜻으로, 매우 아름다운 사람을 이르는 말.

소저 맑은 눈을 들어 말하기를,

"성교聖敎37)가 이 같으시나 엊그제까지 형제의 의리로서 놀다가 하룻밤 사이에 천지 뒤집어져 건곤乾坤 조화調和와 음양陰陽이 판이하니 어찌 놀랍지 않겠습니까? 첩妾은 부모 양육을 받아 여자의 일곱 가지 행실을 지켜 십오 세 되기까지 여러 가지 무례無禮함을 아니 하였사옵니다. 또 부친父親은 천은天恩을 입어 영화榮華가 거룩하되 청한淸閑하여 사치를 싫어하고 호사豪奢함을 나쁘게 여기시어 정숙하고 단정하게 살아감38)에 무한한 부귀를 원하지 아니였습니다. 그런데 하룻밤 사이에 대국大國을 부흥시켜서 적병敵兵을 무찌르고 백성百姓을 진무鎭撫하시고 돌아오실 기약期約이 없습니다. 그러니 첩妾은 잔을 다 채움을 경계하여 검소하게 하는 삶을 본받아 행하리니, 전하께서는 널리 생각하소서. 첩의 사정을 불쌍히 여기시어 부녀父女 상봉相逢할 날을 쉽게 하여 돌아오게 하소서."

태자 웃으며 말하기를.

"낭자는 나의 가인佳人이오. 나는 낭자의 장부丈夫라. 어찌하리오."

소저 말하기를,

"예부터 '아름다운 일은 문 밖에 나가지 않고 상스러운 일은

---

37) 성교聖敎 : 임금이 내리는 가르침의 글. 여기서는 태자의 말씀이라는 뜻으로 쓰였음.
38) 숙방거야肅方居也 : 정숙하고 단정하게 살아감.

천하를 간다' 하옵니다. 오늘날 태자비를 간택하는 일은 경사慶
事로 천하에 가득하였는지라. 비록 전하가 첩妾을 사랑하사 태
비를 봉하려 하시나 황상과 황후께서 허락하지 않으시면 조정朝
廷 신민臣民에게 부끄러워 어찌 하리오. 전하는 성스러운 덕을
베푸시어 신첩의 사정을 불쌍히 여기시어 동산을 지키어 노부老
父를 보게 하소서."

　말을 마치고 눈물이 비 오는 듯하니, 태자 더욱 민망하시어
용안龍顔이 아파하시니 무보 장은교 등이 소저에게 간하여 말하
기를,

　"군신君臣의 도리는 말만 그렇지 않으니, 행여라도 목숨을
끊으려 하지 마십시오."

　소저가 스스로 울적하였으나 어쩔 수 없다고 여기고 여자
됨을 애달파 하며 마지못하여 침소寢所로 들어가니, 태자 대희大
喜하시더라.

　이튿날 장은교 등이 소저를 붙들어 단장함을 권하니, 동궁이
나아가 친히 소저의 눈썹을 그리고 웃으며 말하였다.

　"내 일찍 『사기史記』를 보니 당나라의 소황제가 숙희의 눈썹
을 그려주었다 하였거늘, 무정타 하였더니 내가 이럴 줄 알았으
리오!"

　소저가 듣고 정색하여 말하기를,

　"전하께서는 성제聖帝 명왕明王을 본받으셔야 하거늘 음악淫

惡한 숙희를 어찌 저와 비교하십니까. 차라리 죽기만 같지 못하옵니다."

이에 동궁이 도로 백 번 사죄하고 낮이면 시서詩書를 편론遍論[39]하고 밤이면 함께 지내면서 서로 공경恭敬하고 사랑하니 피차 은은함이 가히 헤아리지 못할 정도였다.

이 때는 망일望日[40]이라.

동궁이 전양전에 문안問安하시고 정소저의 전후 사정을 아뢰어 태자비로 봉해 주시기를 간절히 청하자 황제께서 웃으시며 말씀하기를,

"이는 몽사夢事[41]라 어찌 듣지 않으리오."

황상과 황후가 양씨를 간택하려 하였다가 이미 동궁의 아뢰는 말씀을 들으시고 크게 기뻐하시어 칭찬하시며 허락하시니 태자 머리를 조아리고 은혜에 감사드리며 아뢰어 말하였다.

"정욱이 돌아온 후에 성례成禮하려 하온데, 돌아오는 때는 반드시 시기를 알지 못하고 또 그 친척親戚이 없사오니 대신大臣을 정하여 혼례를 맡도록 하겠습니다."

황상이 그 주언奏言[42]을 기뻐하며 하교下教해 말씀하시기를.

"각로 정욱의 딸로 주실主室을 삼으리라. 후손이 성덕이 있

---

39) 편론遍論 : 두루 논함.
40) 망일望日 : 보름. 문맥으로 보아 정기적으로 황상을 알현하는 날인 듯하다.
41) 몽사夢事 : 꿈에 그리던 일. 간절히 바라던 일.
42) 주언奏言 : 신하가 임금에게 상주上奏하다.

으니 동궁의 정비에 봉하고자 하되 정욱이 만리 전쟁터에 갔으므로 회환回還을 기다려야 할 것이다. 하지만 돌아옴이 늦어질 수 있으니 승상부에서 태부상서로 하여금 혼례를 주관하게 하고, 그 친척親戚이 없으니 그 태부상서의 부인 등으로 하여금 내사內事를 다스리게 하여 며칠 안에 입궐入闕하여 행례行禮하라.”

바로 그날 예부상서禮部尙書 오협과 이시랑을 예진군으로 봉하여 각각 부인을 거느리고 정부鄭府에 가 혼례 도구를 차리게 하니 이에 만조백관滿朝百官이 받들어 힘쓰더라.

양귀비貴妃 이 말을 듣고 상上께 아뢰어 말하기를,

“첩의 조카로 간택하였는데 어찌 국가대사國家大事를 가벼이 결정하시옵니까?”

상上이 웃으며 말씀하시기를,

“이는 동궁이 스스로 구혼求婚한 것이니 어찌 물리치겠는가?”

이 말을 듣고 양귀비가 매우 날뛰더라.

전일 황상이 두시랑의 여식이 재덕才德이 탁월하다 함을 들으시고 궐중闕中에 들여 후궁後宮에 봉封하고 지극히 사랑하시자 양귀비는 절통切痛함을 이기지 못하여 모해謀害하고자 하였다.

이럭저럭 태자 혼일婚日이 다가왔다. 위의威儀를 갖추어 정부에 갈 때 태자 채연彩輦을 타시고 만조백관滿朝百官이 전후에 호위하여 홍양산紅陽傘을 받치고 어전 풍류를 갖추었다. 혼례를 마치고 정부를 떠나 조정에 이르러 어전의 어려운 절차를 마치고 태자가 친히 황금세륜을 입으시고 칠보단장七寶丹粧으로 호위하여 궐 아래에 이르러 좌통례左通禮를 바치신 후에 태자가 친히 정비를 대하여 다시 물어 말하기를,

"일호지간一呼之間43)에 있던 곳과 어떠합니까?"

정비가 머리를 낮추고 대답하지 않자, 태자께서 다시 물으시기를,

"정비는 진정으로 천한賤寒함을 자랑하시더니 오늘의 부귀富貴는 어떠하십니까?"

정비가 얼굴을 가다듬고 말하시기를,

"부귀는 하늘에 있아오니 어찌 마음으로 하겠습니까? 신첩은 스스로 홀로 성장하여 재물을 생각지 아니하고 어진 임금만 칭찬합니다."

이에 태자께서 말없이 공수拱手44)하고 칭찬하시더라.

이튿날 황제께서 명하여 주궁패궐珠宮貝闕45)에 큰 연회를 배설排設하시고 황각통명黃閣通名46)의 황실 종친과 육궁의 비빈妃嬪이며 제궁의 부인과 공주를 입궐하라 하시니, 궁궐에 광채 현란하더라. 정비 칠보단장하고 폐백幣帛을 받들어 태후의 낭낭

---

43) 일호지간一呼之間 : 극히 작은 정도를 나타내는 말.
44) 공수拱手 : 왼손을 오른손 위에 놓고 두손을 마주 잡아 공경의 뜻을 나타냄. 팔짱을 끼고 아무 일도 하지 않고 있음.
45) 주궁패궐珠宮貝闕 : 진주나 조개 따위의 보물로 호화찬란하게 꾸민 궁궐.
46) 황각통명黃閣通明 : 조선시대, 1400년에 설치한 행정부의 최고기관으로 일반에 널리 알려져 통하는 이름.

전에 드리자, 태후가 동궁정비를 봉하시니 비빈 궁녀 황친 삼천 궁녀로 더불어 일시에 만세萬歲를 세 번 부르더라.

정비의 월풍화안月風花顔47)은 조운모우朝雲暮雨48) 사이에 비치는 듯 아름답고 요요夭夭하고 정정貞靜하여, 봉황 같은 어깨는 날아가는 봉황이 구름 위를 향하는 듯하였고, 가는 허리는 초楚나라 홍사紅絲 비단을 묶어세운 듯하였다.

백설 같고 꽃 같은 운빈화용雲鬢花容49)은 정정貞貞하고 제제濟濟하여, 씩씩한 골격은 삼춘三春의 기화奇花같고, 푸른 머리는 명월明月이 흑운黑雲을 미워하는 듯하였고, 빙정氷貞 요요寥寥한 태도는 시냇가 버들이 힘없이 하늘거리는 듯, 아침 이슬에 꽃이 교태嬌態를 머금어 동풍을 이기지 못하는 듯 광채 찬란하여 삼천궁녀 중에서도 빼어나니 여러 왕후께서 크게 기뻐하시며 칭찬하고 말씀하시길,

"모습이 현비賢妃50)와 같도다"

라 하시고 두태비와 마찬가지로 사랑하시니, 양귀비 마음이 노하여 맹세코 정비와 두귀비를 해치고자 하였다. 정비가 이로부터 웃어른 섬김을 충성으로 하고 후궁을 공경하여 대접하니

---

47) 월풍화안月風花顔 : 화용월태花容月態. 꽃다운 얼굴 달 같은 자태라는 뜻으로, '미인의 모습'을 형용하여 이르는 말.

48) 조운모우朝雲暮雨 : 아침 구름과 저녁 비. 남녀 간의 사랑을 의미함. 중국 초나라 희왕과 무산 선녀 사이의 사랑에서 유래한 말.

49) 운빈화용雲鬢花容 : 구름같은 귀밑머리와 꽃다운 얼굴. 아름다운 여자의 모습을 형용한 말.

50) 현비賢妃 : 성품이 인자하고 슬기롭고 덕행이 높은 왕비.

궁중사람들이 모두 즐겨 치하하며 말하길,

"태자비가 충신忠臣이로다"

라 하였다.

두귀비가 정비로 더불어 나이 비슷하므로 자주 함께 어울리며 말하였다.

"첩은 곧 대부의 자손으로 십사 세에 후궁後宮이 되었습니다. 장차 사 년이 되니 황상皇上께서 특별히 사랑하시고 태후께서는 궐점闕點51)하시며 태자 관대하시니 천은天恩이 망극하여 조금도 다른 근심이 없습니다. 다만 양귀비 투기妬忌가 심하여 이 때문에 근심이 되어 마음이 편하지 못합니다. 들리는 바에 의하면 비妃께서 사가私家에 계실 때 양경이 때를 맞춰 겁탈劫奪하고자 하다가 비妃의 어진 지혜로 자연히 방비하니 양경이 부끄러워 돌아가고, 비妃께서 뜻밖에 태비가 되시자 양귀비에게 청하여 아뢰었으니, 이런 일이 크게 근심이 되옵니다. 오래지 않아 모함이 있을 것이니, 청컨대 비妃께서는 잘 살피소서."

정비 듣고 매우 놀라고 감사하며 말하기를,

"가르치신 대로 하겠습니다."

두비가 돌아간 후 태자께 간하여 말하기를,

"전날 양경이 첩을 겁탈치 못하고 양귀비께 청하여 말한 바가 있으니, 크게 근심이 되옵니다. 첩이 양경의 간사한 실상을

---

51) 궐점闕點 : 점고點考를 하는 데에 빠짐. 특별히 배려함을 이르는 말.

황상皇上께 말씀드리고 싶지만 첩이 만일 양경의 죄를 다스리면 바로 귀비가 첩을 살해함이 더욱 급할 것인지라 아직은 늦추어 두고 있었습니다. 두 귀비도 이를 가르쳐 주었습니다."

태자 침음양구沈吟良久[52] 후 말씀하시기를.

"양경의 죄를 마땅히 지존至尊께 아뢰어 다스림이 어떠하겠습니까?"

정비가 대답하기를,

"첩이 만일 처음부터 태자비 간택揀擇 교지敎旨를 받았으면 양경의 죄는 삼족三族을 멸하여도 가히 아깝지 아니하겠지만 지금 그렇지 않습니다. 그러나 첩은 무고한 사람이니 설마 어찌하겠습니까? 또 양귀비가 황상께 첩을 모함한다면 황제께서는 반드시 첩이 나쁘다 하실 것입니다. 아직 귀비의 품에 머물러 있으니 서두르지 마십시오."

태자 말하기를,

"일리가 있다."

그러고는 즉시 들어가 성상께 말하여 아뢰었다.

"정욱을 만리萬里 전장戰場에 더 머물게 하여 변방 백성을 진무鎭撫하도록 하십시오."

황제가 말씀하시기를,

"그러면 정비의 시름을 어찌할 것인가."

---

52) 침음양구沈吟良久 : 한참 동안 말없이 생각함.

태자가 말하기를,

"사사로운 정으로 국사를 폐하겠습니까?"

황제께서 옳다 하시더니, 오래지 아니하여 정욱의 문안 사신이 도착하였다.

즉시 조서를 내리시어 말씀하시기를,

"경卿의 행적行蹟과 훈공勳功은 측량할 수 없거니와 경의 딸로 태비를 봉하였으니 경이 원로遠路에 있어 민망하다. 해외의 인심이 극악하여 평정 후 즉시 돌아오지 못할 것이니 인하여 삼년만 더 머물러 백성을 안정시킨 후 돌아오라."

이렇게 전교傳敎하시어 사신使臣을 돌려 보내시니라.

이때 정비 황상께 아뢰었다.

"첩이 궁중에 들어온 후 조상의 제사와 망모亡母의 신위神位가 의지할 곳 없사옵니다. 다만 저 일신一身뿐인지라 마음에 민망하옵니다. 유모는 늙은 사람이오니 나아가 제사를 그치지 아니하게 하였다가 신첩의 아비 회환 후 도로 들어오게 하고 싶습니다."

황제께서 허락하시니 태비가 즉시 유모에게 명하여

"가산家産을 수습하라"

하였다.

이럭저럭 수년이 지나고 정비가 잉태를 하자 양귀비가 놀라 마음속으로 생각하길, '만일 아들을 낳으면 형세가 더욱 위급할 것이니 이것은 곧 나의 화근禍根이다. 일찍 일을 도모하여야

하겠다.' 하고 즉시 황룡단 한 필을 가지고 태비궁太妃宮에 가
말하하기를,

"성상聖上이 용포龍袍를 지으려 하는데 궁중 시녀 비록 많으나
솜씨가 좋지 못하니 수고로움를 잊으시고 옷 짓는 법을 가르쳐
지으십시오."

태비가 말하기를,

"가르치는 대로 시험해 보겠습니다."

그러고는 받아 친히 말아 넣었다.

양귀비 돌아와 제 딸 비연공주에게 간사한 계교計巧를 이러이
러하게 가르쳤는데,

하루는 상上이 귀비 침소寢所에서 노실 때, 비연공주가 태자궁
에 갔다가 돌아왔다. 이때 양귀비 황상 곁에 있다가 비연에게
물었다.

"정비는 무슨 일을 하더냐?

비연이 대답하여 말하기를,

"용포龍袍를 짓고 있었습니다."

이를 듣고 황제가 말하기를,

"궁녀 중 용포를 지을 시녀가 많거늘 어찌 정비를 괴롭게
하는가?"

그러자 양귀비 웃으며 말하였다.

"신첩이 어찌 감히 정비를 시키겠습니까?"

이 말을 듣고 황상皇上이 가만히 생각하기를,

궁녀의 자의自意로 태비의 재주를 시험함인가?

라고 여겼다.

그런데 이날 밤 양귀비가 황상에게 참소讒訴[53)하여 말하기를,

"이번에 태자의 용포龍袍 지음이 은밀하고 주밀한데, 알지 못하겠습니다만 이것은 법을 어긴 일입니다."

황상이 놀라 말씀하시기를,

"짐이 행여 궁녀가 정비의 재주를 시험한 일인가 여겼더니 어찌 아느냐?"

귀비 대답하여 말하기를.

"태자께서는 곁에서 그것을 입어보더이다."

이에 황상이 크게 화를 내시며 말씀하시기를,

"어린 아이가 이같이 잘못하느냐?"

그러고는 궁녀를 명하여 태자를 오라 하시니, 양귀비 지극히 간하여 말하였다.

"일이란 잘 다스리는 것이 최선입니다. 그러므로 일이란 이렇게 잘 처리하기 어려우니 전후를 살펴 처치하소서. 어찌 부자父子 군신君臣의 이치理致를 상하게 하여 국가의 불행함을 이루시렵니까? 태자 성정性情이 인후仁厚하시더니 요사이 변하셨습니다. 반드시 주색酒色에 빠지신 듯합니다. 하지만 장성하시면 자연 달라져 깨우치실 것입니다."

---

53) 참소讒訴 : 남을 해치려고 죄가 있는 것처럼 꾸며 윗사람에게 일러바침.

이에 황상이 화를 풀고 그만두라고 하시더라.

이후로는 황상이 동궁東宮과 빈궁嬪宮을 대하실 때 낯빛을 바꾸시니 양전兩殿이 황공惶恐함을 이기지 못하여 식음을 전폐하시고 눈물로 지내더라.

이튿날 정비 용포龍袍 짓기를 마쳐 양귀비께 드리니 귀비 받아들고 황상께 아뢰어 말하기를,

"폐하 어찌 불안한 안색顔色을 정비에게 보이셨습니까? 정비 본디 영민한 사람이라 잘못함을 깨닫고선 용포를 다 지어서 폐하께 드린다면서 신첩에게 보냈사오니 이 일은 신첩에게는 난처한 일이오니 황공惶恐함을 가누지 못하겠습니다."

이 말을 듣고 천자天子 크게 화를 내시며 용포龍袍를 불에 던지려 하셨는데, 정비 이 말을 듣고 더욱 황송하여 근심하기를 마지 아니 하였다.

하루는 황상이 양귀비 침소寢所에서 노시다가 시녀로 하여금 두귀비를 부르시니 시녀가 명을 받들어 동궁에 갔다가 즉시 돌아와 양귀비와 더불어 고개를 돌려서 은근히 말하였다. 그러자 상上께서 노하셔서 이유를 물으시니 양귀비가 대답하여 말하기를,

"두귀비가 태자의 무릎을 베고 수작한다고 하니 이와 같이 그럴 리가 있겠습니까?"

상上께서 노하시어 시녀에게 호령號令하여 물으시니, 시녀는 양귀비의 심복이라 이렇게 말씀드렸다.

"두씨가 태자의 무릎을 베고 잠을 깊이 들어버린 까닭에 오시지 못합니다."

이에 황상이 크게 노하여 말씀하시기를,

오랑캐의 일을 본받고자 하는가? 내 죽여 분을 풀 것이니 태자를 잡아들이라."

그러자 양귀비가 거짓으로 빌며 말하였다.

"어찌 조그마한 허물을 참지 못하시고 태자를 그르치려 하십니까? 태자가 연소年少하여 사세事勢를 살피지 못하고 한 가지에 탐닉하여 가까이 한 것뿐이지 다른 뜻이 있겠습니까? 폐하는 초장왕楚莊王이 갓끈을 끊어 은혜를 베푼 일을 본받지 않으십니까?54)"

이에 상上이 화를 풀고 탄식하며 말씀하시기를,

"귀비는 번희樊姬55)의 덕德과 같은지라 그 말을 따르겠노라."

---

54) 절영지회絕纓之會를 말함. 갓의 끈을 끊고 노는 잔치라는 뜻으로, 넓은 도량을 일컫는 말이다. 초(楚)나라 장왕(莊王)이 반란을 평정하고 돌아와 연회를 베풀었다. 그런데 난데없는 광풍이 연회석을 휩쓸자 모든 촛불이 일시에 꺼져 버렸다. 이때 장왕의 애첩이 몰래 와서 손목을 잡은 사람이 있는데 자신이 갓끈을 끊어두었다고 아뢰었다. 이에 장왕이 그 자리에 모인 모두에게 갓끈을 끊고 마시자 하였고, 이렇게 은혜를 입은 사람이 3년 뒤 전장에서 장왕의 목숨을 구했다고 한다.『설원(說苑)』「복은復恩」.

55) 번희樊姬 : 초楚 장왕莊王의 부인으로, 장왕을 훌륭하게 내조한 인물이다. 장왕이 즉위하여 수렵狩獵을 즐겼는데, 번희가 간하였으나 듣지 않았다. 이에 번희가 금수禽獸의 고기를 먹지 아니하니, 왕이 잘못을 고치고 정사政事에 부지런하였다. 또 중신重臣인 우구자虞丘子가 정사에 태만하자, 이를 내치고 어진 이를 등용하라고 간하기도 하는 등 내조한 공이 많았다. 이에 장왕은 초나라를 다스린 지 3년 만에 패왕霸王 노릇을 할 수 있었다.『열녀전列女傳』

이윽고 두귀비가 들어오거늘 황상이 정색하여 말씀하시기를,

"내가 너를 소원疏遠하게 대했다고 하여 싫게 여겨 나이 어린 지아비를 구하였느냐?"

그러자 두귀비 놀라 계하階下에 내려가 머리를 조아리고 죄를 청하였는데, 황상이 한 말씀도 아니 하시었다.

이에 두귀비 침궁寢宮에 돌아와 병이 들었다고 칭탁稱託하고 문 밖을 나가지 아니하더라.

이후에 황상이 태자를 대하시며 더욱 탐탁치 않게 여겨 면전에서 책망하시니, 태자가 황공惶恐하여 식음食飮을 줄이시고 밤낮 눈물로 지내시더라.

이때 양귀비 아들 흥이 총명聰明함으로 상上이 극히 사랑하시더니 갑자기 병이 들어 삼 일만에 죽으니 양귀비 가만히 아들의 입에 독약을 넣고 통곡하며 말하기를,

"폐하께서 첩의 말을 듣지 아니 하시고 자주 태자비에게 황제의 위엄을 보이셨기 때문에 태자비가 첩을 꺼려하여 세 살 무죄한 어린 아이에게 독약을 먹여 죽였사오니, 내 아들은 오늘날 첩 때문에 죽었습니다."

그러고는 가슴을 두드리며 통곡하니,

상上이 크게 노하여 은비녀로 죽은 아이의 입에 넣어 시험하니 과연 독을 넣었는지라.

상이 더욱 크게 노하여 정비의 시녀 난혐을 잡아들여 국문鞠問하니, 난혐은 양귀비에게 은금銀金을 받고 약속하였는지라

시키는 대로 말하였다.

"태자비 궐내에 들어오시던 처음에는 황상皇上이 사랑하시더니 요사이에는 양귀비의 참소讒訴를 입어 자주 면책面責하신다 하여 마음이 뒤틀려 황자를 독을 넣어 죽였나이다."

양귀비 이 말을 듣고 가슴을 두드려 방성통곡放聲痛哭하여 말하기를,

"폐하는 급히 죽여 자식의 원수를 갚으소서."

이에 천자께서 크게 노하시어 말씀하시기를.

"이 간사한 년을 경각頃刻에 내어 죽여 마땅히 분을 풀어야 할 것이나, 자식을 베어 만삭이 되었으니 해산한 후 죽이리라."

그러고는 정비를 영안궁에 가두시었다.

이 소식을 듣고 황후 옥수玉手로 가슴을 두드려 통곡하며 아뢰기를,

"폐하 어찌 양귀비의 참언讒言을 옳게 들으시고 무죄한 저 아이를 죽이려 하십니까?"

그러자 천자께서 발연勃然 정색正色하여 말하기를,

"황후와 태자를 외궁에 내치라."

이 때에 정비는 수태受胎한 지 아홉 달이요 나이는 이십 세였다. 흰 옷으로 갈아입고 통곡하며 '밝은 하늘은 굽어 살피소서.' 하고, 태자를 향하여 엎드려 울며 말하였다.

"원하옵건데 지하에서라도 다시 부부가 되었으면 합니다."

그러고는 작은 가마를 타고 수구문으로 내어보내니 수운水雲

이 참담慘憺하고 밝게 빛나는 해도 그 빛을 잃은 듯하여 육궁 비빈 중에서 울지 않은 이가 없었다.

정씨를 영안궁에 내치신 그 후에 달이 점점 차서 황태손皇太孫을 탄생하였다.

유모와 시녀 옥소애가 황손을 낳은 것을 황상께 아뢰니, 천자께서 조서詔書를 내리시어 그날 사약을 내리도록 하시었다.

그러자 태자가 미리 이 약을 가져가는 강문창에게 가리키며 말하기를,

"경의 충성忠誠을 아는 바이나 이 정비의 무죄無罪함을 아느냐?"

그러자, 문창이 땅에 엎드려 아뢰어 말하기를,

"전하는 안심하십시오. 신이 죽어도 구할 모책謀策이 있습니다."

태자 슬프게 탄식하시고 즉시 천은天銀 일천 냥을 주시며 여러 번 당부하시니 문창이 받아 가지고 물러나 백성의 딸을 사서 영안궁에 가두고 이 날 밤에 약을 먹여 죽인 후 태비를 농에 넣어 본궁으로 보내니 누가 정비가 살았음을 알겠는가?

문창이 돌아와 정비가 돌아가셨음을 상上께 아뢰니,

상上께서 들으시고 명령을 내리셨다.

"이미 황태손을 낳았으니 영안궁에 봉안하여 아침저녁으로 향을 살라 예禮로써 제사하라."

이에 문창이 정비를 구하여 본궁으로 보내고 이 같은 뜻을

동궁께 아뢰니,

　태자께서 탄식하며 말씀하시기를,

　"경은 지극한지라. 앞으로 이 은혜를 갚을 날이 있으리라."

　이때에 천자께서 영ᆼ슘을 내리시어 황손이 궐내에 들어오니, 옥과 같은 얼굴이 두드러져서 태자 정비와 같았다. 황후께서 태자와 더불어 더욱 슬퍼하시더라.

　정비는 본궁에 돌아와 깊은 후원에 은신隱身하였더니 해산解産 후 수풍受風[56]하여 위급하게 되었다. 이에 강문창이 태자전太子殿에 아뢰고 약을 보내어 죽을 목숨을 구하게 되었다.

　그럭저럭 한 달이 지난 후에 정비가 소복素服하고 지내노라니 분기憤氣를 이기지 못하여 창검槍劍을 차고 궐 가운데 들어가 양귀비의 머리를 베어 분을 풀고 싶었다. 그러나 국법이 그렇지 못하여 참고 지내니 옥체玉體가 스스로 사라지는 듯하더라.

　천자가 다시 양경의 딸에게 명하여 태자비를 삼으려 하니, 양경의 딸은 저의 숙모 양귀비의 간교奸巧를 본받아 시샘하기를 좋아하였다.

　황후는 무심無心하시었고 황상은 서로 사랑하기 측량測量없었으나, 태자는 끝내 대면對面치 아니 하시고 서충궁에 처하여 황손을 거느리고 육궁을 더불어 밤낮으로 떠나지 아니하더라.

---

56) 수풍受風 : 산후병의 하나.

태자 정비를 잊지 못하시더니 한가한 틈을 타 황상께 아뢰었다.

"이 사이 풍경이 아름다우니 비복과 더불어 동교에 나아가 구경하고 싶습니다."

상上이 윤허하시니,

태자 즉시 수繡띠를 두르고 여러 명의 차동車童을 거느리고 주점에 이르러 차동과 인마人馬를 두고 홀로 영미궁에 이르니 대문이 잠겨 있었다. 태자께서 뒷동산 문으로 들어가니 마침 옥소애가 난간에서 약을 끓이다가 태자 친히 들어오심을 보고 의아하여 내려와 엎드려 재배再拜하거늘, 태자 물어 말하기를,

"정비 어디 계시느냐?"

옥소애가 아뢰었다.

"동편 방에 계십니다."

이에 태자 들어서니 정비 죄인의 의복을 입고 상서에 기대어 있다가 태자를 보고 일어나 통곡痛哭하니 태자 또한 옥수玉手로 눈물을 씻으며 말하기를,

"죽은 비가 능히 살았느냐?"

그러자 정비가 눈물을 흘리며 말하기를,

"첩이 처음부터 정숙하고 단정하게 생활하고 부귀를 원하지 않았던 것은 이러한 화禍를 면하기 위해서였습니다. 오늘날 첩이 보잘 것 없는 목숨을 보전保全함은 황상皇上의 은혜恩惠가 아니고 태자의 은총恩寵을 입은 것입니다. 양경의 간肝을 씹으

며 양귀비의 고기를 먹고자 함이요, 양씨 가문을 멸망케 하고자 함입니다."

태자 말씀하시기를,

"황상께서 깨달을 날이 있으실 것입니다. 그 날이 오면 어찌 충공忠功의 즐거움을 나타내지 아니 하시리오."

라고 하니,

정비 말하기를,

"신첩이 삼실 같은 명을 보전하였사오나 슬하膝下의 자식을 안아보지 못하고 이 동산에 다시 돌아와 늙으신 아버지를 다시 보지 못하고 죽게 되었으니, 어찌 슬프지 아니하겠습니까?"

태자 위로하여 말하기를,.

"장인께서 만리萬里에 처處하여 소식이 없으시니 현비賢妃의 평생 망극罔極함을 내 어찌 모르리오. 황상께 아뢰어 돌아오시도록 하겠소. 애자愛子[57)는 내 슬하에 두고 한시도 떠나지 않으니 현비賢妃는 염려하지 마시오. 과인이 현비賢妃와 이별할 때 심신心身이 어지럽고 정신情神이 아득하여 거의 죽게 되었더니 오늘 그대와 더불어 이와 같이 될 줄을 알았으리오."

정비 하소연하여 말하기를,

"전하는 어진 비를 만나 끝없는 복을 이루었겠지만, 죄첩罪妾은 신원伸寃하지 못하고 죽게 되었습니다. 오래지 않아 죽을

---

57) 애자愛子 : 사랑하는 아들.

것이니 강산이 양가의 소유가 될 것입니다."

말을 마치고 분함을 참지 못하여 손을 비비니 그 소견所見이 단호하였다.

이에 태자가 말하기를.

"이는 가벼운 죄로다. 국운國運이 불행不幸한 것일 뿐이니 어찌 비妃를 저버리고 양녀와 함께 즐거워하리오."

날이 저문 후에 침소寢所에 들어가니 그 새로운 정을 헤아릴 길이 없었다.

태자 흐느껴 통곡痛哭해 말하기를,

"내 어찌 황궁에서 모후께서는 황상과 더불어 대면하시어 하루도 편치 못하고 한낱 처자妻子를 보전하지 못하니 실로 초야草野의 못난 선비만도 못하구나!"

이튿날 정비가 태자께서 왕림하여 황공하다고 여러 번 아뢰시니, 태자 차마 떠나지 못하여 삼일三日을 머물렀더니, 인정人情이 새로히 두터워졌다.

삼일 후 태자 환궁하시니 그 정을 헤아릴 수 없었다.

태자 환궁還宮하신 후 강문창을 불러 재물財物을 자주 보내시고 이후 매일 구경九經[58]을 듣지 않으시고 미복微服으로 자주 왕래往來하니 정비 염려하여 태자께 간하여 말하기를,

"만일 황상이 죄첩罪妾이 살아있음을 아시면 태자께서 큰 화

---

58) 구경九經 : 중국 고전인 아홉 가지 경서.

禍를 당할 것이니 자주 내왕來往을 하지 마십시오."

그러나 태자가 마침내 듣지 아니하셨다.

이런 지 거의 일 년이라,

궁중제신宮中諸臣 모두 태자가 자주 내왕來往하심을 의심하여 정비가 죽지 아니하였던가 하는 소문이 전해져 궁전에까지 들어가니, 황후皇后 들으시고 크게 놀라 남몰래 동궁東宮을 명하시어 물으시고 기뻐하시나, 혹 누설漏泄할까 염려하여 남몰래 강문창을 불러 하교下敎해 말하기를,

"이제 태자 왕래往來를 그치지 않으니 만일 황상皇上이 아시면 큰 화禍를 당할 것이니 네가 정비를 모셔다가 다른 곳에 두어 태자 내왕이 없게 하여라."

문창이 고두叩頭[59] 사은謝恩하고 물러와 크게 두려워서 정비 전에 들어가 아뢰어 말하기를,

"동궁전하께서 자주 내왕來往하심을 궁중이 다 의심하옵고 황후 낭랑께서 아시고 소신小臣을 불러 이리이리 하라 하시었습니다. 군신지의君臣之義가 엄하시어 감히 품부하오니 끝까지 구출하심을 생각하시어 분부하십시오."

정비 말하기를,

"이와 같은 일을 태자께 고하였으니 사생死生이 유명有命하니 어찌하리오. 내 생각하니 여자로서 남자의 복식을 하고 고향에

---

59) 고두叩頭 : 경의를 나타내기 위하여 머리를 조아리다,

돌아가 부공父公이 돌아오심을 기다리고 싶지만 혈혈단신孑孑單身이 어디 가 의지하겠는가?"

문창이 아뢰어 말하기를,

"내려가시는 배는 신臣이 알아보아 다시 알릴 것이니 행차하실 날을 정하소서. 듣자오니 이시랑侍郞은 산중 사람이라 벼슬하러 왔다가 벼슬에서 물러나시고 가족을 거느리고 가려 한다고 합니다."

정비 기뻐하며 즉시 남복男服으로 갈아입으시고 유모와 옥소애와 더불어 갈 때 글 두 장을 지어 집 지키는 종을 주어 말하기를,

"이 글 한 장은 태자 오시거든 드리고 또 한 장은 행여나 부친父親이 오시거든 드려라."

그러고는 약간의 돈을 지니고 행장行裝을 차려 삼태 호총말[60]을 타고 이 날 삼경三更에 도망하여 강문창을 따라 강가에 나아가니 심사心思가 새로이 처창悽愴하였다.

정후鄭后가 강문창에게 말하기를,

"삼세三歲에 자당慈堂을 여의고 십오 세에 양경에게 겁탈당할 뻔하여 세상에서 버린 사람이 되었더니, 태자의 구혼하심을 입어 손님이 머무는 방에서 간택되고 장차 무한한 부귀를 누리고 내 원수를 갚을까 하였더니, 천만 뜻밖에 참상을 만나 죽을

---

60) 호총말 : 호총마胡驄馬. 서역에서 나는 총마.

지경을 당하였다. 그러나 그대의 충성을 입어 목숨을 보전하였으나, 이같이 운명이 기구하여 슬하에 자식을 안아보지도 못하고, 하늘같은 가군家君을 이별하고, 외로우신 가친家親을 보지 못하고, 정처 없이 떠돌아 다닐 줄 어찌 알았겠습니까?"

그러고는 눈물을 흘려 슬퍼하고 분기憤氣를 참지 못하거늘 문창이 위로하며 말하기를,

"비妃는 눈물을 거두시고 험로險路에 옥체玉體를 보중保重하십시오. 평안平安히 행차行次하여 계시면 소신小臣 등이 타일他日에 마땅히 받들어 모시겠습니다."

이어 유모와 함께 강변에 나아가 하직하거늘,

정비 강문창 등을 이별하고 배에 타고 유모는 옥소애와 더불어 배의 뒤쪽 부분에 의지하여 앉았더니 사공이 이시랑에게 말하기를,

"장사 태수의 조카 정각노의 아들이라 하온데, 한지로 배를 타고 가는 중입니다."

시랑이 이상하게 여겨 청하니, 정비 여러 가지로 핑계를 대다가 시랑侍郎의 처소에 이르니 시랑이 영접하여 서로 예필禮畢하고 좌정坐定 후, 시랑이 눈을 들어 정비를 보니 표표정정表表正正[61]하여 기운이 씩씩하고 운빈雲鬢[62]과 호치皓齒[63]는 완연히

---

61) 표표정정表表正正 : 눈에 띄도록 우뚝하여 두드러짐.
62) 운빈雲鬢 : 여성의 탐스러운 귀밑머리.
63) 호치皓齒 : 희고 깨끗한 이.

미인의 골격 같은데, 추월秋月같은 눈초리를 지녔고 미간眉間에
는 강산江山 정기精氣를 감추었으니 풍운風雲을 부릴 기틀과 안
민安民[64]의 위용을 가졌기에 그 추추세세啾啾細細[65]함을 사랑하
여 물어 말하기를,

"공자는 뉘 댁 자제며 나이는 몇이나 되시었오".

정비가 말하기를,

"소생小生은 경성 사람으로 가친家親이 원방遠方에 가시고 외
숙外叔이 장사 태수로 가셔서 그곳에 갑니다."

시랑이 말하기를,

"나는 도시랑都侍郎 이원중이라, 벼슬에 왔다가 고향을 가거
니와 공자公子의 성명을 이르지 않았으니 알지 못하겠노라, 무
슨 다른 뜻이 있는가?"

정비 재배再拜하며 말하기를,

"어찌 다른 뜻이 있겠습니까? 소생은 교지跤止의 참모參謀 정
공의 아들입니다. 누이가 하나 있어 태자비가 되었더니 우연히
득죄得罪하여 죽었습니다. 가친家親은 원지遠地에 가시고 죄인
의 동생이 된 몸으로 경중京中에 머무름이 자못 외람猥濫되어
외숙이 장사 태수로 갔기에 그리로 가 의탁依託하고자 하는
것입니다."

시랑이 크게 놀라 말하기를,

---

64) 안민安民 : 백성을 안심하고 편히 살게 함.
65) 추추세세啾啾細細 : 가늘고 여리여리함.

"나는 정각노와 더불어 자주 친하게 지내는 사이이니라. 하지만 정공이 아들 있음을 알지 못하였으니 내 믿지 못하겠으며 어찌 나를 보러오지 않았는가?"

그러고는 가만히 웃거늘,

태비 말하기를,

"소생은 가친家親이 낳으신 바가 아닙니다. 원방遠方에 가실 때 조카를 데려다가 조상 향화香火를 그치지 않도록 하였던 것입니다. 그런 이유로 미처 나가 뵈옵지 못하였나이다."

시랑侍郞이 탄식하며 말하기를,

"노부老父가 경성京城에 있을 적에 태자비가 원통하게 죽으셨다 함에, 듣고 슬픔을 이기지 못하였도다. 그런 가운데 양귀비와 양경이 나라를 요란케 하니, 나라가 오래지 아니할 것이니 어찌 슬프지 아니하리오."

태비 탄식하여 말하기를,

"태자비에 대한 말씀이야 어찌 다 헤아릴 수 있겠습니까?"

라고 시랑이 말하였다.

"장사 태수가 외숙外叔이라 하니 알지 못하겠다만 전임 태수인가? 신임 태수인가? 전임 태수는 돌아왔고 신임 태수는 노부老父가 경성京城에 있을 적에 수하手下였으니 하방 사람이로다."

정비 크게 놀라며 말하기를,

"전임 태수의 성명을 알고 계십니까?"

시랑이 말하기를,

"내 이제 갓 떠났으니 어찌 모르리오? 신임 태수는 손경이요 전임 태수는 갈린 지 석 달이라. 틀림없이 고향에 돌아갔노라."

태비 이 말을 듣고 크게 슬퍼하여 말이 없거늘,

시랑이 말하기를,

"어찌 이같이 슬퍼하는가?"

그러자 정비 말하기를,

"소생이 다만 고단한 일신一身으로 외숙外叔을 바라고 가다가 이러한 말을 들으니 진퇴낭패進退狼狽[66]입니다."

시랑이 위로해 말하기를,

"대장부가 세상에 일신을 의탁依託할 곳 없겠소? 노부는 그대 부친과 죽마고우竹馬故友였으니, 내 집에 가 머물다가 각로閣老 돌아오신 후에 움직이면 어떠하겠는가?"

태비 재배再拜하고 말하기를,

"만일 선생이 소생小生을 버리지 않으시면 어찌 다행한 일이 아니겠습니까?"

시랑이 크게 기뻐하며 함께 가며 밤낮으로 배 안에서 함께 공부하고 수작酬酌하니, 황석공黃石公[67]의 삼략三略과 제갈령諸葛亮[68]의 방진도方陣圖[69]를 통달하였고, 간간히 웅장한 말씀은

---

66) 진퇴낭패進退狼狽 : '이러기도 어렵고 저러기도 어려운 매우 난처한 처지에 놓여 있음'을 이르는 말. '진퇴양난'과 '낭패'를 붙여 이른 말.
67) 황석공黃石公 : 중국 진나라 말엽의 병법가, 장량에게 병서兵書를 물려주었다고 함.
68) 제갈령諸葛亮 : 중국 촉한의 정치가.

사람의 마음을 놀라게 하였다.

시랑이 말마다 탄복하여 사랑함이 끝이 없었다.

이럭저럭 지낸 지 여러 날 만에 백사장에 내려 시랑의 옛집을 찾아 들어가니, 별당別堂을 보수補修하여 정비를 머물게 하고 식사를 극진히 대접하니 은혜恩惠에 감격하여 잊지 못할 정도였다.

집 앞은 큰 강이 임하였으니 행선行船[70]이 왕래往來하고 뒤에는 태산이 의지하여 두해 삼십이라. 가히 이른바 삼공三公[71]과 바꿀 수 없는 강산이었다.

정비 이 집에 온 후 심회心懷가 더욱 비창悲愴하여 누대樓臺[72]에 올라 남쪽 하늘을 향하여 생각하며 눈물을 흘리며 말하기를,

"전생前生에 무슨 죄로 이생에 나와서 동생도 없고 결초보은結草報恩[73]을 못하며, 또 부친은 적병을 격파擊破하고 전장을 떠나셨으나 돌아오지 못하시니 어찌 슬프지 않겠는가! 명천明天이 음조陰助하여 부친을 만나보고서야 그 날 죽어도 눈을 감으리라."

---

69) 방진도方陣圖 : 춤이나 군사적 목적을 위해 사람들이 사각형으로 배치된 것을 나타낸 그림.
70) 행서行船 : 배가 가거나 떠남.
71) 삼공三公 : 태위와 사도, 사공의 세 벼슬.
72) 누대樓臺 : 크고 높게 지은 정자나 누각.
73) 결초보은結草報恩 : 은혜를 잊지 않고 갚는다는 말. 죽어 혼령이 되어서라도 은혜를 잊지 않고 갚는다는 뜻. 중국 춘추시대, 진나라 위과魏顆의 고사에서 유래함.

그러고는 탄식을 그치지 아니하였다.

이때에 시랑이 내당內堂에 들어가 부인에게 정생鄭生의 용모와 재주를 자랑하고 여아女兒를 의탁依託하고자 하여 부인의 소견所見이 어떠한지 묻자 부인이 말하기를,

"첩의 소견所見에는 무던하니 서둘러 혼사를 의논하여 보십시오."

이에 이공이 즉시 외당外堂에 나아가 정비와 말을 주고받다가 공이 탄식하여 말하기를.

"노부가 아들 복이 없어 다만 일녀一女를 두었으되, 장방의 아름다움이 없으나 족히 군자의 건즐巾櫛74)을 받들 만하네. 사위를 정하지 못하였다가 이제 그대를 보니 내 딸의 짝인 것 같네. 각로閣老가 있으면 청혼하면 흔쾌히 허혼許婚하겠지만 돌아오실 기약이 막연하니 공자의 소견이 어떠한가?"

정비 크게 놀라 말하기를,

"연대인이 저같이 미천한 이를 슬하膝下에 들이고자 하시니 황공惶恐하고 감사感謝하오나 사람의 도리가 그렇지 아니 합니다. 요행僥倖으로 가친께서 돌아오신 후에 성례成禮하여도 오히려 늦지 않습니다."

이에 시랑이 말하기를,

"공자가 고집스럽게 사양함은 반드시 이 규수의 성품을 알지

---

74) 건즐巾櫛 : 건즐巾櫛을 받든다는 것은 '여자가 아내로서 남편을 받들다'는 뜻을 의미함.

못하여 의심하는 것인가 하노라. 늙은 아내가 나이 많아 성례를 속히 하고자 하노라."

태자비가 생각하되, '이 댁의 은혜가 망극罔極하고 태자는 유신有信하시고 한결같으시니 천추千秋 타일他日의 옛정을 생각하여 그때를 당하면 은혜를 갚으리라,' 하고 일어나 재배再拜하고 말하기를,

"분부대로 하겠습니다."

시랑이 크게 기뻐하며 시녀에게 명하였다.

"소저小姐를 나오게 하여 평생平生 함께 할 사람을 보라."

이에 소저가 단장채의丹粧彩衣75)로 시녀에게 부축을 받아 나오시거늘, 정비가 눈을 들어 바라보니 요요정정하여 항아姮娥76)가 채운彩雲을 타고 요지瑤池77)에 가는 듯하여 의연히 숙녀의 모습이었으니 왕비王妃가 될 만한 절행節行이 있었다.

정비가 내심 생각하되, '사람이 저 같은 아내를 얻으면 무슨 근심이 있으리오?' 하고 이공을 향하여 사례하여 말하였다.

"영아嬰兒 소저小姐는 반드시 천상天上 사람입니다. 저러하건대 소자小子의 복이 부족한가 합니다"

시랑이 웃으며 말하기를,

---

75) 단장채의丹粧彩衣 : 채색옷으로 단장함.
76) 항아姮娥 : 중국 고대 신화에서, 달 속에 있다는 선녀.
77) 요지瑤池 : 선계의 서왕모가 사는 곤륜산 궁궐에 있는 연못. 주周나라 목왕穆王이 서왕모西王母를 만났다는 이야기로 유명한 곳.

"우리 딸아이는 얼굴만 아름다운 것이 아니라 그 성품도 어질도다."

그러고는 소저를 내당으로 들여보낸 후 즉시 날을 잡아 혼례를 이루려고 하였다.

이것을 보고 유모가 가만히 정비에게 고하여 말하기를,

"이렇게 하시고 나중에는 어찌 하려 하시옵니까?"

정비가 말하기를,

"이시랑의 은혜가 망극罔極하고 소저의 재덕才德을 보아 생각해보니 천하에 드문 사람이라. 그 사람은 태자를 섬길 것이니 너희들은 염려하지 말라."

원래 이시랑이 자녀子女가 없고 다만 소저뿐이었는데, 이름은 요영이고 나이는 14세였다. 성질이 총명하여 시랑이 특히 사랑하였다.

정비는 태자가 주었던 옥패玉佩 산호珊瑚를 가져왔기에 그것으로 납채納采[78]하였다. 마침내 길일吉日이 되어 현으로부터 현에 이르러 전안奠雁[79]을 마치고 신방에 나아가니 보배 등 물건들이 화려하였다.

정비가 이날 밤에 소저를 대하여 탄식하여 말하기를,

"사람이 저 같은 아내를 얻어 동락同樂하는 사람은 인간 세상

---

78) 납채納采 : 혼인 때 신랑집에서 신부집으로 예물을 보냄.
79) 전안奠雁 : 전통 결혼식 절차 중 하나. 신랑이 신부의 집에 기러기를 가지고 가서 상 위에 놓고 절하는 예.

의 사람이 아니리라. 나는 무슨 죄로 세상의 남자들처럼 사랑하면서도 그 은정恩情을 알지 못하게 할 것이니 그 원통함을 한하노라."

그러고는 금침衾枕에 나아가 가까이 하지 않으니 두 사람 사이가 천리만리千里萬里나 떠러진 것 같았다.

이튿날 정비가 이공을 뵈오니 이공 부부가 기쁜 안색을 하고 시랑은 정비의 손을 잡고 부인은 소저의 손을 잡아 즐거워하였다.

이에 정비가 재배再拜하고 말하기를,

"가친家親께서 돌아오지 아니 하오니, 장인께서는 사위의 고단함을 불쌍히 여기시어 슬하에 의탁하게 해주소서."

이 말을 듣고 시랑이 크게 기뻐하며 말하기를,

"사위의 뜻이 그러하다면 어찌 다행하지 않겠는가."

그러고는 인하여 친애親愛함이 끝이 없었으니 마치 자기가 낳은 자식과 같았다.

정비가 낮이면 소저와 더불어 시서詩書를 두루 논하고 사랑하나, 금침衾枕에 들면 금슬琴瑟의 정이 하나도 없어 천리만리 떨어진 것 같았다. 소저가 마음에 수상하게 여기고 지냄이 거의 반년이었다. 자연히 금슬琴瑟이 부족하다고 수군거리는 말이 들리니 시랑이 듣고 크게 놀라 정비를 청하여 이렇게 말하였다.

"사위는 나의 여아女兒를 사랑함이 지극하니 어찌 기특하지 아니 하겠는가만, 노부老父가 아직 알지 못할 것이 있도다. 마침 들으니 금슬琴瑟이 부족하다 하니 알지 못하겠노라, 그대의 몸에 무슨 허물이 있어 그러한가? 속 시원히 말하여 노부의 염려를 덜게 하라."

정비가 처연凄然히 재배再拜하고 말하기를,

"이제 저의 마음 속 소회所懷를 장인께 고하나이다. 만일 한신韓信이 위표魏豹 잡던 일[80]을 아무렇지 않게 여기실지라도 제가 배반背叛한 죄를 어찌 면하겠습니까? 부처님의 가호가 있더라도 잊지 못하고 면전面前에서 죽일 것입니다."

시랑이 크게 놀라 달래니,

정비가 슬퍼하며 말하기를,

"첩妾은 바로 태비太妃 정씨입니다. 14세에 자모慈母를 여의고 15세에 양경의 말을 허락하지 아니하였더니 양경이 혐의嫌疑하여 부친을 황상皇上께 참소讒訴하여 만리萬里 교지국交趾國에 보내고는 교자轎子를 가지고 납치하러 왔거늘 비밀스러운 계책으로 방비하고 있었습니다. 그때 태자께서 첩의 이름을 그릇 듣고 여장을 하고 들어와 첩의 동정을 살핀 후 황상皇上과 황후皇后 낭낭娘娘[81]께 즉시 주달奏達하고 첩으로서 태자비를 삼으시니 궁중에 들어가 만종萬鍾의 녹祿을 누렸습니다. 그러다가 양귀비의 모해를 입어 영안궁에 한 달을 갇혔다가 황태손皇太孫을 낳으

---

80) 한신韓信이 위표魏豹 잡던 일 : 한신韓信이 위표魏豹와의 전투에서 임진관에서 건너는 척하며 북상하여 하양夏陽의 나루터에서 통나무를 껴안고 황하를 도하하여 위표를 사로잡은 일. 상대방을 기만함의 비유이다.
81) 낭낭娘娘 : 제왕이나 귀족의 아내를 높여 이르던 말.

매 황상께서 첩에게 사약을 내리라 하셨습니다. 마침 강문창의 구함을 입어 본궁으로 왔는데, 이후로 태자께서 자주 내왕하시니 만일 발각되면 첩의 죽음은 물론이거니와 태자와 여러 사람이 목숨을 보전保全하지 못할 것이라, 부득이 남장을 하여 외숙外叔을 바라고 가다가 천우신조天佑神助[82)로 가던 길에 대인大人을 만나 길러주신 은혜를 입게 되었습니다. 게다가 영애令愛 소저에게 허혼許婚하시어 슬하의 즐거움을 이루려 하셨으니 첩이 일찍 진정眞情을 설화說話하고자 하였지만 그러지 못하여 잡인雜人을 속이고 귀하신 손녀孫女를 희롱하였으니 죄가 깊습니다. 이로 말미암아 스스로 재량하건대 태자께서 만일에 첩의 죄가 없음을 밝히시고 또 황손皇孫이 있사오니, 오랜 세월이 지나 옛정을 회복한다면 첩이 마땅히 소저를 달래어 아황娥皇과 여영女英[83)의 일을 본받아 함께 늙기로 정하였습니다."

시랑 부처夫妻가 이 말을 듣고 황망慌忙하여 급히 당堂에서 내려와 땅에 엎드려 죄를 청하며 말하기를,

"신臣이 혼암昏暗하여 무례無禮하였사옵니다. 심궁深宮의 태자비께서 이같이 누추한 집에 계셨는데, 신臣이 경황驚惶 없이 대접을 소홀히 하였사오니 사죄를 청하나이다. 노신老臣이 경성에 있을 때 태자비께서 원통히 돌아가셨다 하매 듣고 슬픔을

---

82) 천우신조天佑神助 : 하늘과 신령이 도움.
83) 아황娥皇과 여영女英 : 요堯임금의 딸로 함께 순舜임금에게 출가하여 황후가 되었다.

이기지 못하였으며, 양귀비와 양경이 국가를 요란하게 하니 국가 장차 오래지 아니하리라 여겼습니다. 단지 조정에 있을 적에 현훈玄訓[84]을 받아 오랜 세월 동안 같이 있었으니 어찌 다른 가문을 알겠습니까? 더구나 아황과 여영 되기를 원하시니, 더욱 외람猥濫하오니 어떻게 살아야 할지 모르겠사옵니다. 존비尊妃께서 남복男服을 오랫동안 하시어 옥안玉顏이 변하셨으니 도로 여복女服을 입으시고 신臣의 딸을 생각하오며 오래 머무르며 후일을 기다리소서."

그러고는 이 말이 문 밖에 나지 않도록 신칙申飭[85]하였는데, 이 날 이소저가 이 말을 듣고 크게 놀랐다. 또 태자비가 내당內堂에 들어가 여복女服으로 바꾸어 입으니 요조窈窕한 태도가 비길 데 없었다.

양경의 몸이 공후公侯에 올라 자기 종족宗族으로 육도六道의 자사刺史를 삼고, 처조카 원이정을 병부상서로 삼고, 내외를 처리하여 병권을 맡겨서 사해四海 안이 온통 소란하였는데, 황상은 밝지 못하여 위엄이 없으니, 지금 세상이 요란하고 장안이 흉흉㓵㓵하였다.

그러던 중 하루는 채담이 다녀와 이렇게 아뢰었다.

"육도의 자사가 모두 반역하여 황성皇城에 반역한다"

---

84) 현훈玄訓 : 심오한 가르침.
85) 신칙申飭 : 단단히 타일러서 경계함.

이에 천자가 크게 놀라 방적防賊[86]을 의논하는데, 양경이 나서서 아뢰었다.

"이제 육도 자사가 반역하여 들어온다 하오니 그 세력이 태산 같습니다. 그러니 만일 황상께서 친행親行하시면 가히 도적을 막으려니와 만일 그렇지 아니하면 그 화적火賊을 물리치지 못할 것입니다."

황제가 크게 놀라 양경으로 대원수를 삼고 원이정으로 선봉장을 삼아 백만 대병을 거느리고. 천자가 친히 중군中軍이 되어 행차하시니 기치旗幟와 창검槍劍이 분분紛紛하여 일월日月을 가리었다.

이때에 양주자사 양운이 천자를 포위하고 의기양양하여 소리쳐 말하였다.

"이제 주씨의 운수가 쇠퇴하였으니 부질없이 백성을 죽이지 말고 천자의 대위大位를 내게 주고 빨리 물러가라."

이렇게 외치는 소리가 천지를 진동하였다. 이에 선봉장 원이정이 내달아 양운을 맞아 싸우다가 사로잡힌 바 되니, 또 도원수 양경이 내달아 적을 상대하더니 물러나며 두어 번 싸우는 척하다가 실수하여 사로잡히는 체하고 적진으로 들어갔다. 황제는 그 연유를 알지 못하고 경황실색驚惶失色하며 이렇게 물었다.

"하신下臣[87] 중 누가 대적하리요?"

---

86) 방적防賊 : 적을 막음.
87) 하신下臣 : 신하가 임금에게 스스로를 낮추어 가리키는 말.

좌우左右의 모두가 일제히 아뢰었다.

"이제 형세가 곤궁困窮하오니 마땅히 항복하기만 같지 못하옵니다."

천자가 크게 분하여 대답하지 않고 좌우를 돌아보며 말하기를,

"누가 능히 흉적凶賊을 소멸하고 짐의 분을 덜겠는가?"

그러나 하신下臣의 모든 무리가 거의 다 양경의 세력에 들었는지라 누가 대적하겠는가?

급함이 경각頃刻에 달리게 되었다.

태자비가 이시랑 댁에서 조정에서 모시러 오기를 기다리며 밤낮으로 국가 소식을 탐지하였는데 하루는 피난하는 백성이 길을 막고 울었다. 태자비가 소애를 시켜 위로하며 백성에게 물으니 백성이 말하기를,

"양경의 동족同族인 황주 익주 서주 강주 성주 형주 도읍이 다 반역하여 조정을 침노侵擄하였는데, 천자께서 몸소 공격하시다가 도적에게 패하여 거의 죽게 되셨으니 백성이 당하지 못하여 피난하나이다."

태자비가 듣고 하늘을 우러러 탄식하며 말하기를,

"전쟁터에는 나라를 일으켜 세울 신하가 없고 양경 같은 소인小人이 있어 백성을 다 없어지게 하고 임금을 해치니 어찌 통한치 아니하리오. 황상皇上이 이제 친행親行하신다 하니 그 흉적凶

賊의 세력을 어찌 당하리오. 내 비록 여자이나 한 번 소리쳐 역적을 깨뜨리고 백성을 건지며 임금을 구원하리라."

이에 이공 부처夫妻를 하직하며 말하기를,

"이제 양경의 족당族黨이 육도 자사刺史를 하다가 모두 반역하였으매 천자께서 친행親行하시어 위급함이 경각頃刻에 있다 하오니 첩妾이 비록 여자이나 국록國祿을 먹었으니 어찌 태연히 앉아 있겠습니까? 이제 가고자 하오니 대인大人께서는 평안히 계시옵소서."

이에 이공 부처夫妻 차탄嗟歎하며 말하기를,

"존비尊妃께서는 옥체玉體를 보중保重하시어 공을 세우시고 어서 돌아오소서."

태자비가 또 이소저를 돌아보아 말하기를,

"내가 이번에 다녀오면 그대에게 지극한 영화榮華를 누리게 하리니, 부모를 모시고 잘 있으면서 나의 성공함을 축수하라"

그러고는 몸에 청황갑靑皇鉀[88]을 입고 머리에 모치茅鵄[89]로 치장한 황금투구를 쓰고 손에 칠척 천조검擅朝劍[90]을 들고 허리에 오색 청현궁淸顯弓[91]을 빗겨 차고 급히 진진陣을 갖추어 삼태호총마를 타고 백운白雲을 헤쳐 호호탕탕浩浩蕩蕩하여 나는 듯이

---

88) 청황갑靑皇鉀 : 청제靑帝의 갑옷.
89) 모치茅鵄 : 수알치 새.
90) 천조검擅朝劍 : 조정에서 전권하는 칼.
91) 청현궁淸顯弓 : 청환과 현직이 화살을 메워서 쏘는 기구.

천자의 대진大陣을 찾아가서 바라보니 양진兩陣이 대진大陣을 친 속에서 육도 군영軍營이 천자에게 항복하라 하는 소리가 천지를 진동하였다.

이에 태자비가 분기충천憤氣沖天하여 천조검擅朝劍을 높이 들고 말하였다.

"너희는 어떤 도적이기에 완악하기 그지없어 우리 황상皇上을 이리도 핍박하는가? 나는 성제聖帝의 명을 받아 주씨 강산을 구하러 왔으니 나를 대적할 이 있거든 모두 나와 승부를 결정하자."

이렇게 외치는 소리 진동하니, 양주 자사 양운이 응답하여 크게 소리쳐 말하기를,

"이제 주씨의 부조父祖가 실덕失德하여 천하 백성이 도탄塗炭에 들어 눈도 뜰 수 없음을 차마 보지 못하여 주씨를 들어 내쳐서 만민萬民을 건지고자 하나니, 너는 어떠한 사람이기에 시절 돌아감을 알지 못하고 우리로 하여금 대공大功을 세우지 못하게 하는가?"

태자비가 대답하여 말하기를,

"자고自古로 신하는 그 위를 범하지 못하나니, 너희가 주씨의 녹祿을 먹었으나 임금의 은혜를 갚기는 커녕 도리어 이와 같이 하느냐? 옥체를 빌린 임금의 마음은 하해와 같으니 어찌 돌보아 주심이 없으리오. 급히 항복하면 죄를 용서하려니와, 종시終是 하늘 뜻에 순종하지 않으면 아득히 살아날 길이 없는 곳으로

나아가게 하리니 급히 결단하라."

양운이 노하여 달려 들거늘,

태자비가 맞아 싸워 두 합슴에 태자비의 칼이 번뜩하더니 양운의 머리를 베어 칼끝에 꿰어 들고 재주를 자랑하며 쳐들어 갔다. 적진에서 양운이 죽음을 보고 또 한 장수가 내닫거늘, 태자비가 바라보니 신장이 구척이고 얼굴은 수묵水墨을 갈아 뿌린듯하고 눈은 커서 세 치 닷 푼이나 되었다. 창검槍劍이 엄숙 하여 청천靑天의 번개 같으니 이는 황주 자사 양운92)이었다.

태자비가 크게 꾸짖어 말하기를,

"이런 도적이 시정市井에 있으나 무엇에 쓸 수 있겠는가? 너와 더불어 대적함이 욕되나 위국충신爲國忠臣이 있는 고로 마지못 해 다투니 급히 결단하라."

양운이 크게 노하여 달려들어 태자비와 싸우기를 20여 합이 나 승부를 가리지 못했다.

이때에 천자가 대상臺上에서 바라보니 난데없는 장군이 필마 匹馬로 들어와 적장을 모두 죽이는 것이었다. 이를 보고 의아한 중에 안심되어 말씀하시기를,

"밝으신 하늘이 주씨 강산을 보전케 하시도다."

이어 기뻐하며 일월기日月旗를 둘러 접응接應하였다.

태자비가 양운과 싸우기를 30여 합에 결단決斷하지 못하였는

---

92) 위에서 죽은 자는 양주 자사 양운으로, 동명 이인이다.

데, 문득 태자비가 입은 전포戰袍[93]의 용두龍頭에서 청황룡靑黃龍이 엎드려 있다가 붉은 기운을 토하니, 삼태호총마가 귀를 세우는 가운데 안개가 자욱하여 양진兩陣을 분별하지 못하였다. 그런데 문득 태자비의 몸이 공중에 솟구치더니 칼을 들어 양운의 목을 베어 말 아래로 내리치니 누가 감히 당하리오. 태자비가 드디어 모든 역적을 함몰陷沒시키고 군사는 놓아 보내니, 적진에 잡혀갔던 양경과 원이정의 몸이 살아 와서 태자비를 보고 칭송하며 말하기를,

"우리들은 대국 도원수와 선봉장이나 재주가 없어 적진에 잡혀 죽게 되었더니 장군의 은혜를 입어 목숨을 보전하고 흉적凶賊을 격파하였으니 은혜 난망難忘이로소이다."

태자비가 한 꾀를 생각하고 이렇게 말하였다.

"정말 몰랐습니다."

그러고는 양경을 데리고 천자天子 계신 곳에 가서 육도자사六道刺史[94]의 머리를 올리니 천자가 크게 기뻐하시며 자리에서 내려와 태자비의 손을 잡으시고 말씀하시었다.

"장군의 충성은 무엇보다도 크니 금수강산錦繡江山으로도 갚지 못하리라."

태자비가 엎드려 아뢰었다.

---

93) 전포戰袍 : 장수가 군복으로 입던 긴 웃옷.
94) 육도자사六道刺史 : 중생이 선악의 업인에 의하여 윤회하는 여섯 가지의 세계의 군과 국을 감독하기 위하여 각주에 상주하던 감찰관.

"폐하의 홍복洪福이라, 신이 무슨 공이 있겠습니까?"

천자가 매우 칭찬하자, 태자비가 다시 여쭈어 아뢰었다.

"이제 육도 자사刺史가 죽고 자리가 비었으니 엎드려 바라옵건대 폐하께서는 여섯 자사刺史를 정하여 각각 모든 병사를 총독總督하게 하옵소서."

이에 천자가 이를 따랐다.

이어 태자비가 천자를 모시고 황성皇城에 올라왔는데, 남쪽 성문 위에 천자가 전좌殿座한 뒤, 태자비가 황상皇上에게 이렇게 아뢰었다.

"또한 성중城中에 육도 자사刺史의 남은 도당徒黨이 무수하오니 다시 성중에 들어가 반적叛賊을 다 없앤 후 환궁還宮하겠습니다."

천자가 크게 놀라 그대로 윤허하시니, 태자비가 즉시 차환叉鬟95) 등을 호령하여, 양경과 원이정을 잡아들이라는 소리가 천지를 진동하였다. 이에 좌우의 무사武士가 황겁惶怯하여 이놈들을 찾으니 황성 곁에 시위侍衛하고 있었다. 무사들이 이놈들을 잡아내니 태자비가 황성 앞에서 호령하여 말하였다.

"저 두 놈은 으뜸 반적叛賊이다. 주대主臺 밑에 앉히고 육도자사六道刺史의 머리를 장대에 달아라."

그러자 좌우가 실색失色 분분紛紛하였다.

---

95) 차환叉鬟 : 본래는 주인을 가까이에서 모시는 젊은 계집종을 말하는 것이지만, 여기서는 아랫사람이라는 뜻으로 쓰임.

태자비가 또 호령하여 말하였다.

"또 성중에 들어가 양경의 아들 양음과 가속家屬이며, 궁에 들어가 양귀비와 궁녀宮女 궁비宮婢를 일시에 잡아들이라."

이에 무사들이 일시에 또 성중에 들어가 양음과 가속이며, 궁중에 들어가 양귀비와 궁녀 궁비를 다 잡아 50여 명을 잡아내니 성중이 물 끓는 듯하였다.

태자비가 양귀비와 양경을 가까이 앉히고 말하였다.

"네 벼슬이 지극至極하니 임금을 도와 충성을 다함이 신자臣子의 도리이거늘 반적叛賊의 뜻을 품고 백성을 살해하니 죄 하나요, 정각로의 딸로 네 자부子婦를 삼으려 구혼하니 각로는 충신이라 네 실행失行을 알고 허락하지 않으니 그로써 모함하여 만리萬里 교지국交趾國에 보내고 그 집이 빈 때를 탐지하여 그 딸을 탈취하려 하였으니 음흉한 죄 둘이요, 또 외람猥濫한 뜻을 품고 종족宗族으로 육도자사六道刺史를 삼아 흉측한 글을 지어내고, 네 또 귀비貴妃를 끼고 황상皇上께 아첨하며 나라를 잡아 흔들었으니 죄 셋이라. 너의 동류同類를 다 아뢰라."

그러고는 계속하여 찔으니 양경이 견디지 못하여 동류同類를 다 아뢰었는데 수백여 인이었다.

천자가 크게 노하여 양경 부자父子와 원이정을 능지처참陵遲處斬하라고 하시고, 또 그 당류黨類를 다 베라 하시니, 태자비가 즉시 원문 밖에서 참형斬刑에 처하였다.

그리고 양귀비를 가까이 앉히고 전후 사정을 다 물은 후 황상

皇上_{황상}께 아뢰니 천자天子가 크게 분하여 즉시 명령을 내려, 양귀비와 비연을 군영의 앞 갈림길에서 베어 후인後人을 경계하라 하셨다.

이에 태자비가 군정사를 명하여 그들을 베고 양경의 동류를 잡아 백여 명을 영률營律[96]로 참斬하고, 양경의 가속家屬을 베고 삼족三族을 죽였다.

이를 보고 백성들이 이르되, 하늘이 양가를 멸하고 인간의 억울함을 풀게 함이라고 하였다.

이때에 태감太監[97]이 동궁에 들어가 양가를 멸한 사연을 아뢰었다.

한편 태자비가 천자를 모시고 성중에 들어가니 천자가 환궁還宮하고 태자비를 별전別殿에 모시라 하였다. 이에 태자비가 별전에 나아가 억울한 사정을 적어 올리니 황제가 억울한 사정을 보시고 크게 놀라 금편金鞭[98]으로 서안書案을 치며 탄식하여 말하기를,

"우리 며느리가 현녀賢女로다. 짐이 밝지 못하여 태자비의 착한 성덕盛德과 맑은 충성을 보아 살피지 못하고 한갓 양씨 여자의 간교한 말만 듣고 현비賢妃를 박대하여 고생하게 하였도다. 강문창의 충성이 기특하여 태자비를 살렸으며, 전前 시랑侍

---

96) 영률營律 : 군영의 규율.
97) 태감太監 : 예전에, '환관'을 통속적으로 이르던 말.
98) 금편金鞭 : 회초리.

郞 이원중이 또한 충신의 장한 일이로다.

태자비의 곤란한 일신을 거두어 주씨 강산을 보전하니 이두 사람의 공이 중하도다."

이렇게 말씀하시고 조서詔書를 내려 강문창으로 예부시랑禮部侍郞을 삼고, 전시랑 이원중으로 병부상서兵部尙書를 봉하여 직첩職帖을 내리고, 교지참모 정욱으로 충렬위를 내리고 승상을 봉하여 유지諭旨[99]로 정사관을 봉하시며, 비단을 내리었다. 또 태자비를 보고 크게 비창하야 눈물이 앞을 가리었더라.

이때에 환관이 태자 전에 들어가 정비의 전후수말前後首末을 고하고 이전에 죄 준 것을 다 신원伸寃하였다 하니 태자가 듣고 크게 놀라고 크게 기뻐하여 즉시 별전으로 나왔다. 정비가 듣고 가히 즐거웠으나 아직 '서로 만나 보라'는 황상의 비답批答이 없었으므로 사람을 시켜 문을 막고 시녀로 전갈하여 말하였다.

"신첩臣妾이 당초 참이든 거짓이든 간에 죄가 있고, 또 아직 황상의 조서詔書가 없어 경솔히 옥체玉體를 뵙지 못하니 도로 들어가소서."

태자가 듣고 크게 감복하여 다시 들어가 황상께 아뢰니, 상上이 기뻐하며, 네 정비를 보았느냐고 말하였다.

태자가 일어나 사은謝恩하고, 정비가 돌아옴을 듣고 별전別殿에 갔더니 사람으로 막고 시녀侍女를 시켜 말을 전하던 이전

---

99) 유지諭旨 : 임금이 신하에게 내리던 글.

사연을 아뢰니, 천자가 크게 깨닫고 좌우 제신諸臣을 돌아보며 하교下敎하여 말하기를,

"짐이 밝지 못하여 알지 못하였더니 태자의 아룀을 들으니 더욱 탄복하노라. 모시고 궁중에 들어가 황후와 태자를 만나게 하라."

정비가 조서를 받고 궁중에 들어가 황후를 뵈었는데, 황후가 반기며 옥수玉手를 잡고 차탄嗟歎하여 말하기를,

"국운國運이 불행하여 흉인凶人의 수작이 정비의 신상身上에 미쳐 여자 일신이 수천 리 밖에 가서 일신이 상하였으며, 또 오늘날 사직社稷100)을 보전하게 하였으니 천고千古에 드문 일이라. 험로險路에 애썼으니 물러가 쉬라."

태자비가 일어나 사은謝恩하고 고생한 것을 아뢰니 황후가 슬퍼하였다.

정비가 즉시 동궁東宮으로 나오니 태자가 정비를 만남이 어찌 온전하리오. 미친 듯 취한 듯 나아가 옥수玉手를 붙들고 슬퍼하며 말하였다.

"고인孤人이 되었더니 하늘이 도우시어 오늘 비妃를 다시 보니 한이 없도다."

그러고는 못내 슬퍼하자, 태자비가 사은謝恩하고 전후前後 고생한 사연을 아뢰니 태자가 못내 비감悲感하였다. 이 날 함께

---

100) 사직社稷 : 나라 또는 조직.

자고 다음날 아침에 태후太后 낭낭娘娘께 문안하니 황제皇帝와 황후皇后가 새로이 기뻐하며 전날 일을 뉘우치더라.

교지交趾 참모參謀 정공이 여러 해를 해외에 있어 매양 슬퍼하며, 조정에 양경 같은 소인이 있는데도 한 해 동안 찾음이 없으니 속절없이 타국他國 고혼孤魂이 되리로다하며 슬퍼하였는데, 하루는 사신이 황지黃紙[101]를 드리거늘 향촉香燭을 갖추어 북쪽을 향해 네 번 절하고 받아 떼어보니 충렬위忠烈尉며 승상丞相의 유지有旨였다. 승상이 즉시 받들어 행하였다.

이때에 이시랑이 태자비太子妃를 이별하고 밤낮으로 걱정하였는데, 본관本官이 상서와 유지 올리거늘 즉시 길을 떠나 황성으로 올라왔는데, 교지交趾 승상丞相과 함께 도착하였다. 궐하闕下에서 숙배肅拜하니 천자大天子가 승상丞相을 대하여 탄식하고 말씀하시기를,

"짐이 덕이 없어 경을 한 번 해외에 보내고는 여러 해를 찾지 않고 고생하게 하였는데 이제 경을 보니 참괴慙愧하도다."

또 이상서를 돌아보고 무수히 칭찬하시니 두 재상이 머리를 조아리며 사은謝恩하였다.

태자비가 부친 돌아오심을 고대하였는데 하루는 궁녀가 여쭙기를,

"교지 승상과 장사 이상서가 모두 와서 천자께 숙배肅拜하옵

---

101) 황지黃紙 : 황벽색黃蘗色으로 물들인 종이. 임금의 칙서勅書, 칙유勅諭 따위를 기록한 것.

니다"

라고 하였다.

이에 태자비가 별전에서 나와 부친과 이상서를 청하여 만났는데, 태자비가 부친을 붙들고 방성통곡放聲痛哭하며 승상丞相이 또한 흰 수염에 눈물을 무수히 흘리니 태감太監이 붙들고 위로하며 말하기를,

"별전이 나라의 궁궐이고 시절이 태평하니 방성통곡이 마땅치 아니합니다. 옥체玉體를 보중保重하소서."

태자비가 울음을 그치고 부친을 모시어 전후수말前後首末을 고하니 승상이 못내 슬퍼하더라. 정비가 또 이상서를 대하여 사례하고 말하기를,

"대인의 은혜는 뼈를 빻아도 갚지 못할 것입니다. 이후에는 부녀의 의리로써 뵙겠습니다."

이상서가 황공惶恐 감복感服하고 승상과 함께 처소로 돌아갔다.

하루는 태자비가 태자께 간하여 말하기를,

"전날 첩妾이 이시랑 댁에 있을 때 의복을 바꾸어 입고 그 댁의 여아女兒를 취娶하였는데 다른 가문을 원하지 아니합니다."

이어 그 재주와 덕행을 자랑하고 후궁 정하기를 청하니, 태자가 마지못하여 낭낭娘娘께 아뢰었는데, 낭낭이 칭찬하시고 황제께 아뢰었다.

천자가 허락하시니 태자가 즉시 택일하여 후궁에 봉하였다. 이때는 성화成化[102] 53년이었다.

황위皇位를 전하고자 하여 사방四方의 제왕諸王과 봉후封侯와 만조백관滿朝百官이며 식록을 먹는 신하와 교지국交趾國 신자臣者를 다 모았으며, 왕자王子 대신大臣과 열위列位 종실宗室을 모아 종일 잔치를 베풀고는 태평궁에 편좌遍坐하고 태자를 불러 청단의靑單衣를 입히시고 제신諸臣을 돌아보고 이렇게 말하였다.

"짐이 밝지 못하여 도적이 자주 일어나 백성이 편할 날이 없도다. 태자의 인덕이 요순堯舜과 같고 정비의 덕이 충분한지라. 이러므로 천하를 태자에게 전하니 경卿 등은 충성을 다하여 태자를 도와 천하를 태평하게 하라. 짐은 쇠년衰年이라 편히 물러가서 여년餘年을 마치고자 하노라."

이에 태자가 마지 못하여 황제皇帝에 즉위하고, 선先 황제는 태상황太上皇이 되고, 황후는 황태후皇太后를 봉하고, 정비로 황후皇后를 봉하고, 이씨로 귀비貴妃를 봉한 후, 백관의 하례를 받았다. 정욱으로 위국공衛國公 위왕魏王으로 봉하고, 이상서로 충렬위忠烈尉 좌승상左丞相을 봉하고, 강문창으로 병부상서兵部尚書 겸 상서尚書를 봉하니, 모두가 사은숙배謝恩肅拜하였다. 또 정황후 옛집을 금옥전金玉殿 충효당忠孝堂이라 하였다.

태상황과 황태후皇太后는 연만年滿 구십에 붕崩하고, 위왕衛王

102) 성화成化 : 중국 명나라 헌종 때의 연호(1465~1487).

과 이승상李丞相 부처夫妻는 팔십에 몰殁하였다. 천자와 황후 정씨는 이자일녀二子一女를 탄생하니 모두가 비상非常하였다.

황후는 팔십에 붕崩하고 천자는 구십에 붕崩하였다.

장사를 지내고 태자가 즉위하니 백성이 만세萬歲를 불렀다.

무신년戊申年에 시작하여 기유년己酉年 사월 초육일에 미쳐서야 등사를 마침.

Ⅲ. 〈명각녹〉원문

p.1

각셜 황샹의 명궁 낭의 탄싱ᄒ신디 셩질이 슌화ᄒ시고 요슌지
셩덕과 문쟝 명필이며 육뉼을 통ᄒ시니 만죠빅관이 다 칭ᄒ
왈 타일 반다시 틱평션군이 되리라 ᄒ더라
이젹의 황샹의 후궁 냥구비 오라비 이부샹셔 틱학ᄉ 양구이
오라비 니부샹셔 틱학ᄉ 양경이 부총ᄒ여 당시 권신으로 어진
ᄉ름을 멀이ᄒ고 좀인을 가작히 ᄒ야 빅셩을 슬히ᄒ니 진나라
죠고와 송나라 진회 갓ᄒ니 죠졍 원망ᄒ고 쳔히 요란ᄒ야 원망
ᄒ난 이 쳘쳔ᄒ더라 그 즁의 졍쇼뎨의 신션굿ᄒ 량틱을 듯고
져 아달

P.2

과 구혼ᄒ나 공이 미픽을 디ᄒ여 발연 졍식왈 나의 여식은 하날
노 득츌ᄒ신 비라 만일 쯧갓디 안니면 슬ᄒ의셔 늘키리라 엇지
범갓ᄒ 양가로 더부러 결혼치 못ᄒ리로다 미픽 디왈 혹ᄉᄂ
신님 디신이오 쇼랑은 금군지라 타일 당당의 옥당의 츅슈ᄒ리
니다 만일 노션싱의 말씀굿ᄒ시며 냥가로 더부러 결혼ᄒ시며
타일 당당이 옥당의 녕화ᄒ리다 공이 앙소왈 늬 엇지 녕낭의
혁혁ᄒ신 부귀을 바랄지리오 원컨디 다시 이라지 말나 언파의
ᄉ미로 썰쳐 안ᄒ로 드러가니 학ᄉ 디로왈 늬 스ᄉ로 계교을

이스미라 ᄒ더라
ᄎ시의 알남교지 냥

국이 반ᄒᆞᄋᆞ ᄇᆞ다뉵노로 숨아 ᄃᆡ국을 쳐드러 온다 ᄒᆞ여거늘
폐히 ᄃᆡ경ᄒᆞᄉᆞ 군신을 모화 방젹을 의논ᄒᆞᆯᄉᆡ 니부샹셔 ᄐᆡ학ᄉᆡ
양경이 츌반 쥬왈 이져 교지알나 양국이 반ᄒᆞᄋᆞ 드려오니
긔셰 ᄐᆡ산 갓ᄒᆞ니 능히 ᄃᆡ젹지 못ᄒᆞ리라 승샹 명뇩으로 ᄃᆡ원
슈 인을 쥬어 냥국 젹을 막으시고 구도참모 벼슬 쥬어 빅셩을
안돈ᄒᆞ소셔 샹이 올히 넉긔ᄉᆞ 즉시 명픽로 졍욱럴 부라사
ᄃᆡ원슈 겸 참모관을 ᄒᆞ여시니 샹이 퇴셕ᄒᆞ라 ᄒᆞ시니 승샹이
왕명을 밧줍고 싱각ᄒᆞᄃᆡ 냥경이 나을 ᄒᆞ야 젼쟝의 보ᄂᆡ고
ᄯᆞᆯ을 겁혼ᄒᆞ코져 ᄒᆞ미라 녀이나 ᄂᆡ 엇지 영신ᄒᆞ되여 ᄉᆞ지를
ᄉᆞ양ᄒᆞ리오 사은쥬왈

신니 비록 년노무직ᄒᆞ오나 진츙갈역ᄒᆞ야 젹병을 파ᄒᆞ 빅셩을
진무ᄒᆞ리니다 ᄒᆞ니 샹이 올히 너긔ᄉᆞ 어쥬로 ᄃᆡ졉ᄒᆞ시니 승샹
이 즉시 ᄃᆡ원슈 이늘 밧ᄌᆞ 궐ᄒᆞ의 하직숙비ᄒᆞ고 진즁의 도라와
군졍이 급급ᄒᆞ고 바로 즉시 슈십만 ᄃᆡ병을 거ᄂᆞ려 나갈ᄉᆡ 즘간
ᄉᆞ 쵸고집이 이ᄅᆞ려 녀아로 니별ᄒᆞᆯᄉᆡ 쇼졔 왈 냥경이 반다시
쇼녀로 겁혼코져 ᄒᆞ미라 년이나 ᄂᆡ ᄌᆞ연 방싀홀 도리 이시리니
야야ᄂᆞᆫ 체렴ᄒᆞ시고 말이진즁의 귀톄을 보즁ᄒᆞᄉᆞ ᄃᆡ공을 싀우시

고 슈히 도라오소셔 승샹이 츄년탄식왈 늬 몸이 흔 번 젼쟝의
가믹 소싱을 엇지 긔별흐리오모난

P.5

모라미 어진 군즈를 구흐야 종신틱소을 그릇치지 말고 일싱을
편히 흐야 조선향화을 싯치 말고 노부의 타국고혼을 위로 흐라
셜파의 오혈유체흐니 쇼졔 부친을 이별흐고 아득흔 눈물이 홍
군을 젹시더라 승샹 틱원슈 졍공이 진듕의 도라와 삼군을 짓촉
흐야 젼진으로 힝흐니라
이젹의 양경이 쏘 믹픠을 각노 진듕의 보늬 구혼흐틱 이졔 승샹
이 말의 힝흐신니 다만 영이 소졔 홀노 계시니 졍회망극흔지라
만일 허혼흐시면 다시 황샹긔 알외여 다란 사람을 톄힝흐리니
즈셰흔 긔별흐소셔 승샹이 틱로왈 무도흔 거시 귀비 옥금의
권셰

P.6

을 끼여 틱신을 업슈히 너겨 조롱흐니 엇지 분치 안니리오 늬
비록 용열흐나 벼슬이 일국의 읏뜸이오 겸흐와 각노의 쳐흐여
우흐로 님군을 셤기고 알이로 빅셩을 다소려 츄호도 별노 탐식
호식흐난 일 업거날 불의 탐직흐리오 젼쟝의 죽을지언졍 결혼
치 못흐리로다 좌우로 호령흐야 믹파을 쓰어 늬치니 픽 도라가
소연을 젼흐이 샹경이 틱로 왈 명공 나간직 그 여즈는 탈취흐고
뎨 머리을 비혀 이 분을 더리라 흐더라

이적의 정쇼제 유모와 시비로 더부러 샹의왈 냥경이 교주을
가지고 날을 탈취ᄒ려 올 거시니 너희 말을 셜파ᄒ디 우리 소뎨

P.7

붓친을 이별ᄒ시고 통곡ᄒ시다가 긔운이 막혀 죽다 ᄒ라 즉시
관곽을 빈셜ᄒ고 옷칠ᄒ야 신위을 봉안ᄒ야 즁형의 셩빙ᄒ고
소복소장을 드리워시며 향노향흡을 노코 불근 명졍을 거려시디
형쥬후인명지라 ᄒ고 소뎨ᄂ 뉴모와 시비 옥소이로 다러 향츈
각의 슘머 쥬야 공부ᄒ니 나지면 손오병셔와 강틱공의 뉵도을
일으고 밤이면 후원의 드러가 말을 달이면 창과 칼을 츕을 츄어
간셔봉장을 원ᄒ더라 계 또ᄒ 못칙을 각고 녕을 나리와 졈인을
쳥ᄒ야 힝낭의 역코 제주을 버러 지샹ᄀ치 분쥬케 ᄒ더라
각노 츌힝ᄒ 칠일만의 양학시 긔주

P.8

양음을 다리고 교주 가지고 덩부의 이라니 제주을 빈셜ᄒ고
온갓 물화을 버러 잡인이 무슈니 늬왕ᄒ거날 냥학시 경문왈
이 집은 덩각노 틱이라 엇지 이러ᄒ뇨 덤인왈 졍노 젼장의 가시
고 업기로 셜졈ᄒ여난이다 학시왈 각노 일신니 멀이 가시나
소뎌 싱존ᄒ엿시니 졈인이 무려히 낭주ᄒ리오 졈인 왈 소뎌ᄂ
기셰ᄒ시고 념빙입관ᄒ와 늬당의 셩빙ᄒ고 집이 뷔년ᄂ 고로
이틱 신놉의계 싹을 쥬고 셜졈ᄒ엿ᄂ이다 냥학시 틱경ᄒ샤 음
을 도라보와 왈 나의 평싱 계영ᄒ던 이리 허시로다 음이 틱왈

비록 그러ᄒ오나 ᄂᆡ당의 드러가 신위을 보온 후 허실을 알이다

P.9

학ᄉᆡ 올히 너겨 음을 다리고 ᄂᆡ당의 드러가 보니 빅포 초쟝을
드리원ᄃᆡ 거문 관니 은은ᄒ고 비복 등이 샹복을 가초와 업드려
통곡ᄒ며 눈물을 흘니거늘 학ᄉᆡ 시비다려 왈 쇼뎨 어나늘 듁엇
ᄂᆞᆫ다 비 울며 ᄃᆡ왈 각노 츌힝ᄒ신 삼일만의 망ᄒ엿ᄂᆞ이다 혹ᄉᆡ
비챵ᄒ야 음과 ᄒ가지로 관 압픠 나아가 슬피 조샹하고 간이라
각셜 황ᄐᆡ지 년 이십이셰예 참쳔 두균의 ᄯᅡᆯ을 간퇵ᄒᆞ여 비을
봉ᄒ녓썬니 두ᄐᆡ비 셩ᄐᆡ호남ᄒ야 질병이 만ᄒ지라 합궁을 못ᄒ
고 사년만의 승ᄒ니 ᄐᆡ지 비감흔 마음이 업더라 샹이 다시 ᄐᆡ자
비을 간퇵ᄒ고져 ᄒ시더니 궁듕

P.10

의 호련니 지변니 ᄐᆡᄌᆞ비것 미츨가 념녀ᄒ샤 ᄐᆡᄌᆞ을 영안궁의
피우ᄒ시니 원ᄂᆡ 이 궁은 뎡각노ᄐᆡᆨ과 흔 담이 격ᄒ녀난지라
ᄐᆡᄌᆞ 이 궁의 오신 후 사랑ᄒ시난 강문창과 즙겨을 ᄒ시며 소일
ᄒ시더니
ᄎᆞ시ᄂᆞᆫ 삼월 삼일이라 만화 닷토와 피미 봄경이 흥을 이긔지
못ᄒ니 ᄐᆡ지 츈흥을 이긔지 못ᄒ야 후원의 두루 구경ᄒ더니
맛참 드라니 글 이라ᄂᆞᆫ 소ᄅᆡ 나거날 ᄐᆡ지 슬펴 드라니 뒷담
밧긔셔 나난지라 ᄐᆡ지 담으로 넘어보니 마진편 난간의셔 소낭
지 단쟝ᄎᆡ복을 펴ᄒ고 홍분을 바라지 아니코 안ᄌᆞ 황셕공의

삼약과 강틱공의 뉵도와 손오병셩을 일그틱 병옥음이 쳘쳔ᄒ거
날 틱직 싱각ᄒ틱 병셔난 남즈의 ᄉ

업이오 경셔소학은 녀즈의 ᄉ업이어날 병셔 일금이 고이ᄒᄃ
ᄒ고 이윽히 바라보시니 화용이 쉭쉭ᄒ고 옥안니 슈러ᄒ녀 침
의지샹이 단슌은 단ᄉ을 싹인 닷 호치는 옥을 싹까셔운 닷 팔즈
양목은 강ᄉ정긔을 감초와시니 틱직 넉술 일헛더라 그 여즈
칙을 보고 시비 불너 탄식왈
노틱 무슨 덕이 이셔 부모을 뫼시고 빅연총홋ᄒ며 즈손만당홈
을 부모긔 보이고 즐겨ᄒ더니고 나난 무슨 죄로 이갓치 박면ᄒ
고 붓친의 원별ᄒ기는 냥경을 무엄간교라 분긔 춤지 못ᄒ니
닉 비록 녀즈나 타일의 닉부샹셔 양경의 고길을 십고져 ᄒ노라
그러나 닉일은 곳 관음ᄉ 직일일라 부친을

  위ᄒ야 불원코자 ᄒ니 향촉과 뎨긔날 그녀 금쟝 안으로 드러가
니 한 쎄 구람이 금슈쟝을 두루더라
틱직 무루히 도라 싱각ᄒ틱 이 규슈난 반다시 몃각노의 여이로
다 명쳔이 황즈비을 졍ᄒ녀 두시미도다 엇지 군즈호귀 안니리
오 황샹이 나을 위ᄒ여 냥경의 쌀을 틱비을 삼으려 ᄒ시니 냥경
은 곳 손인이라 냥귀비로 년ᄒ녀 모흔 말솜이 불힝ᄒ시니 닉
엇지 냥가 녀즈을 취ᄒ여 화근을 지으리오 그러나 즈싁만 취홈

아이라 셕의 여휘 비록 녀듕군왕이나 한지을 요란케 ᄒ녀ᄉᆗ 무후닌 만고졀싀이로다 냥구의 드러 음난을 이리시니 엇지 ᄌ 싀만 취ᄒ리오 그 녀ᄌ 명일노 관음샤의 발원ᄒ

랴 ᄒ니 이 몸도 거짓 냥녀 거름으로 가셔 져의 셩ᄒᆼ거지를 ᄌ셰히 슬핀 후 틱비를 삼으리라 ᄒ시고 이예 도라와 각문창다 려 이 말을 일아고 뉴모을 불너 녀복을 둔비ᄒ라 ᄒ더라 명일 졍소졔 교ᄌ을 타고 시비을 거나려 동슌 문으로 나가거날 틱지 급히 도라와 머리의 칙봉진쥬을 둘너 단장ᄒ고 쳥나삼을 닙고 홍나샹을 ᄉᆔ어 늠늠ᄒ 거동이 셔왕모 하계애 ᄂᆡ님ᄒ 듯 칙싀향촉과 폐빅을 가지고 빅옥교을 타고 궁녀을 거나리고 관 음샤의 니라니 지승이 마ᄌ드려 왈 아지 못게라 어ᄃᆡ 힝ᄎ시니 잇가 신녀 ᄃᆡ왈 노야ᄃᆡ 소낭ᄌ시ᄃᆡ 쥬졍

ᄉ 노야 젼쟝의 가시고 소식을 모라와 불젼의 발원홀야 와시니 노샤긔 쳥ᄒ나이다 언파의 틱ᄌ 타신 교ᄌ 임의 듕당의 이랄엇 ᄂᆞ지라 동편 명당의 쳐ᄒ고 불공은 즁이 ᄒᄂᆞ지라 흔 노승이 이로ᄃᆡ 명각녹ᄃᆡ 쇼뎨 일즉 모친을 여희고 홀노 싱쟝ᄒ여시나이다 한안 동싱 업고 그 붓친이 젼쟝의 가 계시ᄆᆡ 불젼의블원왓나이다 틱지 왈 뎅쇼뎨의 졍곡이 날과 갓흔지라 셔로 샹봉흠이 엇쪄ᄒ리오 샤승이 오날을 쳥ᄒ여 명소뎨을

보겨 ᄒ라 노승왈 졍소뎨계 스로리라 ᄒ고 가거날 틴지 ᄒ
가지로 ᄴ아가니 승왈 뎡쇼뎨의 위인단님ᄒ고 졍곡을 먼져
통ᄒ니 ᄌ년 듕

 당의 오라시게 하고 ᄒ리니다 ᄒ고 뎡쇼뎨ᄭ 넛ᄌ와 듀 소졔의
ᄌ식을 자랑ᄒ고 싱면흠을 쳥ᄒ나니 뎡쇼뎨 치년히 넉여왈 그
쇼졔 졍곡이 가련타 ᄒ라 나난 쳔ᄒ의 틴죄인이라 엇지 보리오
뉴모 기뉴왈 쥬쇼졔 졍공미쇼뎨와 갓고 아이 보시며 무안ᄒ여
ᄒ시리이 셔로 샹면ᄒ와 스괴여 회포나 통ᄒ소셔
뎡소뎨 마지못ᄒ여 쳥ᄒ여 볼시 듀뎡 양소뎨 각각 뉴모을 다리
고 듕당의 나와 네필좌셩 후 틴지 눈을 드러 뎡소졔을 보니
젼일 녕안궁 담의 뎡각노틴의 엿보던 소뎨라 요요졍졍흔 틴되
진실노 틴평모라 심듕의 틴녈ᄒ시더라 뎡소뎨 흔 번 듀소뎨을
보니 뎡뎡엄슉ᄒ야 용호지거동이

요 난봉의 긔샹이라 심니예 칭츤왈 져갓흔 녀지 하계의 이시면
빗나틴 사람이 져갓흔 안히을 어더 동낙ᄒ면 빗날이로다 ᄒ고
극히 사랑ᄒ더라
듀뎡 냥소뎨 셔로 입을 열고져 ᄒ더니 틴지 먼져 보아사틴 승의
말을 드라니 소뎨의 졍곡이 쳡과 갓흔지라 이젹 샹봉치 못흠은
미츠 졈일 면분이 업슴이라 쳡도 팔지 무샹ᄒ여 갓친을 젼쟝의

보늬고 ᄌ모을 의지ᄒ야 동ᄉᆞᆼ이 비록 이시나 미셩ᄒᆫ지라 쳡이
ᄌ식이 잇고 간식ᄌ을 아ᄂᆞ 고로 혓일홈이라 히젼파ᄒ야 궈문
듸가셔 구혼ᄒ니야 혓치 안니ᄒ시더니 이제 부친이 젼쟝 가시
믹 권틱죡이 쳡의 고단홈을 심히 핍박ᄒ니 쳡

이 엇지 용녈ᄒᆫ 문호 드러가 욕을 보리잇가마ᄂᆞ 슘을 고지 업ᄂᆞ
이다 쳡은 오히려 모친니 계시고 동ᄉᆞᆼ이 이셔도 졍회 일니 망극
ᄒ거날 쇼졔ᄂᆞ ᄌ당이 아니 계시고 동ᄉᆞᆼ이 업ᄉᆞ니 여복 졍막ᄒ
시리잇가
명쇼졔 쳥파의 눈물을 ᄲᅵ리고 듀슌을 녀러 왈 쳡의 슬푼 졍회난
하날노 됴희 ᄉᆞᆷ고 오로봉을 부즐 삼아도 당치 못ᄒ지라 오날
마ᄎᆞ 부친을 위ᄒ녀 이 졀의 와ᄉᆞ다가 쳔힝으로 옥안셩틱을
구경ᄒ오니 아지못게라 낭ᄌ의 화갑츈취 언마나 ᄒ요 틱지 답
왈 년 이십셰로소이다 틱지 언언졈졈 친밀ᄒ녀 갓가이 안ᄌ
옥수을 줍고 사랑홈을 층양치 못ᄒᆯ더라 그윽히 쳥

ᄒ녀 왈 쳡의 졍ᄉᆡ 망극ᄒ니 소졔 틱의가 은신ᄒ와 욕을 피코져
ᄒ오니 소졔난 실갓ᄒ 즌명을 보젼케 ᄒ소셔 명소졔 왈 혼인은
일눈틱ᄉᆞ라 엇지 님의로 ᄒ리오 닉일 가듕의 연고고 잇ᄉᆞ오니
죠용이 쳥ᄒ리다 죵일 담화ᄒ다가 날이 져물믹 각각 직을 올이
고 집으로 도라온니라

각셜 황틱지 영안궁의 도라와 뎌소뎨를 ᄉ모ᄒ미 층양업더라 삼일 후 틱지 셔간을 싹아 뎌소뎨겨 보ᄂ니 뎌소뎨 셔간을 보ᄂ고 마지못ᄒ야 답셔ᄒ여 왈 져녁의 뉴모을 보ᄂ거든 오소셔 ᄒ거날 틱지 답셔를 보고 ᄃᆡ열하사 즉시 녀복환착하시고 뉴모 오기를 고ᄃᆡᄒ시더라 과년 명소뎨 뉴모 오거날 틱지 빅옥 교자날

P.19

타고 동산으로 드러간이 명소뎨 당의 나려와 마ᄌ드러 예필후 틱지 왈 첩의 즌명을 보호ᄒ심은 소뎨로소이다 셔로 형뎨견약ᄒ고 쥬졍 냥쇼뎨 침금을 한 방의 포셜ᄒ여쎠라

명쇼뎨ᄂ 화복을 젼폐ᄒ고 홍분을 바라지 안니ᄒ더라 명형은 엇지 홍분을 폐ᄒ난고 명쇼졔 축년탄왈 쳔지 죄인인라 엇지 치복 홍분을 가즉히 ᄒ리요 오열쳬읍ᄒ더라 듀쇼졔 위로ᄒ고 언파의 첩이 우연이 슈다싀권을 다려 졍형ᄃᆡ의 슈고을 깃치오니 안심치 안니리오 첩의 직물이 잇스오니 가져다가 표졍ᄒ리이다 쇼뎨 사양왈 쥬소뎨 엇지 싀말슴ᄒ시ᄂ요 첩이 사업이 부족지 아니ᄒ니 쥬형 ᄃᆡ겹ᄒ기를 근심이 업거늘 틱지 답소왈 그려도 현민의 마음 편ᄒ리오 ᄒ시고 뉴모 부모을 부라ᄉ

P.20

황금 일쳔양과 빅옥병 ᄒ쌍과 명쥬 일쳔낫과 만홀 둘과 운남감 ᄌ단 두 필 등물을 져다가 쇼뎨싀 드리니

소제왈 첩의 상즈등의도 진쥬 보은이 무슈ᄒᆞᄃᆡ 다발여 쓸곳지
업스오니 ᄒᆞ믈며 져 옥픠 산호롤 어ᄃᆡ 씨리오 운남감즈단은
소믜 듯즈오니 운남국은 물 가온ᄃᆡ 불꽃갓흔 꼿치 이러나며
그 가온ᄃᆡ 황금 갓흔 쥐 무슈히 나니 그 쥐를 즙아 털을 모도와
비단을 ᄧᆞ니 일홈은 셧촉단이라 눈비도 젓지 안니ᄒᆞ고 불을
질너도 타지 안니홈인니 쳔ᄒᆞ의 귓특흔 보븨라 ᄒᆡ마다 ᄒᆞ 필식
나ᄒᆞ 진상ᄒᆞ면 쳔즈와 황후 입으시고 그 밧ᄭᆞᆫ 비록 후궁이라도
입지 못ᄒᆞ나니 듀형은 어ᄃᆡ 가 이런 긔특한 보븨 슘겨 첩의게
근심을 긔치계 ᄒᆞ시ᄂᆞᆫ

P.21

요 첩의계난 쓸ᄃᆡ 업스오니 도로 가져가소셔
맛츰ᄂᆡ 밧지 안니ᄒᆞ니 틱자 더욱 긔특히 넉이ᄉ 친히 쇼ᄃᆡ 샹즈
의 역코 흐년ᄒᆞ례ᄒᆞ야 갈ᄋ스ᄃᆡ 맛당히 군즈호귀된 후 깁흔
ᄃᆡ셔 입우며 뉘 알이오 ᄒᆞ신ᄃᆡ 명쇼ᄃᆡ 샹미을 징그려 왈 듀형은
어진 문호의 싱쟝ᄒᆞ야 이갓치 무지흔 스람의계 그런 말솜 ᄒᆞ시
나니잇가 ᄯᅩ흔 국법이 지즁ᄒᆞ시니 비록 모라신다 이란들 감히
그런 말솜 ᄒᆞ시나니잇가 틱지 념복칭스왈 명형은 충효롤 겸젼
흔 스름이라 소ᄃᆡ난 식견이 쳔박ᄒᆞ야 실덕불예ᄒᆞ니 형은 나의
실언홈을 뇽셔홀지어다 셔로 담화홀ᄉᆡ 틱지 닉렴의 크게 항복
ᄒᆞ시더라
듀졍 냥소ᄃᆡ 밤이 깁도록 투호치다가 계명 후 취침ᄒᆞ니 즘이
깁히

드런난지라 틱지 이러나 등촉을 밝히고 나아가 보니 쇼뎨 봄잠이 곤ᄒ여 깁히 드러 빅옥갓흔 가슴을 드러닉고 쟈는 거동이 동힉 관음이 봄잠이 곤ᄒ야 이긔지 못ᄒᄂ 듯ᄒ니 틱지 츙졍을 이긔지 못ᄒ야 나아가 볘기의 누으면 가삼을 한틱 다히니 쇼뎨 잠을 씨녀 비기며 ᄀ로딕 현믹 날 사랑ᄒ난 졍이 비록 이갓ᄒ나 이러며 녀ᄌ의 도리 아니라 원컨딕 현믜ᄂ ᄌ든 침금으로 도라가라 팔노 밀치니 그 거동니 더욱 탐탐ᄒ여 남아의 간쟝을 쎄아ᄂ 듯 흔지라

틱지 왈 나ᄂ 곳 동궁 듀샹이라 한 담이 격ᄒ녀 낭ᄌ의 신셩갓흔 틱도를 싱각고 이예 이라러 동쳐 여러 날이라 일노 좃ᄎ 낭ᄌ 일신이 놉고 슉방거여 이 무흔 부귀을 누릴 거시니 엇지 당힝

치 안니리오

쇼뎨 이 말 듯고 딕경딕로ᄒ야 분ᄒ물 이긔지 못ᄒ다가 ᄆ음을 가잉ᄒ야 싱각ᄒ딕 닉 비록 녀ᄌ나 이럿타 요만흔 쇠을 피치 못ᄒ녀 욕을 보리오마난 녀ᄌ의 바라난 빅 틱지 밧근 업고 부친 도라오기도 쉬울 거시오 냥경의 원슈도 갑흘이라 ᄒ딕 이럿타 간교의 드물 ᄒ흐야 통곡ᄒ니 틱지 빅가지로 익걸ᄒ시더라 ᄎ시의 궁여 등이 셔촉 쳔금 젼의와 익댱 만금 셰초씩을 드리니 틱지 여복을 벗고 당복을 닙으니 옥갓한 얼골과 신션ᄀ한 풍치 더ᄒ더라 소뎨 사믹로 낫츨 가리오고 분긔을 춤지 못ᄒ거날

틴지 위로왈 낭즈 슬허ᄒ고로 엇지 이갓치 ᄒᄂ요 분흠을 춤고 나의 말슴을 드어라 일노 좃ᄎ 낭즈의 벼슬이 놉고 멀이 간 노부을 슈이 오계 홀 거시오 냥경

P.24

의 원슈을 갑흘지라 ᄂ 비록 덕이 박ᄒ나 셩명의 공을 싹고 츙효을 발혀 녜날 명왕을 효측고져 ᄒ여 어진 빈필을 엇고져 ᄒ나니 엇지 다힝치 아니며 이 동산의셔 죳최을 감초와 간쟝을 썩이고 사라셔 부친을 보지 못흔즉 무어시 조흐리요
소데 분흠을 춤고 딕왈 틴즈는 됸귀ᄒ신 몸이라 옥체 손즁ᄒ시니 맛당히 어진 덕을 싹을 거시니 날 이럿탓 암흔 일을 힝ᄒ여 비밀히 쳡을 쏘겨 덕을 일코 간ᄉᆞᆫ 힝실이 나타나게 ᄒ시니 됸귀ᄒ신 도리 엇지 그러ᄒ리요 쳡이 비록 준약흔 녀즈오나 남의 궁녀도 안니요 쳔인도 아니요 공후딕신의 녀즈을 은근이 승야즁 겁탈코져 ᄒ오니 국법이 극히 샹흔지라 소쳡이 명완ᄒ야 셰샹의 사라셔 이ᄀᆞᆺ흔 욕 보거니와 남즈의

P.25

취ᄒ긔와 녀즈의 셩혼ᄒ긔을 다 부모의 명을 좃게 흠이어날 나는 간ᄉᆞᆫ한 쇠예 빠져 몸을 더럽겨 ᄒ니 ᄉᆞ라 무엇ᄒ리요 언파의 칼을 빠혀 즈결ᄒ러 ᄒ니 틴지 급히 구ᄒ시고 빅가지로 달닉 딕 마암을 푸지 아니ᄒ더라
어시예 궁녀와 환관 등이 금포의복과 칠보단댱을 갓초오고 모

보댱은 은교즈을 밧드러 드리고 또 치복을 드러 권ᄒ니 소제 동시 입지 아니ᄒ니 틱지 졍식왈 과인이 비록 용녈ᄒ나 군신이 되여 그러홈이오 과이니 낭즈로 더부러 십일을 동졉ᄒ녀 문을 창화ᄒᄆᆡ 셩품이 온슌ᄒ고 **츙효**로 본을 삼아 부덕이 물흐락갓더니 오날늘 통치 못홈은 엇지 이갓ᄒ요 군신의 불시묘졀이라 니 맛당히 법으로쎠 분을 스슬이리ᄃᆡ 쇼뎨의 션

빙옥딜을 과인이 앗긔스 맛당히 샤량ᄒᄂᆞᆫ 빅니 쇼계 노부 명을 듯지 못ᄒ여노라 ᄒ고 긔결ᄒ나요 과인이 불힝ᄒ여 틱비을 여히고 황상황후로 틱비을 간틱ᄒ거이와 니 우연히 후원의 이라려 그ᄃᆡ을 만나시니 황샹긔 알외녀 비을 봉ᄒ리니 엇지 다힝치 아니리요 셩샹이 그ᄃᆡ을 보시며 극히 사랑ᄒ시리라
소뎨 츄파을 드러 가로ᄃᆡ 셩교 이갓ᄒ시나 엇그졔 형뎨 이로셔 노다가 홀아밤 스의예 쳔지변복ᄒ여 건곤묘화와 음양이 판단ᄒ오니 엇지 놀납지 안니홀이요 쳡이 부모의 묘양을 바다 녀즈의 일곱 가지 힝실을 딕히녀 십오셰 되여ᄂᆞᆫ지라 가지지 물레홈을 안일지라 붓친이 쳔은을 닙어 녕화 거록ᄒᄃᆡ 쳥혼하야 스치을 슬히ᄒ고 호

스홈을 악히 넉이스 슉방거야의 무흔흔 부귀을 원치 안니ᄒ시거날 만일 일야지녀여 ᄃᆡ국을 흥복ᄒᄉ 젹병을 파ᄒ고 빅셩을

진무ᄒ여시나 도라오실 긔약이 업난지라 첩이 계영의 일을 본
바다 힝ᄒ리니 뎐ᄒ난 널이 싱각ᄒ소셔 첩의 졍ᄉ을 어엿비
넉이ᄉ 부녀 샹봉홀 날이 쉽계 ᄒ여 도라오계 ᄒ소셔 틱즈 소왈
낭즈ᄂ 나의 가이니이오 나ᄂ 낭즈의 댱부라 엇지ᄒ리오 쇼뎨
왈 예붓터 아람다온 일은 문 밧긔 나디 안이코 샹오라온 일은
쳔ᄒ을 간다 ᄒ오니 오날날 비난 경시로 쳔ᄒ의 가득ᄒ엿ᄂ지
라 비록 젼히 첩을 사랑ᄒᄉ 틱비을 봉ᄒ러 ᄒ시나 황샹황후
가타 아니시면 됴졍 신민이 붓글어워 엇지ᄒ리요 뎐히

P.28

난 셩덕을 드리워 신첩의 졍ᄉ을 가긍히 넉이ᄉ 동ᄉ을 직히녀
노부을 보게 ᄒ소셔
셜파의 눈물이 비오난 듯 ᄒ니 틱즈 더옥 민망ᄒ샤 용안이 통ᄒ
시니 무보 댱은교 등이 쇼뎨의계 간하여 왈 군신의 도리 말만
그럿치 아니오니 힝혀 과졀을 말라소셔 ᄯᅩ 뎨 스스로 울젹ᄒᄃᆡ
가잉ᄒ야 여즈 되물 이다라 ᄒ고 마지 못ᄒ야 침소로 드러가니
틱즈 되희ᄒ시더라 잇튼날 댱은교 등이 쇼뎨을 붓드러 단댱홈
을 권ᄒ니 동궁이 나아가 친히 소뎨의 암미을 그리고 우어 왈
늬 일작 ᄉ긔을 보니 당이 소황뎨 슉희의 아밀 그리다 ᄒ여거날
무졍타 ᄒ여더니 늬계 일얼 둘 ᄯᅳᆺᄒ여시리오 소뎨 듯고 뎡싁왈
젼ᄒ 셩뎨 명왕을 효측홈으로셔 음약ᄒ 슉희

의계 비ᄒ리오 찰알이 듁긔만 갓지 못ᄒ다 ᄒ니 동군이 도로혀
빅번 ᄉ죄ᄒ고 나지며 시셔를 편논ᄒ고 밤이면 ᄒ가지 쳥ᄒ여
공경ᄉ랑ᄒ니 피ᄎ 은은ᄒ미 가히 층양치 못ᄒ ᄎ시 난망일이라
동군이 년양젼의 문안ᄒ시고 명소뎨의 젼후 ᄉ졍을 쥬달ᄒ시며
비 봉ᄒ신 말 간졀이 쳥ᄒ온디 샹이 소왈 이의 몽ᄉ라 엇지
듯지 아니리오 황샹황후 냥씨 간퇵ᄒ시더니 님의 동궁의 쥬ᄉ
을 들아시고 디열ᄒᄉ 칭ᄉᄒ시며 허ᄒ시니 퇴직 돈슈사은듀왈
명옥이 도라온 후의 셩예ᄒ러 ᄒ오며 왕환이 반다시 지속을
아지 못ᄒ고 또 그 친쳑이 업ᄉ오이 디신을 졍ᄒ여 쥬혼ᄒ야지
이다 샹이 그 쥬언을 깃거 하교왈

　각노 명옥이 딸 녀ᄌ 듀실 삼오라 댱손이 셩덕이 니시니 동궁
명비을 봉코져 ᄒ디 명옥이 말이 젼쟝의 가시니 회환을 기다린
작 왕환이 더딜디라 승샹부의셔 퇴부샹셔로 혁ᄒ여 듀혼ᄒ고
그 친쳑이 업ᄉ니 그 흠 부인 등 닉ᄉ을 다ᄉ려 슈일간 닙궐
힝예ᄒ라 ᄒ시니 즉일의 녜부샹셔 오협 이시랑 녜딘군으로 봉
노ᄒ야 각각 부인을 거ᄂ리고 명부의 가 혼구을 출히니 이 만죠
빅관이 밧드러 힘시더라
냥귀비 이 말을 듯고 샹ᄭᅴ 듀왈 쳡이 둑ᄒ로셔 간퇵ᄒ시고 엇지
국가디ᄉ을 경션이 ᄒ시니잇가 샹이 소왈 이ᄂᆫ 동궁이 스ᄉ로
구혼ᄒ여시니 엇지 물이칠이오 냥귀비 극히 양양ᄒ더라 젼일

황샹이 두시랑

의 녀즈 지덕이 퇴월ᄒ다 ᄒ물 드라시고 궐듕의 드려 후궁을
봉ᄒ시니 극총ᄒ신지라 양귀비 불승졀통ᄒ야 모히코져 ᄒ더니
이러그러 틴지 혼일이 다다라니 위의을 갓초와 졍부의 갈시
틴지 치연을 타시고 만됴빅관이 젼후의 옹위ᄒ야 홍양산을 밧
치고 어젼 풍뉴을 갓초아 됴졍의 일아어 젼는을 파ᄒ고 틴지
친히 황금셰륜을 입으시고 칠보단쟝으로 옹위ᄒ야 궐하의 일라
려 좌통예을 밧치신 후의 틴지 친히 명비을 딕ᄒ여 우문왈 일지
호간103)의 잇던 딕로셔 엇더ᄒ리요 명비 머리을 나죽히 ᄒ고
답지 아이ᄒ거날 틴지 쏘ᄒ 문왈 명비 졍히 쳔ᄒ흠을 ᄌ광ᄒ시
던이 금일 부귀 엇더ᄒ신리요 명비 염용딕왈 부귀는 하날

의 잇스오니 엇지 ᄆ음으로 ᄒ리오 신쳡은 스스로 호례예 싱쟝
ᄒ야 지물 싱각지 아니ᄒ고 어진 임군만 츙츈ᄒᄂ이다 틴지
무언공슈ᄒ고 층수ᄒ시더라
잇튼날 황뎨 명ᄒᄉ 쥬궁픠궐의 딕년을 비셜ᄒ시고 황각통명의
황친동셜과 뇩궁비빙이며 제궁부인과 공슈을 입궐ᄒ라 ᄒ시니
용두붕궐의 광치 혈난ᄒ더라 명비 칠보단쟝ᄒ고 폐빅을 밧쓰러

---

103) 일지호간 : '일호지간'의 오기. 가까운 거리.

뎨휘 낭낭젼의 드리고 동궁뎡비을 봉ᄒ시니 비빙 궁녀 황친 삼쳔궁녀로 더부러 일시예 산호만셰ᄒ더라
뎡비의 월풍화안이 운우의 빗치는 듯 요요졍졍ᄒ야 봉황ᄀᆺᄒ 엇게는 비봉이 운상을 향ᄒᄂ 듯 가는 허리는 츳나라 홍사 비단 을 뭇쎠 셔운

듯 빅셜화모ᄀᆺᄒ 운빙은 졍졍졔졔ᄒ야 식식ᄒ 골격은 삼츈긔화 ᄀᆺ고 푸른 머리는 명월이 흑운을 미완ᄂ 덧 빙졀요요ᄒ 틱되 신닉을 임ᄒ 버들이 힘이 업고 앗춤 이슬의 곳치 곳틱을 먹음어 동풍의 붓치는 듯 광칙 츌ᄂᄂᄒ야 삼쳔궁녀 듕의 쌰혀난이 뎨왕 휘 틱열ᄒᄉ 칭츈ᄒ야 가라사틱 샹이 현비로다 ᄒ시고 듯틱비 로 더부러 샤랑ᄒᄉ 양귀비 ᄆᆞᆷ이 노ᄒ야 밍식ᄒ고 뎡비와 두귀비을 희코져 ᄒ더니
뎡비 일노붓터 냥젼 셤교말 츙셩으로 ᄒ고 후궁을 공경ᄒ야 틱졉ᄒ니 궁듕이 모다 즐겨 치하왈 틱즈비 츙신이라
두귀비 뎡비로 더부러 년긔 상젹ᄒ미 샹히 놀고 말ᄒ녀 왈 쳡은 곳 틱우의

즈손으로 십ᄉ세 후궁 되여 댱츠 ᄉ연이라 황샹이 특별이 ᄉ랑 ᄒ시고 틱후 귈졈ᄒ시며 틱즈 관틱ᄒ시니 쳔은이 망극ᄒ야 됴 곰도 다란 근심 업ᄉ틱 다만 양귀비 투긔 심ᄒ여 일노 근심이

되여 편치 아니ᄒᆞ여이다 ᄃᆞ라니 비 ᄉᆞ실의 곗실ᄶᆡ 냥경이 써ᄒᆞ여 겁탈코져 ᄒᆞ다가 비에 어진 지혜로 ᄌᆞ년 방쇠ᄒᆞ오니 양경이 붓ᄭᅳ려 도라가고 틱비 된 줄 ᄯᅳᇂ지 안ᄒᆞ여셔 양구비게 청ᄒᆞ여 알원비라 크게 근심이 되여ᄂᆞᆫ지라 오라지 안야 모홈이 이슬 거시니 청컨ᄃᆡ 비ᄂᆞᆫ 슬피소셔 뎡비 듯고 틴경ᄒᆞ여 츙사왈 셩교ᄃᆡ로 ᄒᆞ린이다

두씨 도라간 후 틴지게 간왈 젼일 냥경이 쳡을 겁탈치 못ᄒᆞ고 냥귀비긔 쳥ᄒᆞ여 왈 안비라

P.35

크게 근심이 되ᄂᆞᆫ지라 쳡이 냥경의 간ᄉᆞᄒᆞᆫ 실샹을 황샹ᄭᅴ 쥬달ᄒᆞ고 시부ᄂᆞ 쳡이 만일 냥경의 되을 다ᄉᆞ린즉 귀비의 슬희홈이 더옥 급ᄒᆞᆯ지라 아직지만터니 두귀비 가라친 빈로소이다 틴ᄌᆞ 침읍냥구 후 가라ᄃᆡ 냥경의 되 맛당히 거돈끼 알외여 다ᄉᆞ리미 엇더ᄒᆞ리요 뎡비왈 쳡이 당초의 만일 틴ᄌᆞ비 간틱 교지을 밧ᄌᆞ와시면 냥경의 죄 삼족을 멸ᄒᆞ녀도 가히 앗갑지 아니ᄒᆞᄃᆡ 쳡은 무고ᄒᆞᆫ 사람이라 현마 엇지ᄒᆞ리오 냥귀비 황샹ᄭᅴ 쳡을 모함ᄒᆞᆫ작 황뎨 반다시 쳡을 그ᄅᆞᆺ다 ᄒᆞ실지라 아즉 귀비의 품을 인ᄒᆞ녀 이시니 득달치 마소셔 틴ᄌᆞ왈 뉴리ᄒᆞ신지라 ᄒᆞ시고

P.36

직시 드러가 셩샹ᄭᅴ 쥬왈 뎡욱이 말이 젼쟝의 더 머무러 변방 빅셩을 딘무ᄒᆞ여이다 황뎨 가라ᄉᆞᄃᆡ 그러면 뎡비 시름을 엇지ᄒᆞ

리오 팅지왈 스졍셔 국스을 폐ᄒ리잇가 황뎨왈 위라 ᄒ시더니
오라디 아냐 명욱이 문안ᄉ시니 왓거날 직시 됴셔을 나리우ᄉ
듸 경의 견졍과 훈공은 측양업거이와 경의 녀ᄌ로 팅비을 봉ᄒ
녀시니 경의 원노의 이셔 민망ᄒ거니와 히외 인심 그악ᄒ녀시
니 평졍 후 즉시 도라웃지 못ᄒ이라 이ᄒ녀 삼년만 더 머무러
빅셩을 안명 후 도라오라 젼교ᄒᄉ 샤신니 도라보늬신이다
어시의 명비 황샹긔 듀왈 쳡이 궁듕의 도라든 후 죠션향화와
망모신위가 으지ᄒ올 곳 업

P.37

ᄉ오니 다만 신의 일신 ᄲᆞᆫ니라 졍ᄉ 민망ᄒ오니 뉴모ᄂᆞᆫ 늘근
ᄉᆞ람이오니 나가 향화을 긋지 아니ᄒ다가 신쳡의 아비 회환
후 도로 드러와지이다 뎨 허ᄒ시니 팅비 직시 뉴모을 명ᄒᄉ
가ᄉᆞᆫ을 슈습ᄒ라 ᄒ시다 ᄒ시니
이러그러 슌연이 되믜 졍비 잉팅ᄒ엿ᄂᆞᆫ지라 양귀비 일인 놀나
안마ᄋᆞᆸ의 혜오듸 만일 아달을 나ᄒ며 형셰 더옥 듕ᄒ리니 이난
나의 화근이라 일즉 도모ᄒ기만 갓지 못ᄒ다 ᄒ고 즉시 황뇽단
ᄒᆞᆫ 필을 가디고 팅비궁의 가 일오듸 셩샹이 뇽포을 디으려 ᄒ니
궁듕신년 비록 만ᄒ나 슈품을 가라쳐 디소셔 팅비와 즐 못ᄒ오
니 슈고을 이ᄌ시고 디의을 가

P.38

라쳐 디으소셔 팅비왈 가라치난 듸로 시험ᄒ이다 바다 친히

말ᄒ러니 양귀비 도라와 뎨 쌀 비연공쥬로 간ᄉᄒ 겨교 이러이
러 가라쳐더니

할난 샹이 귀비 침소의 노라시더니 비연이 틱지궁의 갓다가
도라오니 냥귀비 황샹 겻틱 잇다가 비연다려 문왈 뎡비 무산
일 ᄒ더니 비연이 듸왈 용포을 짓더이다 뎨 가ᄅᄉ딕 궁여 즁
용포 디을 시녀 만커날 엇지 졍비을 괴롭겨 ᄒᄂ다 냥귀비 쇼왈
신쳡이 엇지 감히 뎡비을 씨기리잇가 샹이 침음ᄒ시딕 궁녀의
ᄌᄒ로 틱비의 지죠을 시험ᄒ민가 ᄯᄉᄒ엿더이

이날 밤 지샹긔 참소ᄒ여

P.39

왈 틱지 츠시 용포 디음이 유밀ᄒ거니와 아지못계라 법외 일이
소이다 샹이 경왈 딤이 힝혀 궁녀의 쇼위로 뎡비 지조을 시험
흠인가 ᄒ녀더니 엇지 아나뇨 귀비 듸왈 틱지 겻틱셔 글 일으
더이다 샹이 딕로왈 어린 아히 이갓치 오입ᄒ너나뇨 ᄒ시고
궁녀을 명ᄒ샤 틱자을 딕림ᄒ라 ᄒ시니 냥귀비 극히 간ᄒ녀
왈 일이 셩샤ᄒ며 딕시라 이러무로 난쳐ᄒ니 젼후를 살펴 쳐치
ᄒ쇼셔 엇지 부ᄌ군신의 이를 샹케 ᄒ여 국가의 불힝흠을 일으
리오 틱ᄌ 셩졍이 인후ᄒ시더니 이ᄉ이 변ᄒ녓난디라 바다시
쥬쇠의 침

P.40

혹흠이라 나히 쟝셩ᄒ며 ᄌ년 달나 씌치리다 샹이 노를 풀고

그 말을 을하시더라

일후는 샹이 동궁 빙궁을 듸흐시며 변싴흐시니 양견 불승황공
흐여 식음을 젼폐흐시고 눈물노 지닉더라 잇흔 날 졍비 용포을
맛츳 냥귀비게 드리니 귀비 바다 들고 황샹긔 쥬왈 폐흐 엇지
부란흔 안싴을 졍비의게 보이시니잇가 졍비 본듸 영민흔 사람
이라 그릇흠을 씩다라 용포 맛츳 폐흐긔 드리려 흐고 신쳡의게
보닉스오니 일일은 신쳡으로 흐엿 난쳐흐오니 불승황공흐여이
다 텬지 듸로흐샤 용포를 불의 벗으려

흐시니 졍비 이 말을 듯고 더옥 황공하여 근심흐기을 마지 아니
흐시더라

하루난 샹이 양귀비 침소의 놀으시다가 신녀로 흐녀곰 두귀비
를 불안시니 신녀 명을 밧즈와 동궁의 갓다가 즉시 도라와 냥귀
비로 더부러 고길을 쏘아 은근흔 말 흐거날 샹이 노흐스 연고을
무라시니 귀비 듸왈 두귀비 퇴지 무릅 베고 슈즉흐기로 이갓치
기년틋 흐리 샹이 노흐스 신녀를 호령혜흐여 무라시니 신녀는
냥귀비 심복이라 알외듸 두씨 퇴지 무릅흘 베고 줌을 깁히 드런
는 고로 오시지 못흐더이라 샹이 듸로왈 이

P.42

놈이 엇디 만자의 일을 효측고져 흐여나뇨 닉 듁의 분을 풀
거시니 퇴즈을 잠아드러라 흐니

양귀비 거짓 비러 왈 엇지 죠그만흔 허물을 참지 못ᄒ시고 틱ᄌ
을 그랏되게 ᄒ나니잇가 틱ᄌ 년쇼ᄒ녀 ᄉ쳬을 슬피지 못ᄒ고
흔 가지 침익ᄒ녀 친이흔 빅라 다란 뜻시 이ᄉ리오 폐ᄒᄂ 초장
왕의 단 ᄍ난 일을 효측지 아니시나니잇가 샹이 노을 풀고 ᄎ탄
왈 귀비ᄂ 반희의 덕 ᄀᆺ흔지라 그 말을 좃노라 ᄒ시더니
이윽고 두틱우 드러오거날 샹이 졍싴왈 나을 노ᄒ다 슬히 넉겨
년쇼흔 지아비을 구ᄒ나야 ᄒ시니 두귀비 놀닉 계ᄒ의 나러
머리을 쪼

아 죄을 쳥ᄒ온딕 샹이 흔 말도 아니시니 두귀비 침궁의 도라와
병드러다 칭탁ᄒ고 문 밧글 나지 아니ᄒ더라 일후 샹이 틱ᄌ을
딕ᄒ시며 더욱 불졍ᄒ샤 면칙ᄒ시니 틱ᄌ 황공ᄒ여 식음을 감
ᄒ시고 쥬야 눈물노 지닉시더라
이젹의 양귀비 아달 홍이 춍명ᄒᄆᆡ 샹이 극히 사랑ᄒ시더니
호련 병드러 삼일만의 죽으니 냥귀비 가만니 입의 도약을 녁코
통곡왈 폐ᄒᄂ 쳡의 말을 듯지 아니ᄒ시고 ᄌ로 쳔위을 보시ᄂ
고로 틱ᄌ비 쳡을 혐외ᄒ여 삼세 히ᄌ의 무죄흔 아히으게 오날
날 쳡이 녀자로 죽년ᄂ지라 ᄒ고 가삼을 ᄯᅳ려 통곡ᄒ니

샹이 딕로ᄒᄉ 은칙로 죽은 아히 입의 녀허 시험ᄒ니 과연 치독
ᄒ엿ᄂ지라 샹이 더옥 딕로ᄒᄉ 명비의 신녀 혐을 줍아드려

궁문ᄒ니 ᄂ험은 냥귀비긔 은금을 밧고 냑속ᄒ녀ᄂ지라 승봉ᄒ
여 왈 틱ᄌ비 궐ᄂ예 드러오시던 처엄은 황샹이 사랑ᄒ시더니
요ᄉ의ᄂ 양귀비 참소를 닙어 ᄌ로 면칙ᄒ신다 ᄒ야 이졀이
틀녀 황ᄌ을 치독ᄒ시 죽엇다 ᄒ니 냥귀비 이 말을 듯고 가삼을
쑤다려 방셩통곡왈 폐ᄒᄂ 급히 죽여 ᄌ식의 원슈을 갑흐소셔
쳔지 십분 디로왈 이 간ᄊᄒ 년을 경경각의 닉여 죽녀야 맛

당히 분을 풀 거시로디 ᄌ식을 비야 만삭ᄒ여시니 히틱 후
죽이리라 ᄒ시고 명비을 영안궁의 가도시다 황후 옥슈로 가삼
을 쑤다려 통곡 듀왈 폐ᄒ 엇디 양귀비 참언을 올히 드라시고
무죄흔 미부을 죽이러 ᄒ시ᄂ니잇가 쳔지 발년졍칙왈 황후와
틱ᄌ을 외궁의 닉치라 ᄒ시다
ᄎ시의 숫틱구식이오 나흔 이십셰라 빅복을 덥고 통곡왈 명쳔
은 ᄒ감ᄒ소셔 ᄒ고 틱ᄌ을 향ᄒ여 쳬읍왈 원켄디 다시 부부
되ᄉ이다 ᄒ고 소교을 타고 수구문을 나녀보ᄂ니 슈운이 참담
ᄒ고 빅일이라 무광이라 뇩궁비빙이 아니 울 이 업더라
뎡

씨 녕안궁의 닉치니 그 후의 다리 졈졈 차믹 일긔 황틱숀을
탄싱ᄒ녀ᄂ지라 뉴모와 신녀 옥소이 황손 나흔 쓰들 황상긔
주달ᄒ니 쳔지 죠셔을 나리오샤디 금일 샤약ᄒ시니 틱지비 미

리 이 약 가져가는 강문챵을 가라쳐 왈 경의 츙셩을 아난 빅라
이 명비 무죄홈을 아나야 ᄒ시니 문챵이 복지 쥬왈 젼ᄒᄂᆞᆫ 방심
ᄒ소셔 신니 쥭도쵹 구할 모칙이 잇나이라 티ᄌ 츅년탄식ᄒ시
고 즉시 쳔은 일쳔양을 쥬시며 여러슌 당부ᄒ시니 문챵이 바다
가디고 물너나 빅셩의 쌀을 사 녕안궁의 가도오고 이 날 밤의
약을 먹여 듁이고 티비을 농의 녀혀 북궁으로 보ᄂᆡ니 뉘 명비
사라믈

P.47

알이 문챵이 도라와 명비 붕ᄒ시다 탑젼의 쥬달ᄒ니 샹이 드라
시고 하령ᄒ샤 님의 황티손을 탄싱ᄒ녀시니 영안궁의 봉안ᄒ녀
죠셕향화을 예로셔 힝ᄒ라 ᄒ시니 문챵이 명비을 구ᄒ야 분궁
으로 보ᄂᆡ고 ᄎ의을 동궁ᄭᆡ 쥬달ᄒ니 티지 탄식왈 경은 지극흔
지라 셔로 가흘 날이 이시리라 ᄒ더라
이젹의 쳔지 하령ᄒᄉ 황손을 궐ᄂᆡ의 드러오니 옥ᄀᆞᆺ흔 얼골이
포포ᄒ야 티지 명비와 ᄀᆞᆺ흔지라 황휘 티ᄌ로 더부러 더옥 슬허
ᄒ시더라
ᄎ셜이라 명비 본궁의 도라 김흔 후원의 은신엿더니 슌후로
슈풍ᄒ여 위급흔지라 강문챵이 티ᄌ젼의

P.48

쥬ᄒ야 약을 보ᄂᆡ여 구ᄒ시니 달이 지닌 후의 소복ᄒ고 분괴을
이긔지 못ᄒ야 챵검을 고 궐즁의 드러가 양귀비 머리을 버혀

분을 풀 거시로딕 국법이 그라치 못ᄒᆞ야 참고 디닉니 옥톄 스스로 사라지ᄂᆞᆫ 듯 ᄒᆞ더라

쳔ᄌᆡ 다시 양경의 ᄯᆞᆯ을 명ᄒᆞᄉᆞ 틱ᄌᆞ비을 삼으러 ᄒᆞ시니 져의 숙모 냥귀비 간교을 쓴바다 삼닉흠을 조히 너기고 황후ᄂᆞᆫ 무심ᄒᆞ시고 황샹은 샹이 측양업고 틱ᄌᆞᄂᆞᆫ 맛ᄎᆞᆷ닉 딕면치 아니ᄒᆞ시고 셔츙궁의 쳐ᄒᆞ여 황손을 거ᄂᆞ리고 늇국을 더부러 쥬야 써나지 아니ᄒᆞ니 냥씨 냥귀비 왈 이ᄉᆞ이 풍경이 가랑ᄒᆞ오니 비복으로 더부

P.49

러 주야 틱ᄌᆞ을 원ᄒᆞ더라

틱ᄌᆞ 명비을 잇지 못ᄒᆞ여 ᄒᆞ시더니 승산ᄒᆞ여 황샹ᄭᅴ 듀왈 이ᄉᆞ이 풍경 사랑ᄒᆞ오니 비복으로 동교의 나아가 구경ᄒᆞ야디이다 샹이 의뉸ᄒᆞ시니 틱ᄌᆡ 직시 슈쳑도리로 슈슴 ᄎᆞ동을 거느리고 쥬졈의 이라러 차동과 인마을 두고 홀로 영미궁의 이라니 딕문이 줌가거늘 틱ᄌᆡ 뒤동손 문으로 드러가니 옥소이 난간의셔 약을 짜라다가 틱ᄌᆡ 침님ᄒᆞ시말 보고 의아ᄒᆞ야 ᄒᆞ강 복지ᄌᆡ비ᄒᆞ거늘 틱ᄌᆡ 문왈 명비 어딕 겨신다 옥소이 쥬왈 동편 방의 겨시이다 틱ᄌᆡ 드러시니 명비 죄인의 의복을 닙고 샹셔의 비겻다가 틱ᄌᆡ을 보고 이러나 통곡ᄒᆞ니

틱ᄌᆡ ᄯᅩ

흔 옥슈로 농누을 샥려며 왈 죽은 비 능히 샤라나야 흐시니
뎡비 눈물을 흘녀 왈 첩이 당쵸 슉방거야의 부귀을 원치 아니흐
오문 이러흔 화을 면흐미이다 오날날 첩이 잔명을 보젼홈은
황샹의 은혜 아니오 틱즈의 은총을 입은 빅라 냥경의 간을 씹으
며 냥귀비 고긔을 먹고져 흐미니 양문을 멸흐고져 홈이로소이
다 틱즈왈 황샹이 씌짜을 날 이시니 엇지 츙공의 즐거옴믈 낫타
닉지 아니흐시리오

뎡비와 신첩 츔실ᄀᆞᆺ탄 명을 보젼흐녀 슬흐의 즈식 보지 못흐고
이 동슨의셔 다시 도라와 노부을 다시 보지 못흐고 쥭계 되니
엇지 슬푸지 아니리오 틱지 위로왈 빙부 말이의 쳐흐녀 무소식
흐긔로 현비의 평싱 망극홈을 닉 엇지 모라리오 황샹긔 알

외여 도라옴을 어들이라 이즈는 닉 슬흐의 두고 일시를 더나지
아니흐고 현비로 념여치 마라소셔 과인이 현비로 이별홀 딕
심신이 살는흐고 정혼이 아득흐야 거의 쥭계 되엿써니 오날날
현쳐로 더부러 이갓긔을 알이오 뎡비 앙소왈 뎐흐는 어진 비을
만나 무흔 복을 일운지라 죄첩은 신원치 못흐고 쥭계 되니 오라
지 안녀셔 듁씨의 강산니 냥가의 긔물이 된지로소이다 셜파의
분을 이긔디 못흐야 손을 부비니 그 소견이 엄엄흐거날 틱지왈
츠는 가비운 죄라 국운이 불힝흐여시니 엇디 비을 져바리고
냥녀로 동낙흐리오

져문 후의 침소의 드러가 쉬로온 졍을 측양치 못홀너라 틱지 늦겨 통곡왈 ᄂᆡ 엇지 황각의셔 모후 남남이 흐듸도 편치 못흐시고 흔낫

쳐ᄌ을 보젼치 못흐니 실노 초양의 용녈한 션비만 갓지 못흐다 잇튼날 졍비 틱ᄌ 황공흐시몰 지삼 진쥬흐시니 틱지 ᄎ마 쎠나지 못ᄒᆞ녀 삼일을 유ᄒᆞ녓더니 인졍이 쉬로와 둣터온지라 삼일 후 틱지 환궁ᄒᆞ시니 그 졍이 측양치 못홀너라
틱지 환궁ᄒᆞ신 후 강문챵을 불너 지물을 ᄌ로 보ᄂᆡ시고 일후 ᄆᆡ일 구경을 물쳥코 미복으로 ᄌ로 왕ᄂᆡᄒᆞ니 졍비 염녀ᄒᆞ녀 틱ᄌᄽᅵ 간왈 만일 황샹이 죄쳡이 ᄉ라시몰 아라시며 틱지 되화를 당ᄒᆞ리니 ᄌ로 ᄂᆡ왕을 마라소셔 틱지 마ᄎᆞ너 둣지 아니ᄒᆞ시더라
이러홈이 거의 일년이라 궁즁졔건 모다 틱지 ᄌ로 ᄂᆡ왕ᄒᆞ시몰 의심ᄒᆞ녀 졍비 듁지 아녓던가 말이 젼파ᄒᆞ녀 궁젼의 드러가니 황휘 드라시

고 되경ᄒᆞ샤 그윽히 동궁을 명ᄒᆞ샤 무라시고 깃거ᄒᆞ나 혹 누셜홀가 넘여ᄒᆞ샤 그윽히 강문챵을 불너 ᄒᆞ교왈 이뎨 틱지 왕ᄂᆡ을 씃치지 아이이 만일 황샹이 아라시면 되화를 만나리니 네 명비을 뫼셔다가 다란 고되 두어 틱지 ᄂᆡ왕이 업게 ᄒᆞ라 문챵이

고두ᄉ은ᄒ고 물너와 크게 두러 졍비젼의 드러가 듀왈
동군젼ᄒ ᄌ로 ᄂᆡ왕ᄒ시믈 궁듕이 다 이혹ᄒᆞ옵고 황후낭낭이
아르시고 소신을 불너 이리이리 ᄒ시니 군신지의 념ᄒ시니 그
오리 감ᄉ히 품ᄒ오니 극가지 구줄셔믈 싱각ᄒ오셔 분부ᄒ쇼셔
명비왈 이갓ᄒᆫ 일을 틱ᄌ긔 고ᄒ녀나니 ᄉ싱이 유명ᄒ여 엇지
ᄒ리오 ᄂᆡ 싱각ᄒ니 녀화위남ᄒ녀 고향의 도라가 부공이 도라
오시

말 긔다리고 시부나 혈혈ᄒᆫ 일신니 어ᄃᆡ 가 의디ᄒ리오 문창이
듀왈 나러가시ᄂᆞ 비ᄂᆞ 신니 듯보와 회고할 거시니 힝ᄎᆞᄒᆞᆯ 날을
졍ᄒ소셔 듯ᄌᆞ오니 시량은 산 ᄉ름이라 벼슬의 왓다가 틱ᄉᄒ
시고 가속을 거나러 가려 ᄒ더이다
명비 깃거 즉시 남복환ᄉᆞᆨᄒᆞ고 유모와 옥소이로 갈 ᄉᆡ 글 두
장을 지어 집직힌 동을 쥬어 왈 이 글 ᄒᆞᆫ 장은 틱ᄌ 오시거든
듸리고 ᄯᅩ ᄒᆞᆫ 장은 힝혀 부친니 오시거든 드리라 ᄒ고 약간
젼을 지니고 힝장을 ᄎᆞ러 삼틱호총말을 타고 이 날 ᄉᆞᆷ경의 도망
ᄒ야 강문창을 ᄯᅡᆯ와 강가의 나아가니 심ᄉᆞ ᄉᆡ로니 쳐창ᄒ더라
졍휘 강문창다러 왈 삼셰예

ᄉ낭을 ᄂᆡᄅᆡ고 십오셰예 냥경의 겁탈지하은 만나 셰샹의 바린
ᄉ람이 되녓더니 틱ᄌ의 구홈ᄒ시말 입어 ᄉᆞᆨ방거야의 간틱ᄒ녀

즁차 무흔흔 부귀을 눌이고 늬 원슈을 갑흘가 흐녓써니 쳔만이
외예 챵숑지변을 만나 쥭을 지경의 당흐엿써니 그듸의 츙셩을
입어 목슘을 보젼흐야 이것치 명되 긔구흐고 슬하의 즈식을
보지 못흐고 하날갓흔 가군을 이별흐고 외로오신 갓친을 보지
못흐고 졍체업시 유리흘 둘 엇지 알이오 흐고 눈물을 흘녀 슬허
흐고 분긔을 참지 못흐거날 문창이 위로왈 비난 옥누을 거두시
고 험노의 옥체을 보즁흐샤 평안히 힝츠하 계시며 소

P.56

신 등이 타일의 맛당이 밧드러 뫼시리다 흐고 유모와 흔가지로
강변의 나아 흐직흐거날
명비 강문창 등을 이별흐고 빅예 나려 유모와 옥소의로 더부려
빅고을 으지흐여 안즈써니 샤공이 니시량게 고흐듸 당스틱슈
독하 졍강노 아달이라 흐고 한지로 빅을 타고 가ᄂ이다 시량이
고이흐여 쳥흐이 명비 치탁흐다가 시량이 막츠의 이라니 시량
이 닌졉흐여 피츠의 예필좌졍 후 시량이 눈을 들어 명비을 보니
표표졍졍흐야 기엄식식흐고 운빈호치ᄂ 와년니 미인의 골격
ᄀ흔듸 츄월ᄀ흔 눈지와 미간의 강슌졍긔을 감초와시니 풍운을
불일 긋틀과 안민 이

P.57

용을 가저 츄츄세후을 샤량흐야 문왈
공즈ᄂ 뉘 듸 즈졔며 나흔 몃치나 흐시요 명비 왈 소싱은 경셩

스람으로 가친니 원지의 가시고 외슉이 쟝스틱슈로 가시민 그
곳을 가난이다 시량 왈 나는 도시랑 이원즁니라 벼스리의 왓다
가 고향을 가거와 공즈의 셩명을 니라지 아니ᄒ시니 아지못게
라 무순 소회 니시잇가 뎡비 지비왈 엇디 다란 뜻 이슬이오
소싱은 교지참모 졍공의 아달이라 흔 누의 잇스와 틱즈비 되녀
더니 우년히 득죄ᄒ녀 듁어습고 갓친니 원지의 가시고 죄인
동싱 경즁의 머물미 ᄌᄌ못 외람ᄒ와 외슉이 댱스틱슈로 갓스
오민 그리로 가 의탁고져 ᄒ나이다 시랑이 듸경왈

P.58

  그러면 늬 뎡각노로 더부러 ᄌ로 친흔지라 졍공이 아달 이시말
아지 못ᄒ녓니 늬 밋지 못ᄒ녀 보지 못ᄒ녓다 ᄒ고 줍소ᄒ거날
틱비왈 소싱은 갓친이 나흔신 빅 아이라 원지의 가실 듸 족하을
다려다가 향화을 끗치지 아니켸 ᄒ미라 그런 고로 미쳐 나가
뵈옵지 못ᄒ여나이다 시랑이 탄식왈 노뷔 경셩의 이실 젹 틱즈
비 원통이 듁으시다 ᄒ민 듯고 슬푸물 이긔지 못ᄒ난 가온듸
냥귀비와 냥경이 국가 요란케 ᄒ오니 국기 오라지 아니홀 거시
니 엇지 슬푸지 아니ᄒ오릿가 틱비 탄식왈 틱즈비의 말슴이야
엇지 다 츙양ᄒ리잇가
시랑왈 쟝스틱슈 외슉이라 ᄒ니 아

지못게라 젼님틱슈야 신님틱슈야 젼틱슈는 도라왓고 신틱슈는
노뷔 경셩의 이실 젹이 슈흐녀시니 하방 사람이라 흐거날 뎡비
딕경왈 젼틱슈 셩명을 아라시나니잇가 시랑왈 뉘일초 갓 쩌나
시니 엇지 모라리오 신틱슈는 손경이오 젼틱슈 갈연지 삼싁이
라 반다시 고향의 도라가신니라 틱비 이 말을 듯고 크게 슬허
마리 업거날 시랑왈 엇지 이갓치 슬허ㅎ나요 져(졍)비왈 소싱이
다만 고단흔 일신으로 외슉을 바라고 가다가 쳬구흔 말을 듯ㅈ
오니 진퇴낭픠ㅎ니이다 시랑이 위로왈 딕댱뷔 셰샹의 일신니
의탁홀 곳 업ㅅ리오 노뷔 그딕 부친과 쥼마고위라 늬 집

의 가 머무다가 각노 도라오신 후 힝ㅎ며 엇쩌ㅎ요 틱비 지빅왈
만일 션싱이 소싱을 바리지 아니ㅎ시며 엇지 다힝치 아이리잇가
시랑이 딕희ㅎ여 흔가지로 가며 듀야 슈즁의셔 공부ㅎ녀 슈족
ㅎ니 황셩공의 삼약과 졔갈양의 방진도롤 통달ㅎ고 간간이 웅
장흔 말슴은 사람의 심간을 놀닉난지라 시랑이 이 말마다 탄복
ㅎ야 사량ㅎ미 층양업더라 이러그러 여러 날만의 뷔샤쟝의 나
려 시랑의 예집을 ㅊㅈ 드러가니 별당을 슈보ㅎ녀 졍비을 머물
게 ㅎ고 식ㅅ을 극진이 ㅎ니 은혜 감격ㅎ녀 잇지 못홀너라 집압
흔 딕강이 님ㅎ녀 신과 힝션니 왕닉ㅎ고 뒤혜난 틱슌이 의

지ᄒ녀 두희삼십이라 가히 이론바 슘공을 물환초강슌이라
졍비 이 집의 온 후 심회 더옥 비챵ᄒ야 츙디예 올나 남쳔을
향ᄒ이야 싱각ᄒ녀 눈물을 흘여 왈 젼싱의 무슨 죄로 이싱의
나와 동싱 업시 결초보은을 못ᄒ고 또 부친을 젼쟝의 이별ᄒ고
젹병을 파ᄒ녀시나 도라오지 못ᄒ시니 엇디 슬푸지 아니ᄒ리오
명쳔이 읍조ᄒ여 부친 마나 보고 그 날 듁어도 눈을 깜으리라
ᄒ고 탄식ᄒ물 마지 아니ᄒ더라
이젹의 시랑이 늬당의 드러가 부인다려 졍싱의 용모와 지죠을
ᄌ랑ᄒ고 녀으로 의탁고져 ᄒ나니 부인의 쇼견이

엇써ᄒ요 부인왈 쳡의 쇼견의 무던ᄒ니 밧비 의혼ᄒ녀 보쇼셔
늬공이 즉시 외당의 나아가 명비와 슈죽ᄒ디 공이 탄식왈 노뷔
ᄌ복이 업셔 다만 일녀를 두어시디 쟝방의 고으미 업스나 죡히
군ᄌ의 건졸을 쇼님홀지라 가셜을 졍치 못ᄒ녓나 니졔 공즐을
보니 녀으의 쌍이라 각노 이시면 쳥혼ᄒ면 낙낙히 허혼ᄒ련마
ᄂ 도라오실 긔약이 막년ᄒ고 공즈의 쇼견의 엇써ᄒ요 명비
디경왈 년디인니 니갓흔 쟝싱을 슬ᄒ의 들고져 ᄒ시니 황공감
ᄉᄒ오나 인즈의 디 그러치 안니

ㅎ나니다 농힝으로 가친니 도라오신 후 성예홈미 오히려 늣지 아닛타 ㅎ오딕 시량왈 공지 고집히 수양홈은 반다시 니금슈의 성불을 아지 못ㅎ녀 의심인가 ㅎ노라 노쳐 신만하의 성예 쇽히 ㅎ녀 ㅎ나니다 틱비 싱각ㅎ딕 이 딕 은혜 망극ㅎ고 틱즈 유신ㅎ시고 오직 이시니 쳔츄타일의 고졍을 싱각ㅎ며 그 스딕 당ㅎ녀 은혜을 감후라 싱각고 이려나 직비왈 분부딕로 할이이다 시랑이 딕희ㅎ녀 신여을 명하녀 쇼졔을 나와 평싱을 보라 ㅎ니 소제 단쟝치의로 신여의계 붓드러 나오시거늘 졍비 눈을 드러 보니 요요졍졍ㅎ여 항히 치

운 타고 요니의 가는 닷 의희히 슉예 딧틱오니 비의 졀힝이 잇쩌라 직용이 졍비와 흡수ㅎ더라 졍비 닉럼의 싱각ㅎ딕 스람이 져갓흔 안히을 어드며 무슨 근심 이시리오 ㅎ고 니공을 향ㅎ여 수례왈 영ㅇ소졔는 반다시 쳔샹스람이라 져러ㅎ건딕 쇼즈의 복이 손홀가 ㅎ나이다 시랑이 소왈 여이난 아람답기 얼골분 안이라 그 셩딜이 어진지라 ㅎ고 소졔을 드러보닌 후 즉시 틱일ㅎ여 셩예ㅎ레 ㅎ니

옥모 그윽히 뎡비의계 고왈 이리ㅎ시고 닉죵은 엇지 ㅎ려 ㅎ시나니잇가 뎡비왈 니시랑이 은혜 막극ㅎ고 쇼졔의 직덕을 보와 수모ㅎ니 쳔ㅎ의 드문 스람이라 그닉은 틱즈을 셤기리니

너의등 염여 말나 ᄒ더라

원ᄂᆡ 니시랑이 무즈여ᄒ고 다만 소졔쑨이라 일홈은 요영이오
나흔 십ᄉ세라 셩딜이 총명ᄒ니 시랑이 특이ᄒ시더라 명비 틱
지 쥬시든 옥픠산호를 가저왓더니 글노셔 납치ᄒ고 길이리 다
다라셔 현으로부터 현의 이라러 젼안을 파ᄒ고 동방의 나아가
니 보진등물이 화려ᄒ더라 명비 이 날 밤 쇼뎨을 듸ᄒ여 탄식왈
ᄉ람이 져갓흔 안희을 어더 동낙ᄒᄂᆞᆫ ᄉ람은 한싱사람 안이라
나난 무슨 죄로 셰상의 남즈갓치 사랑ᄒ나 그 은졍을 아지 못ᄒ
니 그 원통ᄒᄆᆞᆯ ᄒᄒ노라 침금의 나아가니 두 ᄉ람이

쳘이말이갓더라

잇튼날 명비 니당긔 외온듸 무쳐 희동안싴ᄒ야 시랑은 명비의
숀을 줍고 부인은 쇼져의 손을 줍아 즐겨ᄒ니 틱비 직비왈 가친
니 도라오시지 아니ᄒ오니 빙부ᄂᆞᆫ 소셔의 고단 어엿비 넉이ᄉ
슬ᄒᆡᄋᆡ 의탁고져 ᄒᄂᆞ이다 시랑이 듸희왈 현셔의 ᄡᆞ지 그러며
엇지 다힝치 아이리오 인ᄒ여 친이 무딘흠이 긋츨갓더라
명비 나지며 소졔로 더부러 시셔을 편논ᄒ고 사랑ᄒ나 침금의
들믹 금슬이 무이 업셔 쳘이말이갓더라 쇼졔 마암의 슈샹이
넉겨 그러흠이 거의 반연이라 즈년 금슬이 부족다 ᄒ고 이ᄂᆡᄒ
ᄂᆞᆫ 말이 들이거날 시랑니 듯고 딕경ᄒᆞ야 틱비을 쳥ᄒ녀 이로듸
현셔

 는 닉의 여으을 사랑ᄒ미 지극ᄒ니 엇지 긔특지 아이리오마난
노뷔 이작 아지 못ᄒ녀더니 맛참 드라니 금슬이 부죡다 ᄒ니
아지못계라 그딕의 몸의 무슨 허물이 이셔 그러ᄒᄂ가 쾌히 일너
노부의 념여을 덜계 ᄒ라 틴비 쳥년슬허 진비왈 이졔 쇼셔 심즁
쇼회을 빙부긔 고ᄒ나이다 만일 한시니 미표 즙던 일을 흔험치
아이시며 소셔의 빗단ᄒᄂ 죄을 엇지 면ᄒ리오 불월 노도 잇지
못ᄒ고 면젼의셔 듁을이다 시랑이 되경 무고ᄒ니 졍비 슬허
고왈
첩은 곳 틴비 졍씨라 십ᄉ예 ᄌ모을 여희고 십오셰예 낭경의
말을 헛치 아

니 ᄒ다가 협의 이러타 황샹의 참소ᄒ여 말이 교지국의 보닉여
고 교즈을 가지고 탈춰ᄒ러 왓거늘 비겨로셔 방식ᄒ고 잇습더
니 틴즈 첩의 일홈을 그랏 듯고 여복환칙ᄒ고 드러와 첩의 동졍
을 슬핀 후 황샹황후낭낭젼의 즉달ᄒ고 첩으로셔 틴즈비을 슴
을 시니 궁즁의 드러가 만죵녹을 늘이더니 냥귀비 모희을 입어
영안궁의 한 달을 슈금ᄒ고 황틴손을 탄싱ᄒ미 황지 첩을 샤약
ᄒ라 ᄒ시니 마춤 황즈 강문창의 구ᄒ말 입어 본궁으로 와습더
니 이후로 틴지 ᄌ로 닉왕ᄒ시니 만일 발각ᄒ면 첩의 쥭기는
의논치 말연이와 틴지와 여러 ᄉ름이 보젼

P.69

치 못홀 거시니 부득이 녀화위남ㅎ야 외슉을 바라보고 가다가 천우신죠ㅎ오스 즁노의 딕인을 만나 슈양ㅎ신지라 영이 쇼져긔 허혼하시니 슬하의 즐거오믈 일우스 첩이 일즉 진졍을 션화코 져 ㅎ여습더니 즙인을 속셔 귀ㅎ신 슌여을 희롱ㅎ오니 죄 깁푼 지라 일노 즈졔ㅎ딕 틱지 만일 첩의 죄 업시믈 발ㅎ샤 황손니 니샤오니 쳔츄만길레 고졍을 고즈시면 첩이 맛당히 쇼져을 어 로만즈녀 아황 여영의 이을 쏜바다 흔 가지로 늘끼을 졍ㅎ여나 이다

시랑이 부쳐 이 말 듯고 황망ㅎ녀 급히 ㅎ당 복지쳥죄

P.70

왈 시니 호남ㅎ녀 무례흔지라 심궁틱비 이갓치 누류의 계시딕 시니 졍망이 업스와 첩딕딕을 말홀이 ㅎ녀스오니 샤죄을 쳥ㅎ 나이다 노신이 경셩의 이실딕 틱즈비 원통이 듀으시다 ㅎ믹 듯고 슬푸믈 이긔지 못ㅎ녀습더니 냥귀비와 냥경이 국가을 요 란케 ㅎ오니 국가 장챠 오라지 아이리라 단지 계경시 현흔을 바다 만연을 동쳐ㅎ녀시니 엇지 다란 가문을 아라오며 더옥 아황녀영을 원ㅎ여시니 더옥 위틈ㅎ여 엇지 사라리이가 돈비 남복을 오릭ㅎ시며 옥안이 변ㅎ오니 도로 녀복을 ㅎ시고 신의 쌀을 생각ㅎ오며 깁피 머무러 후일을

P.71

기다리소셔 ᄒ고 이 말이 문 밧쯰 나지 말가 신칙ᄒ더라 이
날 니쇼뎨 이 말을 듯고 크게 놀닉더라 틱비 닉당의 드러가
녀복을 환칙ᄒ니 묘요흔 틱도 비길 딕 업더라

각셜이라 냥경의 몸이 공후의 올나 뎨 종쪽으로 뇩도ᄌᄉ을
슙고 쳐쵹 원이졈을 병부샤싀을 ᄒ녀 닉외을 쳐셜ᄒ야 병권을
뭇겨 샤히로계 요란ᄒ딕 황샹이 발지 못ᄒ야 위엄이 잇지 못ᄒ
니 현ᄒ 요란ᄒ고 쟝안이 홍홍ᄒ더라

일이은 쳬담이 댱겨왈 뇩도ᄌᄉ 다 반ᄒ녀 황셩을 반흔다 ᄒ엿
거늘 쳔직 딕경ᄒ

P.72

샤 방젹을 이논홀싀 냥경이 출반쥬왈 이져 뇩도ᄌᄉ 반ᄒ야
드려온다 ᄒ오니 그 셰 틱ᄌ갓흔지라 만일 황샹이 친힝ᄒ시며
가히 도젹을 막으런이와 만일 그러치 아니며 그 화젹 디어치지
못ᄒ리이다 황졔 딕경ᄒᄉ 냥경을 딕원슈을 슙고 원이졍을 션
봉장을 삼아 빅만딕병을 거나려 쳔지 친히 듕군되여 힝ᄒ시니
긔치창검이 군운일월을 가리와더라

의젹의 냥쥬ᄌ싀 냥운이 쳔ᄌ을 두러슙고 이긔양양ᄒ야 워여왈
이졔 듀씨 운쉬 싀ᄒ여나니 부졀업시 빅셩을 죽이지 말고 쳔지
딕위을 녀긔 드리고 쌜이 물너가라 ᄒᄂ 소릭 쳔지 진동ᄒ니
션봉댱 원이졍의 닉다라 냥운을 마ᄌ 쓰호다가 슬즙힌

P.73

비 되니 쏘 도원슈 냥경이 닉다라 젹당ᄒ더니 물어 두어 번 쌋호난 체 실슈ᄒ고 스로줍히는 체ᄒ고 젹진으로 도라가니 황 졔 그 연디을 아지 못ᄒ시고 경황실싁ᄒ시며 문ᄒ여 ᄒ신두 뉘라셔 젹군ᄒ리 좌우졔댱이 일셰예 쥬왈 이졔 명셰 궁진ᄒ오 니 맛당히 항복ᄒ기만 갓지 못ᄒ리다 쳔ᄌ 크게 분ᄒ여 부답ᄒ 시고 좌우을 도라보와 왈 뉘 능히 흉젹을 소멸ᄒ고 짐의 분을 더리오 ᄒ신두 졔댱이 거의 다 냥경의 목계예 드난지라 뉘라셔 듸젹ᄒ리오 급ᄒ미 경각의 잇난지라

각셜이라 틱ᄌ비 니시랑 듸의셔 옹망을 긔다려 쥬야 국가 소식 을 탐지ᄒ더니 일이른 피란ᄒᄂ 빅셩이 길을 막

P.74

아 울거늘 틱비 소이로 위로ᄒ여곰 빅셩다러 무라니 빅셩왈 냥경의 동족으로 황듀 익듀 셔듀 강듀 셩듀 형쥬 도읍이 다 반ᄒ야 조션을 침노ᄒ니 쳔ᄌ 자쟝격지ᄒ엿다가 도젹의계 픠ᄒ 여 거의 듁긔 되엿ᄉ오미 빅셩이 지당치 못ᄒ와 피란ᄒᄂ이다 틱비 듯고 앙쳔탄왈 젼지 홍양시니 업고 냥경갓흔 소인이 이셔 빅셩을 갈진케 ᄒ고 님군을 희ᄒ니 엇지 통ᄒ치 아니ᄒ리오 황샹이 이데 친힝ᄒ시라 ᄒ니 그 흉젹의 세을 엇지 당ᄒ리오 닉 비록 여ᄌ나 ᄒ 번 목쳐 역젹을 파ᄒ고 빅셩을 건지며 님군을 구완ᄒ야 이예 니공부쳑이 ᄒ직왈 이졔 냥경의 족당의 뉵도ᄌ ᄉ를 ᄒ여 다 반ᄒ여시미 쳔ᄌ 친힝ᄒ샤 위급ᄒ미 경각

의 잇다 ᄒ오니 첩이 비록 여ᄌ나 국옥을 먹엇ᄉ오니 엇지 연연
히 안ᄌ스리잇가 이졔 가고져 ᄒ오니 ᄃ인은 평안이 겨오소셔
니공부체 ᄎ탄왈 죤비난 옥체을 보즁ᄒ샤 공노을 시우시고 슈
이 도라오소셔 ᄐ비 ᄯ 니소졔을 도라보와 왈 ᄂ 입언 단여오며
그ᄃ의 영화 극ᄒ리니 부모을 뫼셔 죠히 이시며 ᄂ의 셩공ᄒ만
츅슈ᄒ라 ᄒ고 몸의 쳥황갑을 닙고 멀이예 모치치ᄌ 금투고을
쓰고 손의 칠쳑 쳔조금을 들고 허리예 오셕쳥현궁으 비셰 차고
급히 젼을 갓초아 슙ᄐ호춍말을 타고 빅운을 히쳐 호호탕탕하
야 나ᄂ다시 쳔ᄌ ᄃ진을 ᄎᄌ가셔 바라보니
ᄃ진을 쳐시ᄃ 뉵도군명이 쳔ᄌ을 항복ᄒ라 ᄒᄂ 소ᄅ 쳔지
진동ᄒᄂ지라 ᄐ비 분기츙쳔ᄒ야 죠금을 놉히

 들고 위나왈 너히 엇던 도적이 완픽완픽 우리 황셩을 이리
피박ᄒ나야 나ᄂ 셩녜의 명을 바다 쥬씨 강손을 구ᄒ려 왓나니
날 픽적ᄒ리 잇거던 모도 나와 승부을 결ᄒᄌ ᄒᄂ 소ᄅ 딘동ᄒ
니 냥듀ᄌᄉ 냥운니 응셩ᄃ호왈 이졔 쥬시 부조 시덕ᄒ여 쳔ᄒ
빅셩이 도탄의 드러 눈을 쓰지 못ᄒ물 차마 보지 못ᄒ여 듀시을
들어ᄂ쳐 만민을 건지고져 ᄒᄂ니 너ᄂ 엇쪄ᄒ 스람이완ᄃ 시
졀 도라가물 아지 못ᄒ고 우리로 ᄒ여곰 ᄃ공 기우지 못ᄒ계
ᄒ나요 ᄐ비 ᄃ왈 ᄌ고로 신ᄒ 그우흘 범치 못ᄒ나니 너히가
쥬시 녹을 먹어시니 님군의 은혜 갑기ᄂ ᄉ로니 도로혀 ᄎ약ᄒ

ᄂ야 가정옥체 ᄒᆞ히오니 엇지 천안이 업스리오 급피 항복ᄒᆞ며
죄을 용셔ᄒᆞ러니와 동시 쳔위을 슌동치 아니며 망연무도의 나
여가계 ᄒᆞ리니 급히 결단ᄒᆞ라
냥운이 노ᄒᆞ여 달여들거늘 틱비 마ᄌᆞᄉ

P.77

화 두합의 틱비 칼이 번듯ᄒᆞ야 냥운의 머리을 버혀 칼날 싯쎤
쉬여 들고 직죠을 자랑ᄒᆞ며 쳐들어가니 적진의셔 양운 듁어물
보고 쏘 ᄒᆞᆫ 장쉬 닉닷거늘 틱비 밧라보니 신쟝이 구쳑이오 얼굴
은 슈먹 가라 쎄친 듯ᄒᆞ고 눈은 셧치당쏀이라 창검이 단슉ᄒᆞ야
쳥쳔의 번계 갓ᄒᆞ니 이ᄂᆞᆫ 황듀ᄌᆞᄉ 양운니라 틱비 딕쳑왈 이ᄂᆞᆫ
도적이 비록 시졍의 이스나 무어ᄉᆞᆯ 쓰리오 널노 더부러 딕적ᄒᆞ
미 욕되나 위국츙신 잇ᄂᆞᆫ고로 마지못ᄒᆞ여 다토나니 급피 결단
ᄒᆞ라 양운이 딕로ᄒᆞ여 달여드러 틱비와 마ᄌᆞ 쏘와 이십여 합의
부졀승부러니
이적의 쳔지 딕셩의셔 보시니 난딕업산 댱군이 필마졍으로 드
러와 적장을 말살ᄒᆞ믈 보시고 의즁안싴왈 명쳔이 듀씨 강산을

P.78

보젼케 ᄒᆞ시도다 깃거ᄒᆞ시며 일월긔을 둘너 졉능ᄒᆞ시더니 틱
비 양운으로 ᄉᆞ와 삼십녀합의 결단치 못ᄒᆞ더니 문듯 틱비 닙으
신 젼포 용두로셔 쳥황용이 읍들여 불근 긔운을 토하고 슘틱호
춍말은 귀을 쏘으며 안긔 ᄌᆞ육ᄒᆞ야 양진을 분별치 못ᄒᆞᄂᆞᆫ지라

문듯 틱비 몸은 공즁의 소소와 라으며 칼을 들어 양운의 목을 버혀 말의 나리치니 뉘 감히 당흐리오 틱비 드드여 모든 역젹을 흠몰흐고 군수난 방송흐니 젹진의 갓던 냥경 원이졈의 몸이 스라 틱비을 보고 칭송왈 우리 등은 틱국 도원슈 션봉장이라 지죠 업스와 젹진의 줍혀 듁계 되엿더니 당군의 은혜을 입어 목슘을 보젼흐고 흉젹을 파결흐오니

P.79

은혜난 난만이로쇼이다 틱비 흔 쐬을 싱각고 일오듸 과연 몰나 쏘소이다 흐고 양경을 다리고 쳔즈 계신 듸 가 뇩도즈수의 머리을 올이이 쳔지 틱희흐스 장흐의 나러 틱비의 손을 줍으시고 가라스듸 장군의 츙셩을 그 압의 지닉니 금슈강순으로 갑지 못흐리라 흐시니 틱비 복쥬왈 폐흐 홍복이라 신니 무슨 공이 니시리잇가 쳔지 흠션 츙츈흐더라 틱비 다시 엿즈오듸 이계 뇩도즈시 죽어숩고 도즁이 비엿스오니 복원 페흐는 뇩즈수를 졍흐여 각각 도병을 총독흐니라

이젹의 틱즈비 쳔즈을 뫼시고 황셩의 올나와 남셩문우샹의 쳔즈을 젼좌흐시고 틱비 황샹씌 쥬왈 쏘 셩즁의 뇩도즈수의 여당이 무슈흐오니 쏘 셩즁의 드러가 반젹을 다 업시흐온 후 환궁흐여지이다 쳔지 틱경흐스 의눈흐시

니 틱비 즉시 츠환 등을 호령ᄒᆞ야 왈 냥경과 원이졍을 ᄌᆞ바드리
라 ᄒᆞᄂᆞᆫ 소릭 쳔지 진동ᄒᆞ니 좌우 무시 황겁ᄒᆞ야 츠환등을 ᄎᆞ지
니 황셩곗히 시위ᄒᆞ여난지라 무시 츠환 등을 줍아ᄂᆞ니 틱비
황셩 압힉셔 호령왈 져 두 놈은 웃듬 반젹이라 듯티 밋히 안치코
뇩도ᄌᆞᄉᆞ의 머리을 듯쩍의 달나 ᄒᆞ니 좌우 실싴분분ᄒᆞ더라
틱비왈 ᄯᅩ 호령왈 ᄯᅩ 셩듕의 들어가 냥경의 아달 냥음과 가속이
며 궁의 드러가 냥귀비와 웅여 궁비 음엽 이셰예 잡아드리라
ᄒᆞ니 무시 일시예 ᄯᅩ 셩듕의 드러가 냥음과 가속이며 궁듕의
드러가 양귀비와 궁여 궁비을 다 잡아 오십명을 줍아ᄂᆞ니 셩듕
이 물쓸ᄂᆞᆫ 듯 ᄒᆞ더라 틱비 냥귀비와 냥경을 가즉히 안치고 슈왈
네 벼슬이 극ᄒᆞ여 님군을 도울진딕 츙셩을 다ᄒᆞ미 신ᄌᆞ의 돌이
어늘 반젹의 ᄯᅳ즐 들고 빅셩을

슬히ᄒᆞ니 죄 ᄒᆞ나히오 졍각노 여ᄌᆞ을 네 ᄌᆞ부을 숨을어 구혼ᄒᆞ
니 각노ᄂᆞᆫ 츙신여지라 네 실힝을 아ᄂᆞᆫ고로 취혼ᄒᆞ니 글노셔
혐의ᄒᆞ여 말이 고지국의 보닉고 그 집 빈 씩을 탐지ᄒᆞ여 그
여ᄌᆞ을 탈취ᄒᆞ러 ᄒᆞ오니 음흉ᄒᆞᆫ 죄 둘이오 도 위람ᄒᆞᆫ ᄯᅳ즐 품고
종족을 뇩도ᄌᆞᄉᆞ을 써셔 흉셔을 잡아닉고 네 ᄯᅩ 귀비을 ᄭᅵ고
황샹을 아당ᄒᆞ며 국듕을 잡아흔드니 삼쥐라 네의 동뉴을 다
알외라 ᄒᆞ고 듀당 ᄊᆡ오니 양경이 견딕지 못ᄒᆞ야 동뉴을 다 알외
니 슈빅여 인이라 쳔지 딕로ᄒᆞᄉᆞ 냥경 부ᄌᆞ와 원이졈을 능히쳐

춤ᄒ라 ᄒ시고 그당뉴을 다 버히라 ᄒ시니 퇴비 즉시 원문 밧긔
쳐춤ᄒ고 이여 냥귀비을 가즉히 안치고 젼후졔샹을 다 무란
후 황샹긔 알외니 쳔지 크계 분ᄒ여 즉시 ᄒ령ᄒ샤 냥귀비와
비연을 영젼 슘노의 버혀 후인

P.82
을 징긔ᄒ라 퇴비 군졍사를 명ᄒ야 끼즌의 버히고 냥경기 동뉴
을 줍으니 빅녀 명이 영율노 춤ᄒ고 냥경의 가속을 버히고 이슘
족ᄒ니라 빅셩이 이로되 하날이 냥가을 멸ᄒ고 인간 원럭ᄒ물
풀긔 ᄒ미로다 ᄒ더라
이젹의 퇴감이 동궁의 들어가 냥가 멸ᄒ 슈년을 알왼이라 퇴비
쳔즈을 뫼셔 셩듕의 들어가 쳔지 환궁ᄒ시고 퇴비을 별젼의
령신ᄒ라 ᄒ시니 퇴비 별젼의 나아가 원졍을 디어 올이니 황졔
원졍을 보시고 되경ᄒ시며 금변으로 셔안을 츠시며 탄왈 긔예
셔 현예로다 침이 불명ᄒ야 퇴즈비의 챡쵼 셩덕과 믈근 츙셩을
보아 슬피디 못ᄒ고 흔갓 냥여의 간교흔 말믄 듯고 현비을 박되
ᄒ여 고싱을 ᄒ계 ᄒ엿쏘다 강문챵의 츙셩이 긔특ᄒ긔로 퇴비
을 슐여시며 젼시랑 의원즁이 또흔 츙신의 즁쵼 리

P.83
이라 퇴즈비의 곤곤흔 일신을 거두어 듀시 강슌을 보젼ᄒ니
이 두 스람의 공이 듕흔지라 조셔을 늘이와 강문챵으로 예부시
랑을 ᄒ시고 젼시랑 이원즁으로 병부샹셔을 봉ᄒ야 직쳡을 나

리오시고 교지참모 졍욱으로 츙열위라 승샹을 봉ᄒᆞ야 뉴지로
졍ᄉᆞ관ᄒᆞ시며 비담을 ᄂᆞ리와 퇴비을 보고 크게 비챵ᄒᆞ야 눈물
이 활안ᄒᆞ러다

어시의 환관이 퇴ᄌᆞ젼의 드러가 졍비의 젼후슈말과 이젼이 죄
ᄒᆞ물 다 신원ᄒᆞ라ᄒᆞ라 ᄒᆞ거늘 퇴ᄌᆞ 들아시고 ᄃᆡ경ᄃᆡ희ᄒᆞ샤 즉
시 별젼으로 나오시더니 졍비 듯고 가히 즐거오나 아직 황샹의
비답이 셔로 보라ᄒᆞ미 업ᄉᆞᆫ지라 사람으로 문을 막고 시여로
젼어왈 신쳡이 당초 허실간 죄명 잇습고 아직 황샹의 조셔 업ᄉᆞ

오니 경션니 옥톄을 뵈ᅌᆞᆸ지 못ᄒᆞ리니 도로 드러가소셔 엿ᄌᆞ
오ᄃᆡ

퇴ᄌᆞ 드라시고 크계 항복ᄒᆞ시고 도로 드러가 황셩의 뫼오ᄃᆡ
샹이 희열왈 네 졍비을 본다 퇴ᄌᆞ 이러 사은듀왈 졍비 들어옴을
듯습고 별젼의 가오니 스룸으로 막고 신여로 젼어ᄒᆞ던 던ᄉᆞ년
을 쥬달ᄒᆞ시니 쳔ᄌᆞ 크겨 ᄭᆡ다라 좌우 계신을 도라보와 하교왈
짐이 불명ᄒᆞ여 아지못ᄒᆞ엿더니 퇴ᄌᆞ 듀ᄉᆞ을 드라니 더옥 탄복
ᄒᆞ노라 뫼셔 궁듕의 드러가 황후와 퇴ᄌᆞ을 반긔라 ᄒᆞ시다

졍비 조셔을 밧ᄌᆞ와 궁듕이 드러가니 황후긔 와 뵈온ᄃᆡ 휘 반긔
야 옥슈를 잡우시고 차탄왈 국운이 불ᄒᆡᆼᄒᆞ야 흉인의 죽일이
졍비 신샹의 미쳐 ᄂᆡᄌᆞ 일시니 슈쳘이 밧긔 가고 샹

ᄒ여시며 ᄯᅩ 오날날 사직을 보젼ᄒ니 쳔고의 드문 일이라 험노
의 이친ᄒ여시니 물너갈쉬라 ᄐᆡ비 너러나 ᄉ은ᄒ고 고싱ᄒ물
알외니 휘 슬허ᄒ시더라

졍비 즉시 동군으로 나오시니 ᄐᆡ지 졍비을 만나이 엇지 온젼ᄒ
리오 여광엿ᄎᆔᄒ야 나아가 옥슈을 들고 슬허왈 고인이 되여더
니 ᄒᆞᄂᆞᆯ이 도우샤 오날날 비을 다시 보니 ᄒᆞ니 업ᄯᅩ다 못ᄂᆡ
슬허ᄒ시니 ᄐᆡ비 사은ᄒ고 젼후고샹ᄒ던 ᄉ연을 쥬달ᄒ니 ᄐᆡ지
못ᄂᆡ 비감ᄒ여 ᄒ더라 이늘 ᄒᆞ가지 즈고 명죠의 졔휘낭낭젼의
문안ᄒ시니 졔와 휘 ᄉ로니 깃거ᄒ시며 젼일을 뉘웃차시더라
각셜 교지츰모 졍공이 여러 ᄒᆡ을 ᄒᆡ위예 이셔 ᄆᆡ양 슬허 일오ᄃᆡ
됴명이 양경갓ᄒ 소인이 잇기로 ᄒᆡ포ᄎᆞ지미 업ᄉᆞ니 쇽졀업시

타국고혼이 되리로다 슬허ᄒ더니 일일은 사회 황지을 드리거늘
향촉을 가초와 북향ᄉᆞ비ᄒ고 더여보니 츙북향ᄉᆞ비ᄒ고 ᄯᅥ여보
니 츙열위라 승샹뉴지라 승셩이 즉시 불힝ᄒ니라

ᄎᆞ시의 이시랑이 ᄐᆡ비을 이별ᄒ고 듀야 ᄉᆞ렴ᄒ더니 본관이 샹
셔 유지을 들이거늘 즉시 길을 더나 황셩으로 올나오니 교지승
샹과 ᄒᆞ가지로 득달ᄒ여ᄂᆞᆫ지라 궐ᄒ의 슉비ᄒᆞᄃᆡ 쳔ᄌᆡ 승샹을
ᄃᆡᄒ여 탄왈 짐이 덕이 업셔 경을 ᄒᆞᆫ번 ᄒᆡ위예 보ᄂᆡ고 여러
ᄒᆡ을 ᄎᆞᆽ지 아니코 고샹하계 ᄒ시니 이졔 경을 보ᄆᆡ 참괴ᄒ도다
ᄯᅩ 니샹셔을 도라보와 무슈히 층찬ᄒ시니 두 ᄌᆡ샹이 머리을

쏘와 사은ᄒ더라

틱즈비 부친 도라오심을 고ᄃᆡᄒ더라 일일은 궁여 엿즈오ᄃᆡ 교지승샹과

장ᄉ이샹셔 다 와셔 쳔즈긔 슉비ᄒ더라 틱비 별젼의 나와 부친과 니샹셔을 쳥ᄒ여 볼ᄉᆡ 틱비 부친을 붓들고 방셩통곡ᄒ니 승샹이 쏘흔 빅슈의 눈물을 무슈히 흘이니 틱감이 붓들어 위로 왈 발젼이 나라 집이오 시졀이 틱평ᄒ오니 방셩통곡이 맛당치 아이리오 옥톄을 보듕ᄒ소셔 틱비 우람을 긋치고 부친을 뫼셔 젼젼슈말을 고ᄒ니 승샹이 못ᄂᆡ 슬허ᄒ시더라 졍비 쏘 이샹셔을 ᄃᆡᄒ여 슬레왈 ᄃᆡ인의 은혜ᄂᆞᆫ 쎼을 ᄲᅡ아도 갑지 못ᄒ리다 일후ᄂᆞᆫ 분여 의로셔 뵈오리다 니샹셔 황공감복ᄒ고 승샹과 ᄒᆞᆫ가지로 쳐쇼로 가니라

일일은 틱비 틱지긔 간왈 젼일 쳡이 니셰랑ᄃᆡᆨ의 이실 ᄃᆡ 의복을 환칙ᄒᆞᆫ 작오 여즈을 취ᄒ여습더니 다란

가문을 원치 아일지라 인ᄒ여 그 ᄌᆡ죄와 덕ᄒᆡᆼ을 즈랑ᄒ고 후궁 졍ᄒᄆᆞᆯ 쳥ᄒ니 틱지 마지못하여 낭낭ᄭᅴ 알외니 낭낭이 칭찬ᄒ시고 황졔ᄭᅴ 알외니 쳔지 ᄃᆡ허ᄒ시니 틱지 즉시 틱일ᄒ여 후궁 봉ᄒ시다

ᄎ시ᄂᆞᆫ 셩화 오십슘 연이라 위을 젼코져 ᄒᆞᄉᆞ ᄉᆞ방 졔왕 봉후와

만죠빅관이며 식녹신ᄒ와 교지국 신ᄌ라 모다시며 왕ᄌ듸신과 열위죵실을 모화 죵일 셜연ᄒ시고 틱평궁의 편좌ᄒ시고 틱ᄌ을 닌션ᄒ샤 쳥단의을 입히시고 지신을 도라보와 가라샤듸 짐이 발지 못ᄒ야 도젹이 ᄌ로 이러나 빅셩이 편흘 날이 업ᄂ지라 틱ᄌ 인덕이 요슌갓고 명비의 덕이 죡흔지라 이러무로 쳔ᄒ을 틱ᄌ긔 젼ᄒ니 경 등은 츙셩을 다ᄒ여 틱ᄌ을 도아 쳔ᄒ틱평ᄒ랴 딤은 쇠연이라 편히 물너가 여연을 맛고져 ᄒ노라 ᄒ시니 틱지 마지

P.89

못ᄒ샤 황졔위녀 즉ᄒ시고 션황졔ᄂ 틱샹황이 되시고 황틱후을 봉ᄒ시고 졍비로 황후을 봉ᄒ시고 니시로 귀비를 봉흔 후 빅관이 하례을 맛고 명욱으로 위국공 위왕을 봉ᄒ시고 니샹셔로 츙열위 좌승샹을 봉ᄒ시고 강문챵으로 병부샹셔을 겸 샹셔을 ᄒ시니 모다 ᄉ은슉비ᄒ더라 명화후 엿집을 금옥젼츙효당이라 ᄒ다 틱샹황과황졔후 연만 구십의 붕ᄒ시고 위당과 니승샹 부쳐 팔십의 몰ᄒ시니 쳔ᄌ 황후 졍시ᄂ 이ᄌ일여 탄싱ᄒ시니다 비샹ᄒ더라 황후 팔십의 붕ᄒ시고 쳔지 구십의 붕ᄒ시니 쟝하고 틱지 위여 즉ᄒ시니 빅셩이 호만셰ᄒ더라
무신연의 시죽ᄒ여 긔유연 ᄉ월초뉵일의 ᄆᄎ스니 등후의 맛치.

장선생전

I.〈장선생전〉 해제

〈장선생전〉은 연대 작자 미상
의 고소설로서 동물을 의인擬人
한 의인소설擬人小說이다. 이 작
품은 〈김광순 소장 필사본 고소
설 487종〉 중의 하나로 이 가운
데서 다시 100편 작품을 정선하
여 〈김광순 소장 필사본 고소설
100선〉에 선정된 작품이다.

〈장선생전〉이란 이름으로 전
해오는 소설로서는 쟁년형爭年型

〈장선생전〉

〈두껍전〉과 유사한 부분이 있지만 〈장선생전〉의 이름으로 전
하는 소설로서는 현재까지는 유일본이면서 희귀본이다. 속 표
제를 보면 본문이 시작되기 전에 표제를 〈장션싱젼이라〉라고
분명히 기록되어 있다.

이것으로 미루어 보면, 〈두껍전〉은 크게 두 가지로 분류되는
데, 나이 자랑을 중심 화소로 되어 있는 쟁년형爭年型이 대부분
이고, 그 나머지는 하늘에서 내려와 인간 세상의 이야기를 전개
시키는 적강형謫降型 〈두껍전〉이 있다[1].

---

[1] 강영수,〈긴익즁 일긔〉,〈두겁션〉〈김광순 소장 필사본 고소설100선〉박이
정.2015.12.1) p.197 참조.

여기서 논의하고자 하는 〈장선생전〉은 내용적으로 다소 다르지만 두 유형중에 쟁년형 〈두껍전〉류에 속한다고 할 수 있다.

〈두껍전〉을 〈섬동지전蟾同知傳〉이라고도 부르는데, 두꺼비. 노루. 여우 등을 의인한 비판소리계 의인소설로서, 작자와 연대는 미상이나, 영·정조 이후의 작품으로 짐작된다.

현재 알려져 있는 〈두껍전〉의 이본으로서는 필사본으로 〈섬동지전〉(월암본), 〈두껍전〉(김성배본),두겁전(서울대본),〈둑경젼이라〉(김광순본),〈둑겁젼니라〉(김광순본),〈둑겁젼권지단〉(김광순본),〈둑겁젼〉(김광순본),〈쟝선생젼〉(김광순본)등의 한글본이 있고, 한문본으로 〈섬처사전〉(김광순)이 있으며, 신활자본으로는 〈섬동지전〉(둑겁젼.덕흥서림본,세창서림본)이 있는데, 1914년에 나온 신활자본 덕흥서림본은 9판이나 거듭 간행된 점으로 보아 애독자가 매우 많았던 것으로 생격된다.

〈섬동지전蟾同知傳〉은 쟁년설화爭年說話를 소설화한 것이다. 이러한 설화의 근원은 불전설화에서 찾을 수 있는데, [고려대장경] 권34 〈십송률十誦律〉에 탈새와 미후獼猴와 코끼리가 각기 연장年長을 다투어, 그 결과 탈새가 최년장자가 되었다는 이야기가 그 예이다.

〈섬동지전〉을 이 설화와 비교하면, 두꺼비와 여우 대신에 미후獼猴와 코끼리가 등장하는 것이 다를 뿐, 동물들이 자기가 더 잘 나고 나이도 많다고 설전을 벌리는 것은 양자가 공히 일치되고 있다.

　우리나라는 고래로부터 장유유서長幼有序라는 윤리관 때문에 나이 많은 사람을 웃어른으로 모시는 관습이 있어서 친구끼리도 서로가 연장자年長者라 다투는 습성이 〈섬동지전蟾同知傳〉의 쟁년爭年구성의 근원설화로서 매우 밀접한 관계가 있을 것으로 생각된다.

　이 밖에도, 쟁년형爭年型 소설로 쟁년爭年에 관한 에피소드가 들어 있는 소설로는 연암 박지원의 〈민옹전〉이 있는데, 여기에는 두꺼비와 토끼가 서로 연장자라고 다투는 에피소드가 있다.

　뿐만 아니라, 〈장끼전〉, 〈별주부전〉, 〈녹처스연회〉에도 쟁년爭年의 에피소드가 삽입되어 있다. 〈섬동지전〉은 〈녹처스연회〉에도 쟁년爭年의 에피소드가 삽입되어 있다.

　〈섬동지전〉은 회갑년에 초청을 받은 짐승들이 서로 상좌를 차지하기 위해 나이 자랑을 하다가 상좌를 차지한 두껍존장이 그의 기행담, 천문지리, 점복술占卜術, 의약, 오륜 등에 대한 견문을 과시하면서 후일담으로 이어지는데, 중심 되는 이야기는, 상좌를 차지한 두꺼비와 그의 경쟁자인 여우가 서로의 지식을 자랑하면서 상대방을 비방 공격하는 이야기이다.

〈섬동지전〉의 주요 인물을 두꺼비와 여우로 설정한 것은, 대조적인 두 인물을 통하여 인간 사회의 생태를 풍자하려는 작가 의식의 표현이다. 간사하고, 시기심이 많은 여우를 음흉하면서도 속셈이 많은 두꺼비에 패하게 한 플롯은, 두꺼비를 통해 여우처럼 간사한 인간상을 공격함으로써 쾌감을 맛보려는 민중의식의 발로이다. 이 작품의 후반부에 두꺼비가 귀신들을 불러 30만 대군도 당해 내지 못하는 도적들을 단숨에 쳐부수고 나라에 큰 공을 세우는 이야기가 있는데, 이는 소설 전반부의 두꺼비에 대한 독자의 인식과 맞지 않는 황당무계한 도술적인 요소로 구성상의 불통일성을 초래하였다.

한편, 여우와 뚜꺼비의 장황한 대화는 작자의 유식함을 짐승을 통해 나타내고자 한 것으로, 〈섬동지전〉을 백과사전적인 소설이라고 일컫게 된 것도 이에서 연유한 것이다. 그리고, 본전의 주제는 상반되는 성격을 지닌 동물들의 언동을 통해서 인간 사회의 비리와 인간성의 결함을 동물들의 언동을 통해서 인간 사회의 비리와 인간성의 결함을 비유 풍자한 것으로, 나이를 빙자하면서 항시 상좌만을 노리는 인간상과, 허망한 이론과 거짓으로 행세하는 인간의 일면상을 날카롭게 기자諷刺하는 데 있다[2].

---

2) 김광순,한국의인소설연구, 새문사, 1987.8.20. 전재.

〈장선생전〉은 기존 쟁년형爭年型 〈두껍전〉 내용과 유사하면서도 보다 다양한 에피소드가 삽입된 작품으로서 특징적인 에피소드가 많아 독창적인 면이 보이기도 한다. 200자 원고지로 씌어져 띄어쓰기 포함 세로 20자, 가로 10행으로 총 86면의 필사본이다.

이 작품은 당시 효성여대(대구 가톨릭대) 국문학과 이상순조교가 성주 어느 촌가에 이 작품이 소장되어 있다는 소식을 알고 이 책을 구하러 갔지만, 주인이 대여하거나 매매할 수도 없다기에 시골에서 이틀 밤을 세워가면서 원고지로 손수 옮긴 것이다. 이양은 필자의 외사촌 동생 최정자(당시 국어교사)와 동기 동창인데, 내가

〈장선생전〉

경북대 대학원 석사학위논문으로 『李朝擬人小說研究』라는 논문을 쓰고 있다는 소식을 전해 듣고 성주 시골에서 이틀 밤을 세워가며 손수 필사한 작품이다 쟁년형 〈뚜껍전〉과도 다른 특이한 이름으로 전해온 동물 의인소설의 하나이다. 이 작품이 발견될 때 본인이 경북대 대학원에서 의인소설 논문을 쓰고 있을 때였다. 이 작품이 내손에 들어올 때는 이미 학위 논문이 완성되어 발표가 된 뒤의 일이다.

〈장션싱젼이라〉는 작품은 당시(1964년)로서는 희귀본이었을 뿐만 아니라 반세기 지났지만 〈장션생전〉이란 이름으로 학계에서는 처음 알려진 작품이다. 작품도 희귀본이지만 나에게는 고맙고도 아름다운 여인이었다. 내가 한학기만 늦게 졸업했더라면 논문 속에 이 작품을 반영시켰을 텐데 안타까운 일이다. 그 후 몇 년 뒤에 시집을 가면서 소중하게 간직하고 있던 〈장션싱젼이라〉를 내가 있는 학교로 보냈다. 붉은 보자기에 곱게 싸서 등기로 보내준, 나에게는 귀중한 선물이었다. 훨씬 뒷날 들은 이야기지만 지금부터 25여 년 전 54세로 이미 고인이 되었다는 말을 듣고 안타까운 마음을 담아 그의 명복을 빌어 주었다. 그녀의 고마운 마음씨를 담아 여기 〈김광순소장 필사본 고소설 100선〉 속에 넣어 역주본으로 세상에 다시 빛을 보게 된 것이다. 이미 고인이 된 한 여인의 학구적인 정성 어린 열정과 여인의 고운 정성을 담아 신명을 다해 역주한 필자의 정성이 하나가 되어 우리 문학사에 영원히 기억해 두고자 한다.

Ⅱ. 〈장선생전〉 현대어역

대명 숙종 시절에 천하가 태평하여 사방이 무사하고 덕행이 풀과 나무와 새와 짐승들에까지 미쳐 만물이 자라나서 스스로 즐거워하였다.

충청도 한산 북천에 하나의 산이 있는데, 이름을 오동산이라 하였다. 그 산의 높이는 하늘에 닿을 만큼 높고, 사면은 병풍을 두른 듯 허공에 솟아 있고, 여러 종류의 짐승들이 모여 호호탕탕 하면서 수없이 넘실거렸다.

하루는 춘삼월 보름이라, 장선생의 어머니가 잔치를 베풀려 고 자식과 손자들을 불러 여러 곳으로 나누어 보내면서 분부하 기를,

"산 속의 여러 친구들을 다 청하여 오라."
고 하니,

장선생의 맏손자 장선봉이 여쭙기를,

"우리 집에 즐거운 잔치를 베푼다면 잔치 자리의 좌석 배치에 대한 생각이 있으실 것이니 어찌하면 좋을까요?"
라고 하니,

장선생이 한참 생각하다가 말하기를,

"백호산군白虎山君[1]은 본래 자기의 힘만 믿고 친구에 대한

---

1) 백호산군白虎山君 : 흰 호랑이를 산속의 군주로 의인화하여 일컫은 말이다.

예의를 모르는 까닭에, 옛날 너 어미를 해치려 하고 갑자기 달려들었는데, 어머니께서 날쌘 용맹이 있었던 까닭에 죽기를 면하였다. 그러니 산군山君이 잔치에 자리를 같이 하면 여러 손님들이 모두 황급하여 즐겁게 놀지도 못할 것이니 차라리 부르지 않는 것이 좋을 듯하다."

라고 하였다.

오얏꽃과 복숭아꽃은 만발하고 문 앞의 버드나무와 뒤뜰의 꽃다운 풀은 고운 빛을 띠고 수많은 산골짜기와 봉우리는 오색五色으로 그린 듯하였다.

이날 주인이 각각 손님을 초청하여 좌석을 배치할 때, 산 위의 구름으로 차일을 삼고, 바위로 병풍을 삼으며, 꽃다운 풀로 방석을 삼았다.

이 때 장선생이 의관을 단정히 갖추고 동구에 내려와서 여러 손님을 데리고 들어가니 동서남북에서 여러 짐승들이 모여들었다.

기는 김승 나는 짐승 차례대로 모여 들 때, 뿔이 긴 사슴이며, 요망한 토끼며, 실없는 승냥이2)며, 방정맞은 다람쥐며, 꾀많은 여우며, 기어드는 고슴도치며, 여름 신수 수달치며, 앞서거니 뒤서거니 일시에 모여들어 서로 윗자리를 다투어 정하지 못하여 시비가 분분하니, 주인이 어떻게 할 줄을 모르더라.

이때 고슴도치는 본래 낮은 곳에 있는 짐승인지라, 분주한

---

2) 승냥이 : 개과 승냥이속의 포유류로 늑대와 비슷하게 생겼으나 몸집이 더 크다.

가운데에 밟혀서 땅을 파고 달아나고, 그 중에 토끼는 재빠르게 들어가며 다정히 하는 말이,

"모인 손님들은 시끄럽게 떠들지 말고 내 말을 좀 들어보소서."

노루가 대답하기를,

"무슨 말씀인지 들어봅시다."

라고 하니,

토끼가 답해 말하기를,

"오늘 잔치는 좌석의 차례를 정하고 예법에 따라서 할 것이거늘, 무례함이 막심하니, 아무리 우리 같은 짐승일지라도 어찌 차례도 없이 떠들면서 분분하리오!"

라고 하니,

노루가 답해 말하기를,

"토선생 말씀이 매우 이치가 있으니 좌석의 차례를 정하소서."

또 좌우를 돌아보며 말하기를,

"내가 들으니, 조정에는 벼슬만한 것이 없고, 고을에는 나이만한 것이 없다[朝廷莫如爵, 鄕黨莫如齒[3]]라고 하오니 부질없이 다투지 말고 나이 순서대로 자리를 정하는 것이 어떠하겠습니까? 하니, 좌중에서 모두 대답해 말하기를,

"토선생의 말씀이 옳은 것 같으시니 좌중에서 나이 많은 이로 상좌를 정하고, 차례대로 나이 많은 순서대로 좌석의 차례를

---

3) 조정막여작朝廷莫如爵 향당막여치鄕黨莫如齒 : 맹자에 나오는 귀절로, 조정에서는 벼슬이 제일이고, 고을에서는 나이가 제일이라는 뜻이다.

정하시옵소서."

하거늘,

　노루가 허리를 듬석거리고 뛰어나오며 말하기를,

"내가 나이가 많아서 허리가 굽었으니 윗자리에 앉음이 옳도다."
하고 슬금슬쩍 윗자리에 앉으니, 감히 사양하라는 사람이 없
었다.

　그 중에 여우가 혼자 생각하기를,

'저 놈이 한갓 허리가 굽어 나이가 많다하고 윗자리를 거론하
거니와 내 들어보니 가소롭다. 난들 어찌 무슨 계교로 나이
많은 척 하지 못하리오.'
하고, 얼굴을 쓰다듬으며 앞으로 썩 나와서 말하기를,

"나이가 많아 내 옷이 하얗게 세었으니 윗자리에 앉는 것이
옳다."
라고 하거늘,

　노루가 손뼉을 치며 크게 웃고 말하기를,

"자네 나이가 많다 하니 어느 해에 태어났느냐? 호패戶牌4)를
아뢰라."
라고 하니,

　여우가 답해 말하기를,

---

6) 호패戶牌 : 조선시대에 16세 이상의 남자가 차고 다니던 신분증명 패이다.
　신분에 따라 나무나 상아로 만들었으며, 전면에 성명, 출생년도, 급제년도
　를 적었으며, 뒷면에 제작년도를 기록하였다.

"내 소년시절에 천지가 개벽開闢[5]했고, 황하물을 치던 시절[6]에 내 혼자 힘으로 가래장부[7]를 들었으니 어찌 내 나이가 적다 하리요?"

하고 이렇기 때문에 윗자리에 앉았거니와

"너는 어느 해에 태어났느냐?"

라고 하니,

노루가 답해 말하기를,

"나는 천지가 개벽開闢할 때에 하늘에 별이 밝을 즈음에 천왕씨天王氏[8]께옵서 내 소견이 영통하다 하고 별 밝은 자리를 정하시고 도수를 마련하라 하였으니 내 나이 적다 하리요?"

하고 둘이 상좌를 다툴 때, 두꺼비가 그 밑에 엎드려 있다가 생각하기를,

'저 놈들이 서로 거짓말로 나이 자랑을 하거니와 난들 어찌 생각이 없어서 이만한 거짓말을 못하리요?'

하고, 천연덕스럽게 저 건너 산을 바라보고 슬피 탄식하며 눈물을 흘리니, 여우가 꾸짖으며 말하기를,

"음흉한 놈아, 너는 무슨 서러움이 있어 남의 잔치에 즐겁지

---

5) 개벽開闢 : 하늘과 땅이 처음으로 생겨난 것을 말한다.
6) 황하물을 치던 시절 : 우禹임금이 황하를 준설하여 치수治水하던 때를 말한다.
7) 가래장부 : 가래는 흙을 파는 농기구이다. 장부는 가래의 자루와 넓죽한 마덕을 일긷는 말이다.
8) 천왕씨天王氏 : 중국 고대 전설 속의 제왕이다. 천황씨天皇氏라고도 한다. 태고太古에 지황씨地皇氏, 인황씨人皇氏와 더불어 삼황三皇으로 불렸다.

아니 하고 슬픈 거동을 보이느냐?"

두꺼비가 눈물을 흘리며 대답해 말하기를,

"다름 아니라 저 건너 고양나무를 보니 자연히 슬픈 생각이 드는구나!"

하니,

여우가 답하여 말하기를,

"저 고양나무 속 빈 틈으로 너의 고조할아비가 나온 구멍이냐? 어찌 그렇게 슬퍼하느냐?"

두꺼비가 답해 말하기를,

"네 귀가 있거든 내가 슬퍼하는 바를 들어보아라. 저 고양나무는 내가 소년시절에 내 손으로 세 그루를 심었더니, 한 그루는 하늘에 별을 박을 때에 망치 재목으로 베어 가고, 또 한 그루는 황하수 칠 때에 가래장부를 하려고 베어 가고, 다만 저 남은 한 그루와 내 몸이 살았으니, 그때에 차라리 죽었으면 모를 것을, 원통한 목숨이 구태여 여태까지 살았다가, 오늘 나무를 다시 보니 옛 일이 생각나니 어찌 비참하지 않으리오?"

라고 하니,

여우가 말하기를,

"진실로 그러하면 우리 중에 나이가 제일 높다는 말인가?"

뚜꺼비 말하기를,

"너 아무리 미련한 짐승이지만 소견이 있거든 생각해 보아라. 너보다 존장이 아니냐?"

라고 하니,

　토끼가 이 말을 듣고 앞으로 썩 나서서 말하기를,

　"그러하오면 뚜꺼비가 존장이오니 상좌에 앉으십시오,"

　뚜꺼비는 거짓으로 사양하는 척 하다가 말하기를,

　"그러할지라도 나보다가 나이 많은 이 있거든 상좌에 앉힐 것이니, 좌중을 두루 살펴보아라."

고 하니,

　좌중이 모두 말하기를,

　"확실히 그러하오면 우리보다 다 윗자리라. 하늘에 별 박고 황하수 치던 일은 듣지도 못하였으니 물어보지도 말라."

하거늘,

　그제서야 나이 차례대로 상좌를 정하니, 그 남은 무리들도 나이 순서대로 좌석을 정할 때에, 장선생은 동방에 자리하고, 여우는 서방에 자리하고, 차례대로 자리를 정한 후에 여우가 뚜꺼비를 불러서 희롱하여 말하기를,

　"존장이 나이가 그렇게 많을진대 분명 구경을 많이 하였을 것이니 어디를 보았는지요?"

　"내 구경한 바를 이루 다 헤아릴 수 없거니와 너는 구경을 많이 하였다 하니 몇 곳이나 보았는가?"

라고 하니, 여우가 답해 말하기를,

　"대충 얼핏 대답하면, 동쪽으로 태산泰山[9]을 보고 서쪽으로 화산華山[10]이며 남으로 형산衡山[11]이며 북으로 항산恒山[12]이며

중앙으로 숭산崇山13)이며, 풍화루와 가을 달 단풍을 가는 곳마다 아름다운 경치 곳곳을 구경하니, 청춘 소년의 흥을 돋우는 고소성姑蘇城 한산사寒山寺14)와 악양루岳陽樓15)를 구경하고, 봉황대鳳凰臺를 구경하고, 동정호 칠백리와 무산巫山 십이봉을 눈 아래에 꿰어 보고, 오나라와 초나라가 동남으로 벌어진 곳에 왕래하는 사람들이 구름같은 돛을 달고, 고기 잡는 노래 소리 어부사漁父詞 한 곡조를 달 아래서 화답하니, 이도 또한 장부의 마음이 상쾌하거니와 채석강16) 적벽강17)과 동정호 칠백여 리며 청천강 두류대는 화색이 영롱하고, 대저 많은 소년들이 무수히 왕래하고, 슬픈 사람은 창자를 끊는 듯 슬퍼하고, 즐거운 흥을 도우니 참으로 천하에 빼어난 강산이라. 강남을 다 본

---

9) 태산泰山 : 중국 산둥성山東省 타이안泰安 북쪽에 있는 산으로, 중국의 오악 중 동악東嶽에 해당한다.

10) 화산華山 : 중국 섬서성 화음현에 있는 산으로, 중국의 오악 중 서악西嶽에 해당한다.

11) 형산衡山 : 중국 호남성 형양시에 있는 산으로, 중국의 오악 중 남악南嶽에 해당한다.

12) 항산恒山 : 중국 산서성 혼원현에 있는 산으로, 중국의 오악 중 북악北嶽에 해당한다.

13) 숭산崇山 : 중국 하남성 등봉현에 있는 산으로, 중국의 오악 중 중악中嶽에 해당한다.

14) 한산사寒山寺 : 중국 강소성江蘇省 소주시蘇州市의 교외 풍교진楓橋鎭에 있는 절이다. 당나라 때 시인 장계의 〈풍교야박楓橋夜泊〉 시로 널리 알려진 곳이다.

15) 악양루岳陽樓 : 중국 후난성湖南省 악양의 동정호 가에 있는 누각으로 강남 3대 누각의 하나이다.

16) 채석강 : 이태백이 술에 취해 물 속에 비친 달을 잡으려다가 빠져 죽은 강.

17) 적벽강 : 적벽대전으로 유명한 강.

후에 중원을 바라보니, 슬프다! 아방궁阿房宮18)은 하늘 가운데에 솟아 있고, 동작대銅雀臺 높은 집은 턱밑에 있고, 위성의 버들꽃과 진성의 푸른 물은 모양 없이 쓸쓸하니, 천고의 흥하고 망하는 것이 일장춘몽이라. 그 중에도 서글픈 정회는 저물고 저문 날에 황혼이 잠겨드니, 소상강瀟湘江의 반죽斑竹19)은 무슨 일로 눈물 흔적을 띄었는가!

금릉金陵을 구경하고 장강으로 건너가서 무릉도원武陵桃源20) 들어가니, 봉우리는 첩첩하고 골짜기는 깊은데, 복숭아꽃이 만발하여 시냇물에 떠돌아다니니 이도 또한 신선의 경치라, 어찌 기이하지 않겠는가!

촉산 천만봉은 하늘에 닿았으며, 잠총 조도는 구름에 매달렸으니 참으로 한 사나이가 관문을 지키면 만 명이 열지 못하는 땅이라. 이것을 다 본 후에 심양강 아래에 가서 조선국을 보려 하고 평양으로 들어가니 강산도 제일이요 경치도 무궁하다. 연광전 부벽루는 대동강이 흐르고 있고, 능라도 모란봉은 절세의 장관이라. 그 아니 기특하지 아니한가! 송도를 지나와서

---

18) 아방궁阿房宮 : 중국 진나라의 시황제가 위수의 남쪽 함양에 세운 호화롭고 거대한 궁전이다.

19) 반죽斑竹 : 중국 호남성 소상 지방에서 나는 아롱무늬가 있는 대나무이다. 전설에 의하면 순임금의 두 부인인 아황과 여영이 죽은 남편을 생각하며 흘린 피눈물이 묻은 흔적이라고 한다.

20) 무릉도원武陵桃源 : 도연명陶淵明의 《도화원기桃花源記》에 나오는 가상의 선경仙境이다. 무릉武陵에 사는 한 어부가 발견하였다는 복숭아꽃이 만발한 낙원이다. '별천지別天地'나 '이상향理想鄕'을 비유하는 말로 흔히 쓰인다.

한양을 바라보니, 도봉산 내린 맥이 삼각산이 되어 있고, 인왕산이 주산主山[21]이요 종남산終南山이 남산이라. 한강물 둘러 있고 관악산이 막혔으니 천도봉天都峯도 아름답고 국사봉國師峯도 웅장하다. 의관 문물은 천하에 제일이라. 진실로 소중화小中華가 되었구나! 어찌 중국에 양보할 수 있으리오. 동으로 금강산이요 서로 구월산九月山이요 남으로 북악산北岳山이요 북으로 백두산白頭山을 하나 하나 다 본 후에 동해를 건너 뛰어 일본을 보려하고 대마도를 지나되, 팔성八城을 지나가니 인물도 번성하고 산천도 험악하다. 조선으로 돌아들어 백두산의 장관을 보려고 압록강을 건너오니, 십이제국十二諸國[22] 사해 팔방을 역력히 다 구경하니, 내 구경 이러하니 대강이나 들어보소. 아무튼 존장은 구경을 얼마나 하셨습니까?"

뚜꺼비 답하여 말하기를,

"너도 구경 많이 하였다마는 풍경만 구경하고 왔구나! 대체로 천지 강산이 별건곤別乾坤[23]이라서 근본 출처가 있으니, 그 근본을 다 안 후에야 구경 무식을 면하리라.

어른이 일러 줄 테니 너희 같은 짐승들은 모든 근본 출처를

---

21) 주산主山 : 풍수지리에서 묏자리, 집터, 도읍 등의 운수 기운이 서렸다는 산이다.
22) 십이제국十二諸國 : 주나라 무왕이 은나라를 멸망시키고 친족과 대공신들을 봉한 제후국이다.
23) 별건곤別乾坤 : 이 세상에 아닌 다른 세계, 곧 선계를 말한다. 건곤乾坤은 하늘과 땅을 아울러 이르는 말이다.

자세히 들어보아라. 내 구경하는 바는 사해四海24) 안으로는 말할 것도 없고, 사해 밖으로 봉래蓬萊 방장方丈 영주瀛洲 삼신산三神山25)과, 해와 달이 뜨는 부상扶桑26)이며, 해와 달이 지는 함지咸池27)를 다 보았으며, 천하 방방곡곡을 가 보지 않은 데가 없는지라. 네 하는 말을 들으니 우습구나. 우禹임금28)이 구년九年의 홍수29)를 다스리 때 아홉 골짜기와 아홉 산의 여러 홍수를 인도하시고, 십이제국은 주나라 문왕文王이 은나라를 멸하고 공신을 봉하여 제후 왕으로 삼으신 바요, 오악五岳30)은 동으로 태산泰山이요 서로 형산衡山31)이요 남으로 화산華山32)이요 북으로 항산恒山이요 중앙으로 숭산崇山이라, 천지 오행을 명하였으니 사방을 지정한 바이요, 고소성姑蘇城 한산사寒山寺와 악양루岳陽樓

---

24) 사해四海 : 천하를 둘러싸고 있는 사방의 바다이다. 온 세상을 가리키는 말로 쓰인다.

25) 삼신산三神山 : 중국 전설에서 발해渤海 동쪽 동해에 있다는 봉래산·방장산·영주산을 가리킨다. 〈사기史記〉에 의하면, 이곳에는 신선이 살고 있으며, 불사약이 있다 하여 시황제와 한 무제가 이것을 구하려 하였다는 전설이 있다.

26) 부상扶桑 : 옛날 중국의 신화에서 해가 뜨는 동쪽 바다 끝을 가리키는 말이다. 해가 매달린 거대한 뽕나무가 있다고 한다.

27) 함지咸池 : 중국의 고대 신화에서 해가 지는 서쪽 하늘 끝에 있는 거대한 연못이다. 하루 일과를 마친 해가 여기에서 목욕을 한다고 한다.

28) 우禹임금 : 중국 하夏나라의 시조이다. 순舜임금의 신하로 치수治水 사업에 성공하여 제위를 선양받았다.

29) 구년九年의 홍수 : 중국 요임금 때에 구 년 동안이나 계속되었다는 큰 홍수이다.

30) 오악五岳 : 중국에서 신성시되는 다섯 산이다.

31) 형산衡山 : 형산은 서악이 아니고 남악이다.

32) 화산華山 : 화산은 남악이 아니고 서악이다.

봉황대鳳凰臺는 강남江南에 이름난 곳이라, 만고의 문장가인 사마천司馬遷[33]과 소동파蘇東坡[34]와 이적선李謫仙[35], 두목지杜牧之[36] 이러한 신선 적객謫客들이 봄 석 달 온갖 꽃이 만발할 때와 구월 가을에 노란 국화와 단풍이 든 시절에 바람을 읊조리고 달을 노래하던 곳이요, 채석강은 당나라 한림학사 이태백이 천하를 주유周遊하며 산천의 신령스런 곳을 두루 구경하고 채석강에 이르니, 슬픈 소리가 바람을 타고 소슬하게 들리고 달빛은 청명한데 선동仙童과 함께 조그마한 배를 후리쳐 타고 밤이 늦도록 뱃놀이하며 놀다가 취흥을 못 이겨 물속에 비친 달을 사랑하여 잡으려다가 물에 빠져서 혼백이 날아 하늘로 올라갈 때 물은 어부나라로 가니, 이렇듯 좋은 강산 삼국시대에 전쟁터가 되어 조맹덕曹孟德[37]의 백만 대병이 불꽃 속에서 죽었으니,

---

33) 사마천司馬遷 : BC145?~BC86?. 중국 전한前漢의 역사가로 자는자장子長이다. 기원전 104년에 공손경公孫卿과 함께 태초력太初曆을 제정하여 후세 역법의 기초를 세웠으며, 역사책 《사기》를 완성하였다.
34) 소동파蘇東坡 : 동파는 중국 북송의 대문장가인 소식蘇軾의 호이다.
35) 이적선李謫仙 : 당나라의 이백李白이다. 적선은 인간 세상으로 귀양 온 신선이라는 뜻으로 하지장賀知章이 이백의 작품 〈촉도난蜀道難〉을 읽고 찬탄하여 부른 것이다.
36) 두목지杜牧之 : 당나라 말기의 낭만시인으로 작은 두보[小杜]로 불린다. 칠언절구의 시에 뛰어난 재주를 보였으며, 화려한 수식과 유장한 리듬을 구사한 시로 유명하다. 주요 작품으로는 〈아방궁부〉, 〈강남춘〉 등이 있다.
37) 조맹덕曹孟德 : 삼국시대의 정치가인 조조曹操이다. 자는 맹덕孟德, 묘호는 태조太祖, 시호는 무황제武皇帝이다. 후한의 마지막 황제인 헌제獻帝를 옹립하고 대장군이 되어 수도를 허창으로 옮겼으며 여러 가지 개혁 정책을 펼쳤다. 북방의 최대 강자였던 원소를 토벌한 후 대륙의 패자로 군림하여 화북을 거의 평정하고 남하를 꾀하였으나 적벽대전에서 손권孫權·유비劉

어찌하여 주유周瑜의 연환계連環計[38)와 제갈량諸葛亮[39)의 동남풍을 가소롭게 알았다가 수염을 끄을리고 화용도華容道[40)로 달아날 때 하늘의 운수를 어찌 하리! 술잔을 잡고 노래하며 말하기를, '달은 밝고 별은 드문데 까마귀와 까치가 남쪽으로 날아간다.'고 하였으니, 슬프도다, 조맹덕의 용맹도 가련하다. 왼쪽에는 동정호洞庭湖[41), 오른쪽에는 팽려호彭蠡湖[42)가 삼오씨三吳氏[43)의 도읍인가? 덕을 닦지 않으니 하우씨夏禹氏[44)도 멸망하였고, 진나라 시황제는 기개도 웅장하고 위엄도 대단하다. 여섯

備의 연합군에게 대패하여 가까스로 도망쳐 목숨을 구하였다. 이후 위·촉·오의 삼국시대가 도래함으로써 통일의 꿈은 멀어지게 되었다.

38) 연환계連環計 : 조조의 군선軍船들을 쇠사슬로 묶어서 운용하도록 유도하였다가 불로 공격하여 섬멸시킨 계책이다.

39) 제갈량諸葛亮 : 중국 삼국시대 촉한의 정치가로 처음에 유비의 참모가 되었다가 유비가 죽은 후에는 승상으로서 촉한의 정치를 총괄하였다. 천하를 통일하기 위하여 각고의 노력을 기울였으나 실패하고 진중에서 죽었다. 그의 〈출사표〉는 천고의 명문으로 손꼽힌다.

40) 화용도華容道 : 중국 호북성 적벽의 장강 건너에 있는 좁은 고갯길이다. 《삼국지연의》에서는 적벽대전에서 패한 조조가 이 길로 도망가다가 관우를 만나 목숨을 건진 장소로 나온다.

41) 동정호洞庭湖 : 중국 호남성에 있는 거대한 담수호이다. 적벽대전 후에 형주를 차지한 오나라의 노숙이 수군의 사령부를 두었던 곳이다.

42) 팽려호彭蠡湖 : 중국 강서성에 있는 거대한 담수호이다. 지금은 파양호鄱陽湖라고 한다. 적벽대전 이전에 오나라의 대장 주유가 수군 본부를 두고 훈련을 하던 곳이다.

43) 삼오씨三吳氏 : 삼오三吳에 사는 사람들을 가리킨다. 삼오는 오吳나라를 셋으로 나눈 오군吳郡, 오흥吳興, 회계會稽의 세 지역을 아울러 가리키는 말이다

44) 하우씨夏禹氏 : 중국 고대의 하夏나라를 가리키는 말이다. 우禹임금이 세운 나라이므로 하우씨라 불렸다.

나라45)의 제후諸侯들을 멸망시키고 아방궁阿房宮46)을 지은 사람이 천리 넓은 들과 만리장성萬里長城 큰 담 안에 함곡관문函谷關門47)을 열어 놓고 천하를 통합하고 천만세를 바라더니, 이제 망국亡國하였으니 하늘의 운수를 어찌 하리! 동작대銅雀臺48)는 한나라의 재상 조맹덕曺孟德이 지은 것이라. 지략智略으로 의논하던 일대의 영웅이었으나 주부자朱夫子49)가 나신 후에 역적의 이름을 면치 못하였으니 하늘의 운수 아님이 없더라. 탁록涿鹿50) 들판은 황제 헌원씨軒轅氏51)가 치우蚩尤52)와 싸움한 땅이라. 치우의 위인이 구리 싸맨 입으로 안개를 토하니 천지가

---

45) 여섯 나라 : 전국 7웅 가운데 진秦을 제외한 한韓·위魏·제齊·초楚·연燕·조曺를 가리킨다.

46) 아방궁阿房宮 : 중국 진나라의 시황제가 위수의 남쪽에 세운 호화롭고 거대한 궁전이다.

47) 함곡관문函谷關門 : 중국의 하남성河南省 서북부에 있는 관문이다. 동쪽의 중원中原으로부터 서쪽의 관중關中으로 통하는 관문으로, 황하 남안南岸의 영보靈寶 남쪽 5km 지점에 위치한다. 황토층의 절벽으로 둘러싸인 골짜기에 세워서 상자 모양을 이룬다.

48) 동작대銅雀臺 : 중국 삼국시대 위나라의 조조가 업성의 북서쪽에 지은 누대이다.

49) 주부자朱夫子 : 남송의 대학자인 주희朱熹를 말한다. 주자는 ≪자치통감강목≫에서 의리사관義理史觀에 입각하여 삼국의 촉한蜀漢을 정통으로 보고 조조의 위나라를 찬역簒逆으로 보았다.

50) 탁록涿鹿 : 하북성에 있는 지명이다. 황제 헌원씨와 군신 치우가 싸웠던 장소이다.

51) 헌원씨軒轅氏 : 중국 고대 전설상의 제왕인 황제黃帝이다.

52) 치우蚩尤 : 중국의 전설상의 인물이다. 81명의 형제가 있었는데, 모두가 동銅으로 된 머리와 철로 된 이마에 긴뿔을 가졌고, 성질은 사나웠다고 한다. 황제黃帝와 탁록涿鹿에서 싸웠으나 패하여 포살捕殺되었다고 한다. 중국 전국시대, 제齊나라에서 군신軍神으로서 숭배되었다.

아득하고 동서남북을 분별하지 못하니, 황제 헌원씨軒轅氏는 지남거指南車53)를 고안하여 선봉을 세우고 오방 기치旗幟로 방어를 엄하게 하여 치우蚩尤를 처치하고 군사를 소멸하였으니, 치우蚩尤의 요술도 황제의 정도를 당하지 못하였다. 거록鉅鹿은 한나라 초패왕楚霸王54)이 진秦나라 장수 장한章邯55)과 대전하던 곳이다. 항우項羽는 초나라 장수로 신장이 팔 척이요 미간眉間56)이 일 촌이며 역발산기개세力拔山氣蓋世57)라 강동자제 팔천 명을 거느리고 오강58)을 건너가서 진나라를 멸하고 아방궁에 불을 지르니 불기운이 석 달 동안 이어졌더라. 조고를 추중에 가두어 놓고 삼진왕三晉王59)은 관중에 가두어 놓고 스스로 초패왕이라 하니 영웅이 아닌가? 어찌하여 시골 아낙에게 밥을 얻어먹던 한신韓信60)은 한나라의 대장이 되어 천하를 평정하고, 장

---

53) 지남거指南車 : 자석을 이용하여 설치한 목상의 손가락이 언제나 남쪽을 가리키도록 고안된 수레이다.

54) 초패왕楚霸王 : 중국 초나라의 항우를 높혀서 이르는 말이다.

55) 장한章邯 : 잔나라의 장수이다. 진나라 말기에 진승과 오광을 비롯한 농민 반란군을 진압하는 데 큰 공을 세웠고 거록에서 초나라 군대와 싸워 항량을 전사시켰다. 후에 조고의 모함을 받아 항우에게 항복한 후 옹왕에 봉해졌으나 유방과의 싸움에서 지고 전사하였다.

56) 미간眉間 : 좌우의 눈썹 사이의 편평한 부분이다.

57) 역발산기개세力拔山氣蓋世 : 힘은 산을 뽑을 만하고, 기개는 세상을 덮을 만하다. 용기와 기상이 월등하게 뛰어난 것을 비유하는 말이다. 항우가 지은 〈해하가垓下歌〉의 첫 구절이다.

58) 오강 : 중국 안휘성 화현和縣 동북에 있는 강으로 초패왕楚霸王 항우가 자설한 곳이라고 한다.

59) 삼진왕三晉王 : 춘추시대에 진晉나라의 영토였던 땅을 셋으로 쪼개어 각각 봉한 한왕韓王·위왕魏王·조왕曹王을 말한다.

자방張子房⁶¹⁾은 계명산 가을 달밤에 옥피리 한 곡으로 강동 자제 팔천 명을 일시에 흩어지게 하니 초패왕이 외로운 사나이가 되어 군막 안에서 술을 마시며 우미인虞美人⁶²⁾의 손을 잡고 한 곡조 노래하되,

'힘이 산을 빼니 세상에서 제일이나, 오추마烏騅馬⁶³⁾가 가지 않으니 하늘이 망하게 함이라!'

고 하였으니, 그 아니 가련한가?

'우미인아! 우미인아! 너를 장차 어이 할까?'

우미인 거동 보소! 붉은 입술과 하얀 이를 반쯤 벌리고 눈물을 흘리며 대답하기를,

"첩이 대왕을 모시며 팔 년을 따랐더니 시절이 불운하기로 오늘날 초나라를 일시에 잃었으니 대왕은 소첩을 마음에 두지

---

60) 한신韓信 : 중국 전한의 무장이다. 가난한 집에 태어났으나, 소하蕭何에게 발탁되어 한나라로 귀순하였다. B.C. 250년 고조의 통일 대업을 도와 조趙·위魏·연燕·제齊 등을 공략하여 멸망시키고 초왕楚王에 봉해졌다. 고조 3걸傑 중의 하나라는 칭을 받았으나 후에 열후억멸책列侯抑滅策에 의하여 반신의 누명을 쓰고 모살되었다.

61) 장자방張子房 : 중국 한나라의 정치가이자 건국 공신인 장량張良(?~B.C.189)이다. 자는 자방子房, 영천군 성보현 사람이다. 시호는 문성文成이다. 소하蕭何, 한신韓信과 함께 한나라 건국의 3걸로 불린다. 전략적인 지혜를 잘 써서 유방劉邦이 한을 세우고 천하를 통일하도록 하는데 기여하였다.

62) 우미인虞美人 : 중국 진秦나라 말기의 초楚나라 항우項羽의 애첩(?~BC202). 이름은 우희虞姬이다. 절세의 미인으로 항우가 사면초가의 막다른 상황에 다다르자, 최후의 주연을 베풀고 자진自盡했다고 한다.

63) 오추마烏騅馬 : 흰 털이 섞인 검은 말이다. 예전에, 중국의 항우가 탔다는 준마를 가리킨다.

마시고 강동으로 가옵소서!"

술 한 잔 다시 부어 대왕에게 권할 때, 복숭아 꽃 같은 두 귀 밑에 일천 줄기 눈물이라. 가느다란 목으로 울면서 노래하며 이별할 때, 대왕은 슬프도다!

"오늘밤에 기력이 다 하였으니, 천첩 같은 인생이야 어찌 하여 살아날까?"

추상秋霜같이 드는 칼로 목을 찔러 죽었으니, 만고의 열녀 그 아닌가!

가련하다.

초패왕楚霸王은 우미인을 이별하고 오추마 바삐 몰아 오강으로 향하다가 크게 패배하고 온갖 고생을 다할 때에 강동 팔천 리를 어디어디 고생하며 다니다가 이십팔 기를 만났구나. 하늘을 우러러 탄식하고 강가에 다달으니 오강 정장亭長이 여쭙기를,

"강동이 수만 호나 되고 지방이 천 리이오니 대왕은 급히 건너소서!"

초패왕이 그 말을 듣고 분한 마음 그지없어 탄식하고 일러 말하기를,

"칠 년을 나의 군사가 되어 화살과 돌을 무릅쓰며 수고하였으니, 너의 공 갚을 길이 없어 내 머리를 베어주니 가져가서 한나라 왕에게 바치면 천금 상에 만호후萬戶侯를 줄 깃이니, 이것으로 네 공을 갚노라"

하니,

천하 영웅이 아닌가?

흥망과 성쇠는 다 하늘의 운수라.

어찌 영웅으로 의논하리오.

수양제隋煬帝[64]는 '부귀 천하는 버드나무의 덕이라'
하고 동산 아래에 연못을 파니 길이와 넓이가 백 척이요. 못
가에 버들 숲을 무성하게 조성하고 위수渭水에다 수채水寨[65]
를 놓아서 공중에서 내려오게 하였으니 천연한 백룡이 구름을
타고 옥같은 무지개를 공중에 품는 듯 하더라. 아름다운 꽃과
옥 같은 풀들을 무수히 심었는데, 가을이 되어 초목이 다 떨어질
때에 오색 비단으로 꽃과 잎을 만들어 나무 가지마다 달아 놓으
니, 눈 속에서도 완연한 봄빛이라.

용주龍舟를 만들어 연못 안에 두고 달 밝은 밤이면 배를 타고
선유하며 각색 풍류를 아뢰며, 삼천 명의 궁녀들이 패물로 치장
한 옷을 곱게 차려 입고 춤을 추니, 푸른 파도에 오색이 영롱하
여 물빛이 구름 같은지라. 그러나 이렇듯이 지은 죄를 천지
안에 용납지 못하여 하루 아침에 패망하고 목을 매여 죽었으니,
하늘이 어찌 무심하리요! 창오산[66]은 순舜임금[67]이 순행巡幸하

---

64) 수양제隋煬帝 : 중국 수나라의 제2대 황제이다. 이름은 양광으로 수 문제
   의 둘째 아들이었으나 형인 태자를 모함하여 내쫓고 아버지를 죽인 후
   제위를 차지하였다. 사치와 향락으로 학정을 베풀었고 여러 원정으로 백
   성들을 괴롭혔다.
65) 수채水寨 : 물 다리. 물 기둥.

다가 돌아가신 곳인지라. 소상강瀟湘江 대나무 수풀은 순임금의 두 부인인 아황蛾黃과 여영女英[68]이 눈물을 뿌린 흔적이 소상반죽瀟湘斑竹[69] 되었으니, 어찌 슬프지 아니하며, 무릉도원武陵桃源[70]은 이 세상에서 또 다른 세상의 땅이라. 춘풍 삼월에 한 고기 잡는 늙은이가 나뭇잎 같은 한 조각의 배를 저어 청산靑山 벽계수碧溪水로 들어가니 골짜기의 동굴이 펼쳐진 곳에 해와 달이 영롱하고, 산천이 수려한 곳에 정결한 초가집이 큰 마을을 이루었으니, 이른바 별유천지비인간別有天地非人間[71]이라.

늙은 어부가 물어 말하기를,

"어떠한 사람이 이러한 곳에 사느냐?"

한 늙은이가 답하여 말하기를,

"나는 진나라 사람으로 피란하여 이곳에 들어와 신선이 되어

---

66) 창오산蒼梧山 : 호남성 영주永州에 있는 산이다. 전설에 의하면 고대에 순임금이 남쪽으로 순행에 나섰다가 창오의 들판에서 죽어서 구의산九嶷山에 묻혔다고 한다. 창오산을 구의산으로 본다.

67) 순舜임금 : 중국 고대 신화 속의 성천자聖天子이다. 덕이 뛰어나 요임금으로부터 제위를 선양받아 천자가 되었다.

68) 아황蛾黃과 여영女英 : 요임금의 두 딸로 순임금에게 시집갔다. 남편인 순舜이 창오蒼梧에서 죽자 그를 찾아내려왔다가 상수湘水에서 그 소식을 듣고는 슬피 울다가 죽어서 상수의 여신女神이 되었다고 한다.

69) 소상반죽瀟湘斑竹 : 중국 호남성 소수瀟水가 상수湘水와 만나는 지역에서 나는 아롱무늬가 있는 대나무이다. 전설에 의하면 아황과 여영이 흘린 피눈물이 묻어서 얼룩 무늬가 되었다고 한다.

70) 무릉도원武陵桃源 : 도연명의 〈도화원기〉에 나오는 가상의 선경이다.

71) 별유천지비인간別有天地非人間 : 당나라 시인 이백李白의 〈산중문답山中問答〉에 나오는 구절이다. 이 세상에 별따로 있는 세계로서 속세가 아니라는 말이다.

백발이 되도록 살았는데 뼈가 다시 아이와 같고 인간 영욕과 세상 흥망을 마음 밖에 부쳐두고 한가히 세월을 보내니, 꽃이 피면 봄인 줄 알고, 잎이 지면 가을인 줄 아노라"

하니,

"이 땅에 온 지 오백 년이 되었는지라. 조선국은 예의를 지키는 나라요, 문명 국가라. 아득한 옛날에 경상도 태백산의 단목檀木[72]아래에 신인神人이 내려와 임금이 되었는데, 그 후에 주나라 문왕이 기자箕子[73]를 봉하여 평양에 도읍하고 덕화德和를 베풀었으니, 예의법도와 의관문물이 중화中華에 비교될 만했고, 그 후에 경상도 계림 땅에 신인이 하강하니 성은 박씨요, 경주에 도읍하시어 신라왕이 되었으니 요순같은 성군聖君이라 지금까지 칭송하고, 강원도 금강산은 천하에 명산이라 중국 사람이 원하기를, '조선국에 한 번 가서 금강산을 보고 싶다' 하니 진실로 기이한 곳이라. 일본국은 참으로 진시황제가 신선 보기를 구할 적에 방사[74] 서불徐市[75] 등이 불사약不死藥을 캐려고 동남

---

72) 단목檀木 : 박달나무이다. 자작나뭇과에 속한 낙엽 활엽 교목이다. 고대 조선족의 신수神樹였다.

73) 기자箕子 : 중국 은나라의 왕자이다. 태정의 아들이고 제을의 동생이며 주왕의 숙부이다. 은의 3현으로 불렸으며, 은이 망하고 주나라가 들어서자 무왕에게 홍범구주를 가르치고, 조선에 봉해져 기자조선의 시조가 되었다고 한다.

74) 방사方士 : 도교에서 도사道士를 일컫는 말이다. 도인導引과 선단仙丹으로 불로장생不老長生을 추구하는 사람들을 가리킨다.

75) 서불徐市 : 중국 진나라 진시황 때의 방사이다. 진시황이 불사약을 구하자 자신이 구해오겠다고 속이고 동남과 동녀 오백 명씩과 갖은 금은 보화를

童男과 동녀童女 오백 인을 거느리고 동해로 들어가서 왜국이 되었으니, 우섭다! 만물이 저렇듯이 근본이 있는 이치를 모르고 한갓 구경 많이 한 체하고 주절거리니 그야말로 망아지 서울 다녀온 격이라."

하니,

여우는 할 수 없어 물러나와 앉으면서 말하기를,

"그러면 존장이 하늘세계를 구경하셨습니까?"

두꺼비 신중히 답해 말하기를,

"내 천상을 구경한 지 일 년여 간이라. 작년 춘삼월에 보았더라."

하니, 두꺼비 답해 말하기를,

"그러하면 네 구경한 바를 여쭈어 보아라."

하니, 여우가 답해 말하기를,

"하늘을 올라가니 구만 리나 되는 먼 하늘이 마치 곁에 있는 듯하고 아득하여 삼십삼천76)을 두루 구경할 때 은근히 수천 걸음 건너가니 이름은 천상 봉악경이라. 풀과 나무 짐승들이 모두 세상에서 보지 못한 것이라. 기이한 풀과 아름다운 꽃이 만발하고 청학이며, 기린, 봉황이며 공작 비취 쌍쌍이 노닐며,

---

기지고 바다로 들어간 후 돌아오지 않았다.

76) 삼십삼천三十三天 : 불교에서 말하는 욕계慾界, 색계色界, 무색계無色界 의 삼계三界 가운데 욕계 6천의 제2천인 도리천忉利天을 이르는 명칭이 다. 수미산 사방의 8성들과 중앙의 제석천을 합하여 33천이 된다.

여러 가지 짐승과 온갖 화초가 인간세상에서 보지 못한 것이라. 그 위에 선관仙官이 월입하시고 황풍에 명암이며 구름 속에 밭을 갈아 구슬풀을 심거늘, 그 거동 잠깐 보고서 인간세상의 생각이 전혀 없어지고 몹쓸 마음 절로 사라지는지라. 삼십삼천 보려하고 셋째 하늘 들어가서 비단짜는 집을 찾아가니, 큰 집이 지어져 있고, 그 집을 지나가니 큰 물이 있고, 그 물가에 집을 짓고 태극으로 문을 삼아, 그 문 위에 현판이 걸려있고 다만 베 짜는 소리가 나는지라. 가만가만 앞으로 나아가서 수정궁 칠보대를 올라가니, 아득하게 높이 짓고, 수 놓은 문과 무늬 그린 창문이며 주렴을 둘러치고 은하수 한 구비는 반공에 그려 두고, 서쪽 벽을 돌아보니 유리벽을 하였는데 고기와 용이 사면에 노닐더라. 그 가운데 유리 병풍을 치고 용龍무늬 휘장을 드리웠는데, 그러한 가운데 천상을 우러러 보니, 한 선녀가 월패 성당에 칠보단장을 하고 있기에 여쭈어 보기를,

"어떠한 선관입니까?"

하니,

선녀가 말하기를,

"나를 모르는가? 인간 세상에서 말하는 직녀성織女星[77]이라 네. 내 이름은 천손天孫이니 상제上帝의 손녀로다. 상제께옵서 특별히 사랑하시기로 슬하에서 떠나지 아니하였도다. 나의 배

---

77) 직녀성織女星 : 거문고 자리의 별들 중에 가장 밝은 별이다.

필은 금문金門[78])을 지키는 견우성牽牛星[79])인데, 사랑하는 마음이 너무 지나쳐서 별을 보려고 하루는 광한전廣寒殿[80])에서 견우와 희롱하며 놀다가 손목에 찬 옥으로 만든 팔찌를 풀어주었다가 상제上帝께 죄를 얻어서 나는 남쪽으로 귀양을 정하고, 견우牽牛는 북으로 귀양가게 되었으니, 삼생三生[81])에 깊은 근심은 봄과 여름 간의 긴긴 날과 가을 겨울 간의 긴긴 밤에 서로 생각하나 볼 수는 없어 서러움에 구곡간장으로 다 썩는다. 재미없는 세월이 베틀에 북 나들듯 하는지라. 일 년에 한 번 칠월칠석七月七夕에는 은하수 깊은 물에 까마귀와 까치가 다리를 놓아 하룻밤 잠깐 만나 그리워하던 정회를 다 할 수 있겠느냐! 속절없이 눈물을 뿌려서 인간 세상에서는 비가 되니, 만나기는 잠깐이요 이별하기는 오랜지라! 이곳에 홀로 있어 정월 이월 삼월이 돌아오면 광주리 옆에 끼고 부상扶桑[82])에서 뽕을 따서 양잠 농사를 힘써 하여 순금純錦 비단을 필로 짜서 바늘과 실로 수를 놓고, 또 세상 사람들의 부부 인연을 정하여 오색 실로 발목을 매었으니 인간이 혼인하는 것이 모두 연분 아닌 것이 없다네. 청상과부

---

78) 금문金門 : 대궐문이다.
79) 견우성牽牛星 : 독수리 자리에 있는 열다섯 개의 별 중에서 가장 밝은 별이다.
80) 광한전廣寒殿 : 달 속에 있다는 상상 속의 궁전이다.
81) 삼생 : 과거의 현재, 미래를 뜻하는 전생, 현생, 후생을 아울러 이르는 말이다.
82) 부상扶桑 : 중국의 전설에 나오는 동쪽 바다의 해가 뜨는 곳에 있다는 신성한 나무, 또는 그 나무가 있는 곳을 가리키는 말이다.

가 되는 것도 또한 하늘의 운수라, 서러워함이 부질없는 것이라
네."

하거늘,

다시 여쭈옵기를,

"직녀성도 별인 것을 초저녁에 세상에 내려가서 알게 하여
주십시오."

하니, 선녀가 일어나서 베틀 받치는 돌을 주거늘 두 손으로
받아가지고 하직하고, 차차 구경하며 아홉째 하늘에 올라가니,
은은한 구름 속에 밝은 빛이 영롱하여 차가운 기운이 일어나길
래 마음 속으로 놀라서 그 곳을 바라보니 큰 집이 있는데 이름을
광한전廣寒殿이라 하였다.

그 중에 계수나무 천 개의 가지와 만 개의 잎이 흐드러진
곳의 북쪽에 옥토끼는 절구를 높이 들어 불사약을 마련하고,
비단 바른 창문을 열고 주렴을 내렸거늘 그 쪽으로 살펴보니,
살빛은 복숭아 꽃빛과 같고 귀와 눈은 해와 달과 같고, 옥 같은
얼굴이 진주 같고 장식과 패물조차 황홀하다. 우러러 보기가
십분 황송하지만 잠깐 자색을 살펴보니, 옥 같은 얼굴에 근심이
가득하고 귀밑에 눈물 흔적이 완연히 보였으니, 이는 월궁月
宮83)으로 도망온 항아嫦娥84)라.

---

83) 월궁月宮 : 달 속에 있다는 전설상의 궁전이다.
84) 항아嫦娥 : 달 속에 산다는 선녀이다. 원래는 요임금 시대의 명궁인 예羿의
　　아내였으나 예가 서왕모에게서 구해온 불사약을 훔쳐서 혼자 먹고는 달나
　　라로 도망왔다고 한다.

월궁月宮으로 올라가서 천상 연분이 되었으니, 비록 천만 년 토록 죽지 않고 오래 산다한들 백화청천에 홀로 있어 독수공방 하릴없다. 월궁을 지나가서 차차 구경하고 삼십삼천三十三天으로 나아가니, 그 선관仙官은 구슬로 못을 파고 백옥으로 집을 짓고 운무雲霧로 병풍을 삼았으니, 이는 요지瑤池[85]의 서왕모西王母[86]가 있는 곳이라. 그 앞의 벽도화碧桃花[87]는 구름을 덮었으니 청조새는 쌍쌍이 날아들어 봄빛과 봄 경치를 자랑하고, 송옥宋玉[88]과 쌍나비는 서왕모西王母의 좋은 친구로다. 주렴을 의지하여 함께 노닐거늘, 벽도수碧桃樹 바라보니 삼천 년에 꽃이 피고 삼천 년에 열매 여는 화려한 꽃이니, 저 반도蟠桃 한 개를 이제 곧 먹으면 천만 년 죽지 않고 오래 살 것이니, 따고자 하다가 다시 생각하니, '옛적에 동방삭東方朔[89]이 천도天桃 하나를 훔쳐 먹고 인간 세상에 귀양 왔으니, 삼천갑자[90]를 어찌 부러워하리오.'하고 백옥남합으로 가만히 올라가서 문틈으로

---

85) 요지瑤池 : 곤륜산 꼭대기 서왕모가 산다는 곳의 연못이다.
86) 서왕모西王母 : 중국 도교 신화에 나오는 신녀의 이름이다. 신선 가운데 가장 위계가 높은 선녀이다.
87) 벽도화碧桃花 : 벽도나무에서 피는 꽃이다. 신선이 사는 곳에 있다는 전설 상의 나무로 그 과실을 반도蟠桃라고 하는데, 한 개만 먹어도 불로장생한다고 한다.
88) 송옥宋玉 : 기원전 3세기 중국 전국시대 말기 초楚나라의 문인이다. 굴원의 문인으로 유명한 초사 작가이다.
89) 동방삭東方朔 : 기원전 154-기원전 93. 중국 서한의 문학가로 평원 염차 사람이다. 성격이 익살스럽고 유머러스하며 사부에 능했다.
90) 삼천갑자三千甲子 : 1갑자가 60년이니, 곧 18만년을 이른다. 전설에 동방삭이 서왕모의 반도를 훔쳐 먹고 삼천갑자를 살았다고 한다.

살펴보니, 서왕모西王母가 부용관芙蓉冠[91]을 쓰고 황남산을 입고 책상을 의지하여 옥과 같은 얼굴에 근심스런 빛을 띄우시니, 바느질을 하다가 학선鶴扇[92]을 들고 한 곡조의 노래를 슬프게 부르니, 흰 구름이 그 소리에 멈추고 인간 세상이 아득하구나! 삼생三生의 인연이 약수弱水[93]에 막혔으니 우리 낭군 주목왕은 한 번 간 후 소식 몰라 그 노래 들어보니 슬픈 마음을 헤아릴 수 없도다. 그 곳을 지나와서 십팔천으로 나아가니, 한 곳에 누각이 우뚝하고 오색 구름이 영롱하며 향기가 진동하거늘, 그곳으로 들어가니 예상우의곡霓裳羽衣曲[94]을 연주하는 풍류 소리가 낭자하네. 그 날 대 위를 바라보니, 천상 선녀는 초야왕의 태선이며 낙초선녀며 일시에 모였는데 또 한 편을 바라보니 채이선녀 진접이며 옛적에 숙향이며 좌석에 모여들어 여러 선녀들이 옥 같은 빛을 띠고 얼굴에 화기를 띠었으니, 그 중에 한 선녀는 화관을 쓰고 황금으로 된 봉황비녀를 꽂고 옥 같은 얼굴에 눈물 흔적이 꽃 같은 얼굴에 비치니 해당화가 아침 이슬을 머금은 듯하였다. 그 선녀는 당 명황唐明皇[95]의 양귀비楊貴妃

---

91) 부용관芙蓉冠 : 연꽃 모양으로 만든 보관寶冠이다.

92) 학선鶴扇 : 손잡이가 날개를 편 학처럼 생긴 부채이다.

93) 약수弱水 : 신선이 산다는 곤륜산 밑을 흐르는 전설 속의 강이다. 부력이 약해서 어떤 물체도 뜨지 못한다고 한다.

94) 예상우의곡霓裳羽衣曲 : 중국 당나라 때 현종이 지은 악곡이다. 여기에 맞추어 추는 춤이 예상우의무이다.

95) 당 명황唐明皇 : 중국 당나라의 제6대 황제인 현종을 가리키는 말이다. 당나라를 대표하는 명군이었으므로 붙여진 이름이다

라. 자는 옥선玉仙이니 홀연히 학이 그려져 있는 부채를 들어 눈물을 가리며 하는 말이,

"태어나기 이전 전생에 무슨 죄로 인간 세상에 귀양살이 내려와서 명황明皇을 모시고 칠월칠석七月七夕 장생전長生殿96)에 오경五更이 짧다하고 육경六更97)을 마련하여 삼생三生에 깊은 언약 백년을 맹서하며 나에게 하는 말이, 지하에 있어서는 연리지連理枝98) 나무가 되고 천상에 있어서는 비익조比翼鳥99)되자고 서로 명세하였더니, 조물이 시기하고 국운이 불행하여 안록산安祿山의 난을 만나 나라가 위태하여 우리 임금 당 명왕이 쫓기어서 촉나라로 들어가니 나의 몸 무슨 죄로 어이 이렇게도 단명한가! 슬프다, 마외역馬嵬驛에 오얏꽃과 복숭아꽃이 만발하고 두견새가 슬피 울 때, 긴 수건에 목을 매니 한 조각의 버들꽃이 빈 말이라. 슬프고 슬프도다! 우리 임금 당 명황이 어이 그리 무정한가! 슬프다! 지금 생각하니, 원망하면 사람을 한탄하랴? 가련한 이내 혼백이 바람에 불려서 옥경玉京으로 올라오

---

96) 장생전長生殿 : 당唐나라 때 여산 온천의 화청궁華淸宮에 있었던 전각 이름이다.
97) 육경六更 : 오경은 밤을 다섯 등분하여 부르는 명칭이다. 오경으로는 밤이 너무 짧으니 육경으로 밤 시간을 늘렸다는 말이다.
98) 연리지連理枝 : 두 가지가 서로 맞닿아서 붙은 나무이다. 화목한 부부나 남녀 사이를 비유적으로 이르는 말이다.
99) 비익조比翼鳥 : 날개가 하나밖에 없다는 전설상의 새이다. 암수가 몸을 붙여야만 날 수가 있으므로, 부부가 서로 사이가 좋은 것을 비유적으로 이르는 말이다.

니, 전생에 깊은 정을 죽은들 잊을소냐? 십팔 세에 만나서 이십
팔 세에 이별하니 살아 이별 죽어 이별 생사가 막혔으니, 인간세
상을 바라보니 장안이 아득하다. 꿈 밖에 사자를 보내어 옥가락
지 한 쌍으로 조문弔問을 하니 천지가 끝이 없도록 기쁜 일이
없을까 하노라."

라고 하니, 슬프다! 좌중에 이 말을 듣고 슬퍼하지 않을 사람이
없으므로, 나 또한 가슴이 막혀 오래 서 있지 못하고 즉시 나와
두루 다니다가 이십오천二十五天에 나아가니 구슬 누각樓閣
을 오층으로 지었는데 이는 자미궁紫微宮100)이라. 오방신장五
方神將101)과 사해용왕四海龍王102)이 사면을 엄히 보호하고,
삼태육경三台六卿103)과 이십팔수二十八宿104)가 각각 시위하
고, 동방東方 청제지신靑帝之神은 청룡靑龍이 옹위하고, 남방
적제지신赤帝之神은 주작朱雀이 옹위하고, 북제 흑제지신黑
帝之神은 현무玄武가 옹위하여 중앙 황제지신黃帝之神은 동
사가 옹위하였으니, 엄숙하여 들어가지 못하고 문 밖에서 살펴

---

100) 자미궁紫微宮 : 큰곰자리를 중심으로 170여 개의 별로 이루어진 별자리이
   다. 옥황상제의 거처로 알려져 있다.
101) 오방신장五方神將 : 동, 서, 남, 북과 중앙의 다섯 방위를 지킨다는 신이다.
102) 사해용왕四海龍王 : 전설에서, 동서남북의 네 바다를 각각 관장하는 용왕
   이다.
103) 삼태육경三台六卿 : 하늘의 삼태성三台星은 삼정승을 의미하는데, 삼정승
   아래 있는 육판서를 육경이라고 한다. 삼태성을 둘러싼 별들을 가리킨다.
104) 이십팔수二十八宿 : 황도를 따라 천구를 28구역으로 나누어 놓은 별자리
   를 이르는 말이다.

보니, 여러 선관이 일산日傘을 들고 옥패玉佩[105]를 차고 상제 께 조회하러 들어가니, 태상노군太上老君과 안기생安期生이 며, 이태백李太白, 두목지杜牧之, 장건張騫이 다 모였더라. 그 것을 모두 구경한 후에 그 길을 되돌아 남천문 밖에 잠깐 가서 화덕장군火德將軍을 찾아보고, 천태산天台山에 들어가서 마 고麻姑할미[106] 잠깐 만나 술 한 잔 받아먹고, 거기에서 나와 내려와서 남극노인성南極老人星[107]을 보려고 병정방丙丁 方[108]을 찾아가니, 칠성초단에 누런 비단 휘장을 두루고 붉은 비단으로 지은 관대를 입고 앉았으니, 어엿한 백발 노인이더라. 서안을 지나서도 일명의 그런 뜻을 먹지 말고 어미에게 효도하 고 형제와 우애하며, 주린 사람 밥을 주고 벗은 사람 옷을 주고, 짐승을 살해하지 말고 사람을 음해하지 말며, 욕심을 없게 하고 말씀을 순하게 하고 마음이 선하면, 죽은 후에 극락세상의 연화 봉蓮花峯에 오르리라. 그렇지 아니하면 백 년을 공부하고 천 번을 염불한들 쓸 데 없다. 극락을 바라보고 북쪽을 찾아가니, 십왕전十王殿[109]이 웅장하거늘 고개를 들어보니, 무수한 궁궐

---

105) 옥패玉佩 : 옥으로 만든 패물이다.
106) 마고麻姑할미 : 중국 신화 속의 선녀 이름이다. 한漢나라 환제桓帝 때에 고여산姑餘山에서 수도했는데, 길고 새 발톱처럼 생긴 손톱으로 가려운 데를 긁어 주면 한없이 유쾌하였다고 한다.
107) 남극노인성南極老人星 : 남극성, 또는 노인성이라고도 하는데, 인간의 수명을 관장하므로 수성壽星이라고도 한다. 오늘날 천문학에서 말하는 용골좌의 1등성인 카노푸스에 해당한다.
108) 병정방丙丁方 : 남쪽 방향을 말한다.

의 군졸들이 긴 칼을 손에 들고 좌우에 늘어서 있고, 문에는 황건역사黃巾力士[110)가 벌여 서서 추상같이 호령하니, 엄숙하고 황급해서 나오다가, 다시 보니 쇠로 된 성벽을 높이 쌓고 철문을 달았으니 이곳은 지옥인데, 타지방 같기도 하고, 여러 개의 거울 같기도 하여 음산한 기운이 골수에 사무치더라. 문 밖에 서서 바라보니 한 편은 도산지옥刀山地獄이요, 또 한 편은 맹산지옥이요, 또 한편은 요망지옥이요, 또 한편은 영성지옥이라. 문틈으로 바라보니 어떤 죄인은 쇠사슬로 바짝 졸라매고 나졸이 칼을 들고 협박하는데, 그 군졸에게 묻기를,

"저 사람은 어떠한 죄인들이기에 저런 악형을 행하는가?"

군졸이 대답해 말하기를,

"저 놈은 세상에서 벼슬할 때에 임금께 불충하고 백성에게 재물을 빼앗은 죄라."

하거늘, 또 한 곳을 바라보니, 한 놈을 달아매고 나졸이 불어대니 점점 늘어져서 뱀이 되었거늘, 또 다시 물은 즉,

"그 놈은 심술이 불측하고 사람을 혐의하고 남의 험담을 잘하고 포학한 정치를 한 죄라."

하고, 또 한 곳을 바라보니, 한 놈은 사지와 목을 매여 달았는데 굶주린 짐승이 다가와서 다투어 다 파먹으니 뼈만 남았는지라. 물은 즉,

109) 십왕전十王殿 : 지옥의 십대왕十大王이 거처하는 열 개의 전각이다.
110) 황건역사黃巾力士

"이놈은 도적질한 죄라."

하고, 그 외 죄인은 무수히 칼을 씌워 쇠사슬을 채워 가두었으니, 울부짖는 소리가 진동하는지라. 세상 사람이 그런 것을 보면 나쁜 마음을 먹지 않고 죄를 지을 사람이 없으리라. 그곳을 모두 구경한 후에 길을 되돌려 돌아올 때 또 한 곳을 바라보니, 만 겹 푸른 산에 물과 돌이 정결하고 초목이 무성한데 초가집 삼간이 구름 속에 은은히 보이거늘, 그 곳을 점점 나아가니, 한 노인이 칡베 두건에 야인의 복장으로 거문고를 무릎 위에 놓고 백학을 거느리고 궁상각치우宮商角徵羽[111]로 둥둥 타거늘, 나아가서 허리를 굽혀 절을 하니 그 노인이 답례하고 좌정한 후에 동자에게 명하여,

"다과를 내어오라."

하거늘, 잠깐 받아 마시니 기운이 정히 상쾌하더라. 그 노인이 말하기를,

"나는 병환으로 고통스럽게 지내는데, 그 병의 원인은 베를 짜다가 그 병을 얻어서 십 년이 되었으나 조금도 차도가 없고, 점점 고통스러워 온갖 약이 효험이 없고 곡기穀氣를 끊었으니, 의가醫家에 물은즉 '직녀의 베틀 고인 돌을 갈아서 술에 타 먹으면 좋으리라.'고 하나, 그것을 얻을 길이 없어 죽기만 바랄 뿐이라."

---

111) 궁상각치우宮商角徵羽 : 동양 음악에 쓰이는 다섯 개의 음률이다. 오음五音이라고 한다.

하거늘, 내가 가만히 생각하니, 직녀성織女星의 베틀을 고였던 돌이 약이 된다고 하기로 노인에게 말하기를,

"나에게 선약이 있으니 아무리 병환이 위중할지라도 이 약을 써 보소서."

하고 돌을 내어 드리니, 노인이 그 돌을 갈아서 술에 타 먹었더니 십 년 고생하던 병이 즉시 쾌차하더라. 노인이 즐거움을 이기지 못하여 무수히 치사致謝하며 말하기를,

"천만 뜻밖에 위대하신 분을 만나 죽을 사람을 살려내었으니 은혜는 죽어서도 잊을 수가 없노라."

하고 말하기를,

"내가 소년시절에 또한 술법術法을 배운 것이 있는데 그대에게 주노라."

하고 서랍을 열어 붉은 구슬 한 개를 주며 말하기를,

"이 구슬을 가지고 산중에 다닐 때에 몸을 변하게 하여 혹 계집애도 되고 혹 소년도 되고 혹 노인도 되며 변화가 무궁하다."

고 하거늘, 그 구슬을 받아 가지고 인간 세상에 내려와서 변화할 줄을 아노라."

하거늘, 두꺼비가 손뼉을 치고 크게 웃으면서 말하기를,

"그러면 그 때에 칠성보탑에서 노인과 바둑을 두다가 술에 취하여 난간을 의지하여 졸았더니, 문 밖에서 서두르는 것이 있기에 동자에게 물으니, 대답해 말하기를, '밖에 어떤 짐승이

왔는데 빛이 누렇고 꼬리는 길고 주둥이는 뾰족하고 보지 못한 짐승이라.'고 하거늘, 동자를 명하여 '긴 장대로 멀리 쫓아라.'고 하였더니, 그 때에 네가 왔던가 싶다. 넌 줄 알았더라면 천일주千日酒 먹은 똥덩어리나 먹여 보냈을 텐데."

라고 하니, 모든 짐승들이 손뼉을 치며 크게 웃었다.

우습다, 여우가 간사한 말로 꾸며 두꺼비를 희롱하다가 도리어 욕을 보고 분함을 이기지 못하여 앉았다가 좋은 말로 두꺼비를 희롱하여 말하기를,

"내 소년 시절에 일행들과 두루 사방으로 다니던 때에 우스운 것을 보았노라."

하니, 두꺼비가 말하기를,

"무슨 일을 보았는가?"

여우가 대답해 말하기를.

"노魯나라에 들어가서 공부자孔夫子의 사당을 배알하고 돌아오는 길에 푸른 나무가 우거진 곳에 들어가 청루주사靑樓酒肆[112]를 찾아가서 순국醇麴 술을 먹고 취흥을 이기지 못하여 수풀을 따라서 한가하게 누워 있다가 목이 말라서 한 못가에 이르니, 큰 뱀이 개구리를 물고 길게 누웠거늘, 놀라서 물러서니 개구리가 크게 소리쳐, '연화선사는 불심으로 나를 살려주소서! 우리 사촌인 종첩에게서 태어난 두꺼비란 놈을 불러 주소서. 그놈이

---

112) 청루주사靑樓酒肆 : 술집, 기생집, 매음굴 따위를 통틀어 이르는 말이다.

본래 음흉하고 박덕하며 흉악하므로 개구리 나를 살릴 것이니 부디 불러 주소.'라고 하거늘, 칼을 빼어 그 뱀을 치려하는데, 마침 사냥하는 사람이 수풀 속에서 나오거늘 치지 못하였으니, 그 때에 존장이 개구리와 친분이 있는 줄을 알았노라."

하거늘, 두꺼비가 크게 웃으며 말하기를,

"그 말도 또한 어린 아이 말 같도다. 옛날 유계劉季113)라 하는 사람이 술을 먹고 크게 취해서 큰 못가로 가다가 뱀이 길을 막아서거늘 칼을 빼어 뱀을 베고 왔더니, 그 후에 늙은 할미가 울며 말하기를, '내 아들은 백제白帝의 아들이었는데 이제 적제赤帝의 아들한테 죽음을 당하였다.'고 하더라. 그 후에 유계가 초패왕礎霸王을 죽이고 진나라를 멸하고 노나라를 지나가다가 글 읽는 소리를 듣고 공자 사당에 앉아 한나라 태조 고황제高皇帝가 되었으니 그 말은 옳거니와, 네 말은 보리밥 먹은 헛방구 같도다. 나는 근본이 양반이라, 내외족內外族과 지친至親이 없고 다만 사촌동생이 월궁月宮에 있으니 너가 이른 바 개구리는 더욱 부당하도다. 네 아무리 간사한 말로 어른을 침범한들 되지 않은 말이로다. 너 분명히 사냥하던 사람에게 쫓기어 갔든가 싶도다. 사냥하는 사람의 근본을 일러줄 테니 자세히 들어라. 옛날 맹상군孟嘗君114)이 손님을 좋아해 집에 식객이 수천 명이

---

113) 유계劉季 : 한나라 초대 황제인 유방劉邦의 본명이다. 유씨 집안의 막내라는 뜻이다.

114) 맹상군孟嘗君 : 중국 전국시대 제나라의 재상인 전문田文의 군호이다. 전국사군戰國四君의 한 사람으로 이름을 떨쳤다.

라. 손님에게 구하여 호백구狐白裘115) 갖옷을 만들었는데, 여우 삼천 마리를 잡아 갖옷 한 벌을 꾸몄으니, 이것이 바로 호백구라. 이 옷을 가지고 함께 진나라에 들어갔더니, 진왕이 맹상군孟 嘗君을 옥에 가두고 죽이려고 하니, 맹상군이 돈을 보내어 진왕의 사랑하는 첩 행희에게 청하여 풀려나기를 청하니, 행희가 호백구를 주면 청을 들어 주리라고 하였지만 그 호백구는 이미 진왕께 드렸기 때문에 할 수 없는지라. 맹상군의 손님 가운데 도적질 잘 하는 자가 있어 진나라 창고에 들어가 그 갖옷을 도적질하여 드려서 풀려나기에 이르니, 그때에 사냥하여 여우를 잡아들일 적에 너의 고조 증조와 모든 일족이 씨가 말랐는데, 이번에 사냥하던 사람이 분명 맹상군으로서 여우 족속을 다 잡으려고 왔던가 싶다. 만일 너도 잡혔으면 맹상군孟嘗君의 갖옷이 될 뻔하였도다."

여우가 그 말을 듣고 분함을 측량치 못하였지만, 아무 말도 못하고 잠잠히 앉았다가 말하기를,

"존장은 식견이 능통하시고 말씀을 잘 하시니 천문지리와 육도삼략六韜三略116)과 예악삼서禮樂三書117)를 다 아시나이까?"

---

115) 호백구狐白裘 : 여우 겨드랑이의 흰털이 붙은 부분의 가죽으로 만든 갖옷이다.

116) 육도삼략 : 중국 고대에 강태공이 지었다고 전하는 병서이다.

117) 예악삼서禮樂三書 : 예악은 고대의 문물 세도를 기키키는 막이다. 고대의 제도를 전하는 세 가지 책이니, 곧 『주례周禮』 『의례儀禮』 『예기禮記』를 말한다.

두꺼비 진중하게 답해 말하기를,

"너 같은 짐승은 자세히 들어라. 천지 생긴 후에 음양陰陽[118]이 생겼으니 성근 기운은 위로 하늘이 되고, 흐린 기운은 아래로 땅이 되었으니, 하늘은 양이 되고 땅은 음이 되어 음양이 생긴 후에 오행五行[119]이 되었는지라. 음양은 일월日月이 되고, 오행五行은 상생相生이 되고, 음양과 오행은 만물을 생겨나게 하였는데, 만물 가운데에서 사람이 가장 귀한지라. 사람은 음양오행陰陽五行에 응하여 태어나서 삼기三氣[120]를 품었으니 길흉화복도 오행을 쫓아 변화무궁한지라. 이런 고로 태극이 양陽을 생生하고 양陽이 사람을 생生하고, 오행五行은 금金·목木·수水·화火·토土라. 상생법相生法에 서로 생生하니 목생화木生火, 화생토火生土, 토생금土生金, 금생수金生水, 수생목水生木이요, 상극법相克法은 서로 극克하니 수극화水克火, 화극금火克金, 금극목金克木, 목극토木克土, 토극수土克水이니 길흉화복이 상생상극相生相剋의 법으로 응하고, 오방五方은 동·서·남·북·중앙이오. 오색五色은 청·황·적·백·흑이니, 동방은 목木이라 푸른빛이고, 서방은 금金이라 흰빛이고, 남방은 화火라 붉은빛이 되고, 북방은 수水라 검은빛이 되고, 중앙은 토土라 누런빛이 되기로, 봄은

---

118) 음양陰陽 : 우주만물을 만들어내는 상반된 성질의 두 가지 기운으로서의 음과 양을 아울러 이르는 말이다.

119) 오행五行 : 우주만물을 이루는 다섯 가지 원소이니, 금金, 목木, 수水, 화火, 토土를 이른다.

120) 삼기三氣 : 천天, 지地, 인人의 세 가지 기운을 말한다.

동방을 응하여 목이 왕성하고, 여름은 남방을 응하여 화가 왕성하고, 가을은 서방을 응하여 금이 왕성하고, 겨울은 북방을 응하여 수가 왕성하고, 중앙은 사계절 끝에 18일씩 왕성하니 책력册曆121)에 토왕용사土旺用事122)하는 법을 내렸으니, 계절 끝 18일은 인간의 화복을 다투지 못하는지라. 갑甲 · 을乙 · 병丙 · 정丁 · 무戊 · 기己 · 경庚 · 신申 · 임壬 · 계癸는 천간天干123)이요, 자子 · 축丑 · 인寅 · 묘卯 · 진辰 · 사巳 · 오午 · 미未 · 신申 · 유酉 · 술戌 · 해亥는 십이지十二支124)라. 갑을甲乙은 동방 목木이요, 병정丙丁은 남방 화火요, 무기戊己는 중앙 토土요, 경신庚申은 서방 금金이요, 임계壬癸는 북방 수水다. 자子는 정북正北이요, 축인丑寅은 동북 간방間方이요, 묘卯는 정동正東이요, 진사辰巳는 동남 간방이요, 오午는 정남正南이요, 미신未申은 서남 간방이요, 유酉는 정서正西요, 술해戌亥는 서북 간방으로 각각 그 방위를 응하였으니, 천지 음양이 변화하는 법이라, 이 밖으로 벗어나지 아니 하는지라. 십간十干이 지지地支를 합하면 육갑六甲125)이

---

121) 책력册曆 : 달력을 말한다.
122) 토왕용사土旺用事 : 토왕지절(土旺之節)의 첫째 날을 가리킨다. 토왕지절이란 오행설(五行說)에서 토기(土氣 : 흙 기운)가 왕성하다는 절기이다. 토용(土用)이라고도 한다. 각 계절의 끝, 말하자면 입하 전, 입추 전, 입동 전, 입춘 전 18일씩을 여기에 배당하였고, 그 첫째 날은 토왕이라 하여 흙일을 하지 않았다.
123) 천간天干 : 육십갑자에서 위의 단위를 이루는 10개의 요소이다.
124) 십이지十二支 : 육십갑자에서 아래의 단위를 이루는 12개의 요소이다.
125) 육갑六甲 : 천간의 갑, 을, 병, 정, 무, 기, 경, 신, 임, 계와, 지지의 자, 축, 인, 묘, 진, 사, 오, 미, 신, 유, 술, 해를 서로 교차 결합하여 예순

되고, 초목이 봄에 살아나서 여름에 왕성하고 가을에 잎이 지면 겨울에 감추나니 오행이라. 그러하거니와 너 같은 무식한 짐승에게 변화무쌍한 법을 일러준들 어찌 알아들을 수 있으리오? 대강 진술하나니 자세히 들어라. 천문 보는 법은 옛적에 태호太昊 복희씨伏羲氏[126]가 위로 천문을 관찰하여 일 년에 열두 번씩 차고 기우는 것을 모아 달 만드는 법을 제정하고, 제순帝舜 유우씨有虞氏[127]는 선기옥형璇璣玉衡[128]을 만들어 해와 달과 오성五星이 항상 운행하는 길을 정하시니, 대저 하늘은 둥글어 원천으로 돌아가고, 땅은 네모꼴이어서 안정되고, 천지 사이에 넓게 별자리가 자리잡고, 성신星辰은 하늘에 붙어 있고, 해와 달과 금·목·수·화·토 다섯 행성行星은 공중에 달려 도수度數는 삼백육십오 일이 하나고 차이나 간격이 없다. 해는 하루에 한 차례씩 돌아가고 달은 삼십 일에 한 차례씩 돌아가고 하늘은 삼백육십일에 한 차례씩 돌아가니, 이런 고로 일성日星은 해와 같이 돌아가고 목성은 십이시十二時에 한 차례를 가고, 토성과 화성은 법도 없이 다니고, 이십팔수二十八宿[129]는 각角·항亢·

가지로 차례를 배열해 놓은 것이다.

126) 태호太昊 복희씨伏羲氏 : 삼황오제의 첫머리에 꼽는 중국 고대의 전설상의 제왕이다. 인두사신人頭蛇身의 신인으로 팔괘를 그어 역易을 만들고 그물을 만들어 고기잡는 법을 가르쳤다고 한다.

127) 제순帝舜 유우씨有虞氏 : 유우는 순의 씨명이다. 요순으로 병칭되는 고대의 성군이다.

128) 선기옥형璇璣玉衡 : 고대 중국의 우주관인 혼천설渾天說에 기초를 두고 만들어진 천문 관측 의기儀器이다. 혼천의渾天儀라고도 한다.

저氐·방房·심心·미尾·기箕 일곱 별은 동방 청룡青龍이요, 두斗·우牛·여女·허虛·위危·실室·벽壁은 북방 현무玄武[130]요,규奎·루婁·위胃·묘昴·필畢·자觜·삼參은 서방 백호白虎[131]요, 정井·귀鬼·유柳·성星·장張·익翼·진軫은 남방 주작朱雀[132]이요, 자미원紫微垣[133]이 하늘 가운데 있어 하늘의 기둥이 되고, 북두칠성은 좌우로 붙어 있고, 탐랑貪狼·거문巨門·녹존祿存·문곡文曲·염정廉貞·무곡武曲·파군破軍·좌보左輔·우필右弼의 아홉 별은 구구수九九數에 응하여 길흉화복을 응하여 쉬지 아니하면 풍우성쇠風雨盛衰를 아니 하나니라. 양陽이 일어나면 가뭄이 되고 음陰이 일어나면 장마가 되고 음양이 교합交合하면 비가 되고 햇빛이 나면 무지개가 되고 음이 지나치게 맺히면 우박이 되고 하늘 기운은 구름이 되고 땅 기운은 비가 되고 밤 기운은 이슬이 되고 맺히면 서리가 되고 물이 어리면 얼음이

---

129) 이십팔수二十八宿 : 천구를 황도에 따라 28구역으로 나누어 놓은 별자리를 이르던 말이다.

130) 현무玄武 : 북쪽 일곱 별인 두, 우, 여, 허, 위, 실, 벽을 통틀어 이르는 말. 하늘을 맡아 지키는 신수神獸이다. 거북의 몸통에 뱀의 머리로 표현된다.

131) 백호白虎 : 민속사신四神의 하나. 서쪽 방위를 지키는 신령을 상징하는 짐승을 이른다. 범으로 형상화하였다.
민속풍수지리에서, 주산主山에서 오른쪽으로 뻗어나간 산줄기. 여럿일 때는 내백호와 외백 호로 나눈다. 명사천문 28수宿 가운데 서쪽에 있는 일곱 별인 규奎, 누婁, 위胃, 묘昴, 필畢, 자觜, 삼參을 통틀어 일컫는 말.

132) 주작朱雀 : 사신 가운데 남쪽을 맡아 지키는 신수神獸이다. 붉은 봉황새의 모습으로 표현된다.

133) 자미원紫微垣 : 큰곰자리를 중심으로 170개의 별로 이루어진 별자리.

되고, 가을에 비가 자주 오면 내년이 가물지 아니하고, 동지冬至
납일臘日[134] 아침에 사방으로 기운이 있어 그득하면 명당이 한
껏 감싸나니, 주산主山[135]이 수려하고 안산案山[136]이 안정감이
있고 청룡靑龍과 백호白虎는 두 팔로 이은 듯하고 물의 기세는
학과 난새가 나는 듯하며, 뒷산이 긴 진陳을 친 듯하고, 바위는
병풍 친 듯하고, 나서면 읍揖[137]하는 듯하고, 사방에 다 곱고
좋은 기운 있으면 대저 명산이라, 자손이 번성하고 부귀영화하
나니라. 좌향坐向을 정하는 법은 선천先天 후천後天과 육십갑자
로 분별하느니라. 만일 오화풍이 들어오면 번관복지하고 염정
廉貞이 비치면 지중화패가 있고 계촉을 범하면 자손이 없고,
숫기를 두지 못하면 자손이 가난하고, 청룡이 부실하면 자손이
이별하고, 청룡에 사각이 있으면 후세에 장사하고, 인방寅方[138]
에 바위가 있으면 자손이 호랑이에게 잡아먹히고, 묘방卯方[139]
에서 큰 목소리로 외치면 벼락 맞고, 거꾸로 흐르는 물이 안으로
침범하면 자손이 도적질하고, 물이 사방으로 흘러내리면 자손
이 자결하고, 도화수桃花水가 있으면 계집이 달아나고, 묘터에

---

134) 납일臘日 : 동지 뒤의 세 번째 술일戌日로 납향臘享을 지내는 날이다.
135) 주산主山 : 풍수사상風水思想에서 묘자리 · 집터 · 도읍터의 명당明堂자
    리를 이루는 혈血의 기운이 흘러내리는 주된 산을 이르는 말이다.
136) 안산案山 : 집터나 묏자리의 맞은 편에 있는 산을 이르는 말이다.
137) 읍揖 : 두 손을 포개어 가슴 앞으로 들어올리고 허리를 굽혀서 절하는
    인사법이다.
138) 인방寅方 : 24방위의 하나로 동북동東北東쪽에 해당한다.
139) 묘방卯方 : 24방위의 하나로 정동正東쪽에 해당한다.

팔자수가 있으면 자손에 역적이 나고, [140]안산案山에 부시새가 있으면 자손이 객사하고, 경채풍이 들어오면 자손이 거짓말을 잘 하고, 주봉과 객봉이 모습을 바꾸면 자손이 거짓말을 잘 하고, 땅의 잇점이 있으면 땅의 잇점은 대강 그러하거니와 땅의 잇점이 있어도 모두가 사람에게 달려있느니라. 사람이 생긴 법은 만물 가운데서도 가장 신령스러운 것이다. 초목은 뿌리를 땅에 박아서 서고, 여러 종류의 짐승들은 가로로 기어 다니는데, 오직 사람은 만물 중에 으뜸이라. 머리는 둥글어 하늘을 이루고 발은 모가 나서 땅을 응하여 서서 다니며, 머리는 하늘로 띄우고 발은 땅을 밟는데, 오행五行에 응하여 오륜五倫[141]을 마련하였으니 오륜을 모르면 짐승과 다르겠느냐? 오륜은 부모와 자식 사이에는 친함이 있으며, 임금과 신하 사이에는 의리가 있으며, 남편과 아내 사이에는 구별이 있으며, 어른과 아이 사이에는 순서가 있으며, 친구와 벗 사이에는 믿음이 있는 것이라. 임금을 섬기는 도리는 온갖 학파의 글을 다 읽어 재주를 닦아서 계수나무 높은 가지[142]를 젊은 시절에 꺾어서 꽂고 화창한 봄날 서울 거리에 쌍쌍이 피리를 불면서 이름을 날리고, 임금님

---

140) 안산案山 : 집터나 묏자리의 맞은 편에 있는 산.

141) 오륜五倫 : 유교에서 사람으로서 지켜야 하는 다섯 가지의 윤리 규정이다. 부자유친父子有親·군신유의君臣有義·부부유별夫婦有別·장유유서長幼有序·붕우유신朋友有信이다.

142) 계수나무 높은 가지 : 과거에 급제하는 것을 말한다. 급제자는 임금이 내린 어사화御賜花를 모자에 꽂는데, 계수나무 꽃을 형상한 것이다.

의 영광스런 은총을 입어 온 백성들을 다스리고, 충성을 다하여 공명을 역사책에 전하고, 늙으면 벼슬에서 물러나니 이는 대장부의 사업이라. 부모 섬기는 도리는 모든 행실의 근본이니, 부모의 은혜를 생각하면 끝없는 하늘도 오히려 다함이 없는지라. 순舜임금143)은 역산歷山에 밭을 갈아 부모를 섬기시니 대성인이며, 자로子路144)는 백 리 밖에서 쌀을 져다 부모를 봉양하였고, 노래자老萊子145)는 칠십에 때때옷을 입고 춤을 추어 부모를 즐겁게 하였고, 황향黃香146)은 여름에 부채질하여 부모를 편하게 하고, 왕상王祥147)은 얼음 속에서 잉어를 잡아 부모를 봉양하고 온 힘으로 정성을 다하여 방이 차운가 더운가 수시로 살피며, 아침 저녁 봉양은 식성을 짐작하여 맞도록 받들어 생전에 극진히 봉양하였던 것이다. 부모가 없어지면 아무리 효성이 지극한들 어디 가서 봉양하리요."

라고 하니, 여우가 듣기를 다하고 눈물을 흘리며 이르기를,

---

143) 순舜임금 : 중국 태고의 성천자聖天子이다.
144) 자로子路 : 공자의 제자인 중유仲由이다. 그는 효자로 유명하여, 중국의 24효 중 하나이다.
145) 노래자老萊子 : 중국 춘추 시대 초나라의 은사隱士이다. 70세에 어린아이의 때때옷을 입고 어린애 장난을 하여 늙은 부모를 즐겁게 하였다고 한다. 저서에 《노래자》 15편이 있다.
146) 황향黃香 : 중국 동한시대의 효자이다. 여름에 날이 더우면 부채로 부모님의 이부자리를 부쳐서 시원하게 만들어 주무시게 하였다.
147) 왕상王祥 : 중국 삼국시대 위나라의 효자이다. 겨울에 계모가 잉어를 먹고 싶어 하자 알몸으로 얼음에 누우니 얼음이 녹고 잉어가 뛰어나왔다고 한다.

"슬프다!

나는 부모 계실 때에 집이 가난하여 조석朝夕을 마련하기가 어려워서 부모 봉양을 초식草食으로 하고 지냈는데, 양친이 모두 돌아가시고 영원히 이별하게 되었으니, 아무리 봉양한들 하늘같은 은혜가 끝이 없는지라. 오늘 경사스런 잔치를 만나 온갖 좋은 음식을 대접받았으나 지난날 초식草食으로 봉양하던 일을 생각하니 목이 막히어 음식 먹을 마음이 참으로 없다."

하니, 주인 장선생이 뚜꺼비를 위로하면서 말하기를,

"부부는 모든 복의 근원이라. 두 집안이 만나서 삼생三生의 연분을 맺었으니 가업이 화순하면 복록을 받아서 가문을 창성하게 하느니라. 장유유서長幼有序[148]는 어른을 공경하고, 내 부모를 공경하는 마음으로 남의 부모께도 공경하나니, 너희들은 어른을 모르고 존장을 공경하지 아니하나니 진실로 모두 호로 자식이로다. 붕우朋友의 의리는 신의를 말하는 것이라. 신의가 없으면 남이 믿지 아니 하나니, 그러면 사람의 종류에 참예치 못하고 만사를 믿지 못하여 자기 몸에 해가 무수히 많으니라. 이런 까닭으로 천지는 자시子時에 믿음을 잃지 아니 하고 공손하는 바는 무릇 조석에도 믿음이 있고, 미물 중에 기린을 춤추게 하였도다. 육도삼략六韜三略은 작전하는 병법이니, 황제 헌원씨黄帝軒轅氏 때에 구천선녀九天仙女가 하늘에서 내려와 병법을 가

---

148) 장유유서長幼有序 : 어른과 아이 사이에는 순서가 있다는 말로, 오륜의 하나이다.

르치니, 팔진기문법八陣奇文法이다. 그때 황제의 신하 역목力牧이 그 법을 얻어 장수가 되었고, 그 후 문왕의 장수 강태공149)이 팔십 세 되던 해에 그 법을 얻어서 주왕紂王의 첩을 잡아 죽이려 하니, 달기妲己150)의 근본은 유소씨有蘇氏의 딸이라. 얼굴이 천하의 뛰어난 미인이었는데, 시집가다가 중도에 밤을 지내게 되었더니, 야밤에 꼬리 아홉 개를 가진 여우가 문을 열고 달기妲己가 자는 방으로 들어가더니, 순식간에 달기가 질색하여 죽거늘, 급히 약을 먹여 깨웠는데, 이는 구미호九尾狐가 달기을 죽이고 달기가 된 것이니, 얼굴빛이 달기요 마음 속은 여우라. 은나라 주왕의 첩이 되어 사람을 무수히 죽이고 밤이면 사람에게 다가가 혼을 빼어 먹으니 얼굴이 더욱 온화하고 공손한지라, 강태공이 아니면 천 년 묵은 구미호를 누가 잡으리요? 달기를 죽이려 할 때 얼굴을 보면 차마 죽이지 못할 것이므로 수건을 얼굴에 씌우고 목을 베어 청룡기에 매어 달고 모든 사람들에게 드러내 보이니 천 년 묵은 구미호라. 그 종류들을 세상에 남겨 두리오!"

하니, 두꺼비가 웃으면서 여우를 돌아보며 말하기를,

"너히 족속들이 예전부터 간악하고 요사스러워서 사람을 수

---

149) 강태공姜太公 : 중국 주周나라 초기의 정치가인 태공망太公望을 가리킨다. 성이 강씨이고 문왕의 할아버지인 태공이 몹시 바라던 인물이라고 해서 태공망이라고 불렀다. 성과 태공망을 합하여 강태공이라고 한 것이다.

150) 달기妲己 : 중국 은나라 주왕의 비이다. 유소有蘇의 딸로, 왕의 총애를 믿고 음탕하고 포악하였는데 주나라 무왕이 그녀를 죽였다.

도 없이 죽이고 나라를 망하게 하였는데, 아느냐? 모르느냐?"
하니, 아무 말도 못하고 낯빛만 불안해 하더라. 두꺼비가 다시
말하기를,

"팔진법八陣法151)은 천天·지地·풍風·운雲과 용龍·호虎·
조鳥·사蛇에 응하여 팔문八門152)을 내었으니, 팔문이 각각 변
하여 구궁진九宮陣과 팔괘진八卦陣과 육화진六花陣이 되었나니,
생문生門을 나가 사문死門을 치면 천지가 불변하고 풍운이 일어
나고 청룡靑龍과 백호白虎는 좌우에서 옹위하고 조사鳥蛇는 수미
首尾에서 호응하며, 오방五方의 깃발은 방위에 따라 꽂았는데
동방에 푸른 기는 청룡을 그려서 꽂고, 남방에 붉은 기는 주작朱
雀을 응하여 꽂고 서방에 흰 기는 백호白虎을 그려서 꽂고, 북방
에 검은 기는 현무玄武를 그려서 꽂고, 중앙에 누런 기는 구진鉤
陳153)을 그렸으니, 오방신장五方神將이 북을 치면 국악을 갖추었
으니 오방 기치는 공중에 있느니라. 이런 고로 또 강태공姜太公
이 죽은 후에 황석공黃石公154)이 장량張良155)에게 전하였더니,

---

151) 팔진법八陣法 : 고대 진법의 하나이다. 오방진五方陣·일자장사진一字
　　長蛇陣·팔문금찬진八門金鑽陣·원앙진鴛鴦陣·구궁팔괘진九宮八卦
　　陣·오행진五行陣·육화진六花陣·둔갑진遁甲陣이다. 또 다른 팔진법
　　은 취둔진聚屯陣·점호진點呼陣·환진環陣·장사진長蛇陣·교차진交
　　叉陣·송진送陣·퇴진退陣·선회진旋回陣으로 구성되었다.
152) 팔문八門 : 팔괘진의 휴문休門·생문生門·상문傷門·두문杜門·경문
　　驚門·개문開門·경문景門·사문死門의 여덟 문을 말한다.
153) 구진鉤陳 : 별이름이다. 장군과 삼공(三公), 천자(天子)의 의장(儀仗)을
　　맡는다.
154) 황석공黃石公 : 진나라 말기에 살았던 전설적인 이인異人으로, 강태공의

그 후에 제갈공명諸葛孔明이 신통한 법으로 어복포魚腹浦156)에 팔진도를 벌려 육손陸遜을 겁나게 하였느니라. 또한 의도醫道를 말할진대, 위왕魏王 조조曹操157)가 두통을 앓아 의원 화타華佗를 청하여 문병하니, 화타가 말하기를, '대왕의 목숨이 두개골을 깨고 병을 잡아내어야 나을 것이라.' 하니, 조조曹操가 그 말을 듣고 말하기를, '사람의 두개골을 깨면 혼백이 다해질 것이니, 아무리 두개골을 맞춘들 어찌 살리오? 네가 분명히 관운장關雲長의 말을 듣고 나를 죽이려 하는가 보구나.' 라고 하고 옥에 가두라 하니, 화타가 옥졸을 불러 청낭비결靑囊秘決158)을 주며 말하기를, '이는 천하보배라.' 하고 주었더니, 그 뒤에 옥졸이 불에 태워버리니, 그 후에 청낭비결靑囊秘決은 세상에 없는지라.

슬프다! 세상 사람의 병이 안으로는 음식과 주식酒食에 상하고, 밖으로는 바람과 한기寒氣에 상하여 병이 되는지라, 길흉화복이 정해지는 법이다. 그 뒷사람인 엄군평嚴君平이 점을 신통

육도삼략을 장량에게 전한 인물이라고 한다. 후에 그 내용이 소서素書로 알려져 있다.

155) 장량張良 : 중국 전한前漢 창업創業의 공신이다. 전국시대 한韓의 세족世族으로 자는 자방子房이다. 유방劉邦의 모신謀臣으로 공을 세우고 유후留侯에 책봉冊封되었다.

156) 어복포魚腹浦 : 호북성 봉절의 장강 가에 있는 지명이다. 제갈량이 돌로 팔괘진을 설치하여 오나라의 대장 육손을 홀리게 하였다는 곳이다.

157) 조조曹操 : 중국 후한 말의 정치가로 승상을 지냈으며, 위왕에 봉해졌다.

158) 청낭비결靑囊秘決 : 중국 후한 말기의 명의 화타가 저술한 의서라고 한다. 푸른 비단 주머니에 넣은 비결이라고 해서 청낭서靑囊書라고 불렀다. 지금은 전해지지 않는다.

하게 잘 쳤는데, 길흉화복과 관상 보는 법은 오악五岳159)을 보고 기운과 색깔을 살펴어 금목수화토 오행의 형국을 정한 후에 수요壽夭를 정하나니, 천정天庭160)이 수려하면 젊은 나이에 과거에 오르고, 눈에 밝은 빛이 있으면 벼슬을 하고, 귀밑이 희면 이름이 세상에 널리 알려지고, 어질고 수염이 있으면 장수하고, 볼이 충실하고 두터우면 부자가 되고, 하관下關161)이 넓고 두터우면 추분이 족하고, 와잠臥蠶162)이 수려하면 자식을 많이 두고, 눈 끝에 살이 있으면 처궁妻宮163)이 불화하며, 눈썹이 꼬부랑하면 남자는 간사하고 여자는 요망하고, 대체로 남녀를 막론하고 얼굴에 독한 기운을 띄었으면 자식을 두지 못하고, 얼굴이 화순하면 제일 좋은 것이고, 언사를 유순하게 하며 행동거지를 경망히 하지 않으면 또한 대길大吉이라.

지금 너의 상을 보니 비록 저러하나 목신이 높으시니 장수長壽할 것이오, 눈동자가 분명하며 자궁도 분명하니 의식도 넉넉하겠지만, 또한 양 볼이 붉으니 도리어 뱃속에 병이 있어 항상 걱정이오니, 존장尊長은 세상에 불공 같은 것을 하지 말고 약을 가려서 다스리옵소서!"

---

159) 오악五岳 : 관상학에서 얼굴의 도드라져 올라온 5개 부위인 양볼·코끝·이마·턱을 말한다.
160) 천정天庭 : 관상학에서 이마 가운데 부위를 이르는 말이다. 궐정闕庭이라고도 한다.
161) 하관下關 : 관상학에서 턱을 이르는 말이다.
162) 와잠臥蠶 : 관상학에서 눈의 바로 아래 볼록한 부분을 이르는 말이다.
163) 처궁妻宮 : 남자 사주의 십이궁 가운데서 아내나 배우자와 관련된 부분이다.

두꺼비가 말하기를,

"너 같은 짐승들에게 허무한 일을 일러서 말해 무엇 하겠느냐?"

이 날 모두 다 즐기다가 여러 손님들이 실컷 먹고 배를 두드리며 취흥이 얼굴에 가득하여 각각 처소로 돌아갈 때, 해는 서산으로 지고 달이 동산에서 뜰 때에 이별주나 하려하고, 아이야, 잔 잡아 술 부어라! 놀고 놀고 놀아 보자!

기유년 윤이월 휘일諱日[164]에 등사謄寫를 마치다

음흉하더라, 음흉하더라, 두꺼비가 음흉하더라.
기분 좋더라, 기분 좋더라, 두꺼비가 기분 좋더라.
그 못된 여우를 이기고 나니 참 기분 좋더라.

64. 9. 22
이상순李相順

---

164) 휘일諱日 : 조상의 제삿날이다.

Ⅲ. 〈장션싱젼이라〉 원문

p.1

딕명 숙종 시졀에 쳔ᄒᆞ 틱평ᄒᆞ야 사방에 일이 업고 덕행이 초목
과 금수에 밋쳐 만물이 나 시사로 질거ᄒᆞ더니 충쳥도 흔산 북쳔
에 ᄒᆞ 민가 잇시되 일홈은 오동산이오 그 놉기는 ᄒᆞ날에 다이는
덧ᄒᆞ고 사면은 평풍을 두루는 덧 반듕의 소사 잇고 각식 김싱이
모와 호호탕탕ᄒᆞ던이 일일은 춘삼월 망간이라 장션싱어 틱부인
잔치를

p.2

빅셜홀 시 자식과 손자던을 불너 분부ᄒᆞ니 보너틱 산즁에 각석
친구 다 쳥ᄒᆞ오라 ᄒᆞ니 장션싱의 맛 손자 장션봉이 엿자오딕
너 집에 낭연을 빅셜ᄒᆞ면 연셕에 틱흔 싱각이 잇실 그시니 엇즈
ᄒᆞ오릿가 ᄒᆞ딕 쟝션싱이 오릭 싱가다가 왈 빅호 산균은 본틱
용역문 밋고 친구에 이쳬을 모르난 고로 젼일에 너힝을 히ᄒᆞ려
ᄒᆞ고 무심이 달여덜거날 너힝이 씌난 용명이 잇는 고로 죽기을
민ᄒᆞ엿시니 쏘흔 산군과 연셕에

p.3

동좌ᄒᆞ면 각 식 손임이 다 황급ᄒᆞ여 길거이 노지 못할 거시니
차라리 두기만 갓지 못ᄒᆞ다 ᄒᆞ더라 이화 도화 만발ᄒᆞ고 문젼에

양유와 후원의 방초는 빗철 씨고 쳔봉만학을 오쇠으로 기린
덧ᄒᆞ더라 이날 주인이 각각 손임을 쳥ᄒᆞ여 연쇠에 빅셔할 지
미운으로 차일 치고 안셕으로 빙충 삼고 방초로 방셕 삼아 잇써
장션싱이 이관을 졍직ᄒᆞ고 동구에 ᄂᆞ려와 여러 손님을 듸휴ᄒᆞ
여 더러가니 동셔남북에 각쇠 김싱

p.4
이 모와던다. 기는 김싱 나는 김싱 차리로 모와 지 쌀긴 사심이
며 요망ᄒᆞᆫ 톡기며 여렵는 싱양이며 방졍마진 다람이며 쉬 만은
여희며 기여더는 고슴도치며 여렵신수 수달치며 압셔셔이 뒤셔
셔이 일시에 모다더려 상좌을 탓토와 졍지 못ᄒᆞ여 시비 분운ᄒᆞ
니 쥬인이 아모리 ᄒᆞᆯ 줄 모르더니 잇써 고슴도치는 본듸 쳐소ᄒᆞᆫ
김싱이라 분운 중에 발피여 쌍을 파고 다라나고 그중에 톡기
덩은 셥수잇기 드려가며 다졍

p.5
이 ᄒᆞᆫ는 말이 모더신 손임은 현화을 근치시고 ᄂᆡ말 드러소셔
노리 듸담ᄒᆞ듸 무삼 말삼인지 더러지이다 톡기 답왈 금일 잔치
는 좌차을 졍ᄒᆞ고 예법으로 할그시으날 무릐힘이 막심ᄒᆞ니 아
모리 우리 갓탄 김성인덜 엇지 차리읍시 분운ᄒᆞ리요 ᄒᆞᆫ 노리
답왈 토션싱 말삼이 가장 유리ᄒᆞ오니 좌차을 졍하소셔 쏘 좌우
을 도라보먹 왈 ᄂᆡ더려니 조졍은 믹여작이요 힝당은 믹여치라
ᄒᆞ여사오니 부지럽시 닷투

p.6

지말고 연치디로 좌차을 정홈이 엇더ᄒ오릿가 ᄒ디 좌중이 디
왈 토션싱으 말씀이 올시오니 좌중에 연치 만은 이로 상좌을
정ᄒ고 차ᄎ 연치만은 이로 좌차을 졍ᄒ옵소셔 ᄒ그날 노리
진 허리을 쏨셔기려며 씨여디달나 가로디 닌나히 만ᄒ기로 허
리가 굽으시니 상좌에 안지니 올토다 하고 셔금셥젹 상좌ᄒ니
감히 사양ᄒ리 읍디라 그중에 여히 호을노 싱각ᄒ되 져놈이
흔갓허리 굽기로 만타 ᄒ고 상좌을

p.7

그런ᄒ근이와 늬 들은식 가련ᄒ다 닌덜 엇지 무진 긔교로 나
만은치 못ᄒ리요 ᄒ고 낫쳘 시다무며 늬다라 가로디 나히 만ᄒ
기로 늬 옷시 쉬여시니 상좌함이 올타 ᄒ거날 노리 빅장디쇼
ᄒ고 왈 네 나히 만타ᄒ니 어ᄂ 갑자에 낫ᄂ요 호픽을 아리라
ᄒ니 여히 답 왈 늬 소연시절에 쳔지기벽ᄒ고 황하슈 치던 시졀
에 ᄂ 혼자 심기로 가린장뷰 드럿시니 엇지 늬 나히 젹다 홀리요
이러ᄒ기로 상좌ᄒ근이와 너ᄂ 어ᄂ 갑자에

p.8

난ᄂ요 ᄒ니 노리 답왈 나ᄂ 쳔지지벽홀 씨예 하날 빌 박든
씨에 쳔왕씨기옵셔 늬 소견이 넝통ᄒ다 ᄒ고 빗 박는 자리을
졍ᄒ시고 도수을 마련ᄒ라 ᄒ엿시니 늬 나히 젹다 ᄒ리 ᄒ고
두리상좌을 닷툴 세 쑥가비 그 밋티 업드러다가 싱각ᄒ되 져

놈들이 셔로 그진말노 나 자랑ㅎ근이와 는덜 엇지 이사 업셔져
이만치 식연을 못ㅎ리요 천연이 져 건너 근너 산을 바릭보고
실픠 탄식ㅎ며 눈물을 흘리그날 여히 ㅜ지져 왈

p.9
엄흥흔 놈아 너는 무산 셔럼이 잇셔 나무 잔치에 화락지 안이
ㅎ고 실툰 그동을 보이나는다 쑥기비 눈물을 쌀이고 답ㅎ여
왈 다럼 안이라 져 근너 져 고양 나무을 보니 자연 비감ㅎ도다ㅎ
니 여히 답 왈 져 고양 쏙비틈으로 네 고조하릭비 나오든 구멍인
야 엇지 그리 실허ㅎ난요 쑥기비 답 왈 네 귀가 잇그던 늬 시려
ㅎ는 바을 보와라 져 고양나무는 늬 소연 시절에 늬 손으로
시주을 심어던이 흐루는 ㅎ날 빌 박을 씌에 밋치

p.10
지목으로 비여가고 쏘 흐루은 황ㅎ슈 칠 씌 에 가릭장부을 흐러
ㅎ고 비여가고 다만 져 남무흔꾸와 늬 몸이 사라시니 굿씌에
차라리 죽어시면 모럴 거실 원명이 구터이 엿ㅎ가지 살아다가
오날 남걸 다시 보니 옛 일을 싱각ㅎ야 엇지 비참치 안ㅎ리요
흔듸 여히 가로되 진실노 그러ㅎ면 우리 중에 저일 놉단 말가
쑥기빙 왈 네 아모리 미련흔 김싱인덜 쇼견이 잇거던 싱각ㅎ여
보와라 네고 존장이 안이야 ㅎ듸

p.11

톡기 이 말 덧고 썩 느셔면 가로디 그러ᄒ오면 쑥겁 존장이오니
상좌에 안치쇼셔 쑥기비 그짓 사양ᄒᄂ 치ᄒ다가 왈 그려할지
라도 나보다가 나히 만은 이 잇그든 상좌에 안칠거시니 좌중에
통ᄒ여 보와라 ᄒ디 좌중이 다 가로디 적실이 그러ᄒ오면 우리
가 다 시상이라 ᄒᄂᆯ에 빌 박고 황하슈 치던 일은 듯지도 못ᄒ여
시니 물어보지도 말나 ᄒ거날 그직야 디적디적 상좌을 졍ᄒ니
그나문 무리은 차차 연치디

p.12

로 좌을 졍흘ᄉ 장선싱은 동방에 쥬좌ᄒ고 여히은 셔방에 쥬좌
ᄒ고 차차 좌을 졍ᄒᆫ 후에 여히 쑥기비을 불너 기롱ᄒ여 왈
존장이 나히 그리 만할진디 분명 귀경을 만이 ᄒ엿실 그시니
어듸 보와 기신잇가 쑥기비 답 왈 니 귀영ᄒᄂ 바ᄂ 일우 칭양치
못ᄒ근이와 너ᄂ 귀경을 만히 하엿다 ᄒ니 밋 곳지나 보왓ᄂ다
ᄒ니 여히 디왈 서상 얼핀 답ᄒ여 동으로 틱산 보고 서으로
화산이며 남으로 힝산임며 북으로 항산이며

p.13

즁잉으로 숭산이며 풍화루와 츄월단풍을 도쳐마당 아름다운
징쳐 곳곳지 귀경ᄒ니 족히 청춘소연에 흥을 도우난 고쇼셩
ᄒ산사와 악양누을 귀경ᄒ고 봉황디을 귀경ᄒ고 동졍호 실빅이
와 무산 십이봉을 안ᄒ에 쒸여보고 오초동남 별어진디 왕니ᄒ

난 사람드리 구럼갓탄 돗덜 달고 고기잡는 노리 쇼리 어부사
흔 곡죠을 월흥에 화답흥니 이도 쏘한 장부어 마음 상쾌흥근이
와 치셕강 적벽강과

p.14
동정호 칠빅여며 청쳐강 두루딕와 화식이 영농흥고 딕져 적겨
흔 소연덜이 무수이 왕닉흥고 실푼 사람은 창자을 슫는 듯흥고
질거운 흥을 도와닌이 진짓 천흥졀싱 강산이라 강남을 다 본
후에 중원을 바릭보니 실푸다 아방궁은 중쳔에 쇼사 잇고 동작
딕 놉푼 집은 틱 밋이 잇고 위성에 양유화와 진성에 녹수은
상업시 소실하니 천고흥망이 일장춘몽이랴 그중에 비감한 졍휴
는 져물고 져문 날에 황혼이 잡제시니 소상

p.15
강 반쥭 무살 일노 눈물 헌젹 씌엿는고 금녕을 귀경흥고 장강으
로 건너가셔 무령도원 드러간이 봉만은 첩첩흥고 동학 깁처는
진 도화은 만발흥고 시닉물 씨엿시니 이도 쏘흔 션킹이라 엇지
그기 안이흥니 촉산 천만봉은 흥날에 다이시며 잠춍죠도는 구
럼에 달니시니 진짓 일부 당간에 만부막기지기라 이그셜 다
본 후에 심양강 흥에 가셔 죠선국 보러 허고 핑양으로 드

p.16

러간이 강산도 직일이요 깅기도 무궁ᄒ다 연광젼 부벽수ᄂᄂ 디 동강이 헐어잇고 넝나도 모란봉은 졀싱ᄒᆫ 장관이라 그 안이 기톡ᄒᆫ가 송도을 지ᄂᆡ와셔 흔양을 바ᄅᆡ본이 도봉산 나린 믹이 삼각산이 딕여잇고 인왕산이 쥬산이요 죵남산이 남산이라 흔강수 둘너잇고 관악산이 믹혀시니 쳔도봉 아람답다 국셔봉도 웅장ᄒ다 외관문물 쳔ᄒ 직일이라 진실로 쇼즁화 되엿시라 엇지 즁국을 사양하리요 동으로 검강산

p.17

이요 셔으로 구월산이요 남으로 북악산이요 북으로 빅두산을 역역히 다 본 후에 동ᄒᆡ을 건너 씩여 일본을 보려ᄒ고 딕마도을 지ᄂᆡ딕 팔셩을 지ᄂᆡ간이 인물도 번셩ᄒ고 산쳔도 험악ᄒ다 죠션으로 도라드러 빅두산 장관 보고 압녹강 건너오니 십이직국 사ᄒᆡ팔방 역역히 다 귀경ᄒ시니 ᄂᆡ귀경 이러ᄒ니 딕강이나 드러보소 아모귀나 죤장은 귀경을 얼마나 ᄒ신잇가 쑥기비 답왈 네 귀경도 무던이

p.18

허엿다만은 풍경만 귀영ᄒ고 왓쏘다 딕져 쳔지 강산이 별건곤이라도 근본 출쳐가 깃ᄂᄂᆫ이 그 건본을 다 안 후에 귀경 무식을 면ᄒ리라 이른이 일러거든 ᄂᆡ히갓만 김닝은 노년 근본 출셔을 자셔이 드러보와라 ᄂᆡ 귀경ᄒ난 바ᄂᄂᆫ 사ᄒᆡᄂᆡᄂᄂᆫ 이르도 말고

사히 박걸로 봉뉘 방장 과주 삼신산와 일월 쯔고 부상이며 일월
지는 함지을 다 보았시며 쳔흐 방방곡곡이 안이 본듸 읍는지라
네 흐는 말을 드련이 우셥도다 우임굼이 구연지

p.19

수을 다실이쩌 아홉골 아홉믜을 여러 홍수을 인도흐시고 십이
직국은 쥬나라 문왕이 은나라을 멸흐고 공산을 봉흐야 직후왕
을 삼무신븨요 오악은 동으로 틱산이요 셔으로 힝산이요 남으
로 화산이요 북으로 항산이요 셔으로 화산이요 중앙으로 숭산
이라 쳔지 오힝을 명흐엿시니 사방을 지졈흔 븨요 고쇼셩 흔산
사와 악양누 봉황듸은 강남에 강명흔 곳지라 만고문장 사마쳔
쇼동파와 이젹션 두목지

p.20

 이러흔 신션적긱이 산촌븩화 만발시와 구추황국 단풍시절에
음풍영월흐던 곳지요 칙셕강은 당나라 할임학사 디틔븩이 주류
쳔흐 흐여 산천영지 지을 두루 귀경흐고 칙셕강에 이려려니
실푼 쇼리 바람은 쇼실흐고 달빗쳔 청명흐되 션동으로 드부려
일엽편주을 홀이져셔 야심토록 션유흐여 취흥을 못이기여 물
속에 비친 달을 사랑흐여 잡부려고 물에 쎄져 혼븩이 비상쳔할
직 수난 어부 나릐흐니 이럿탄

p.21

죠헌 강산 삼국 씍 젼장듸야 죠명득 빅만 듸빙이 화렴중에 죽유
시니 엇지ㅎ여 쥬유에 연화지와 직갈양에 동남풍을 가소이 아
라다가 수염을 쯰시리고 화롱도로 다라날직 쳔수얼 엇지ㅎ리
잔 잡고 노릭ㅎ여 가로되 월명셩히에 오작이 남비로다 실푸다
조명득은 용명도 가련허다 좌동졍 우칭여도 삼오씨 도업인가
덕은 싹지 안이 ㅎ니 하우씨 멸ㅎ시고 진나라 시황직는 그긔도
웅장하고 위엄도 포포ㅎ다 육국

p.22

직후 쇼멸ㅎ고 아방궁 권 사람이 쳘이 너련 덜과 말이장셩 컨답
안에 흠곡관문 열으놋코 쳔하을 통합ㅎ고 쳔만서 바릭든이 이
제 망국ㅎ엿시니 쳔수을 엇지 할이 동작대는 흔 직상 조명득지
언비라 지략으로 이논하던 일듸 영경이라 주부자 나신후에 역
명을 면치 못하여시니 막비쳔수라 탁녹야은 황직 헌은씨 치우
와 씨흠흔 씍이랴 치우에 위인이 구리씨 입으로 앙긔을 토ㅎ니
쳔지 아득ㅎ고 동셔남북을 붕

p.23

벌치 못ㅎ니 황직 헌원씨는 지날거을 싱각ㅎ여 션봉 시우고
오방 기치로 방어을 엄ㅎ게 하여 치우을 쳐치ㅎ고 군사를 쇼밀
ㅎ엿시니 치우에 요술도 황직의 정도을 당치 못ㅎ엿시니 그톡
은 한 쵸픽왕이 진 장수 장한과 듸젼혀던 곳지며 항우는 쵸나라

장슈이라 신장이 팔척이요 미간이 일촌이며 역발산 기기식라 강동자제 팔천명을 그날이고 오강을 건너가서 진나라을 쇼밀ᄒ고 아방궁 불지러니 화기 삼월 불밍이라 죠고을

p.24

추중에 가다놋코 삼진왕을 관중에 가다놋코 자립위셔 쵸픽왕이라 ᄒ니 이안이 영웅인가 엇지ᄒ야 초모게 기식ᄒ든 ᄒ신이은 ᄒ나라 딕장되야 쳔ᄒ을 픵졍ᄒ고 장자방은 기명산 추야월에 옥퉁쇼 일곡으로 강동자졔 팔쳔인을 일시에 헌터시니 쵸픽왕이 독부되야 장중에 엄주허고 우미인 숀을 잡고 ᄒ곡죠 노릭 ᄒ딕 십이 산을 쌕여 시상에 졔일이라 오쵸마 안이 가고 ᄒ날이 망키 홈이라 그 아니 가련ᄒ가 우

p.25

미인아 우미인아 너을 장차 으이 할고 우미인 그동 보쇼 단순ᄒ치 반기ᄒ고 낙누혀면 딕답ᄒ딕 첩이 딕왕 모신 팔연을 짜라든 이 시졀이 분운키로 오날날 쵸나라을 일시에 일엇신이 딕왕은 쇼첩을 괘렴치 말어시고 강동으로 가옵쇼셔 일빅주 다시 부어 딕왕 긴할직 도화가탓 두귀밋틱 일쳔줄 눈물이라 가는 목을 울어 노릭ᄒ며 이별홀 직 딕왕은 실푸도다 오늘밤에 기력이 다진ᄒ니 쳔첩가탄 인싱이야 엇지

ᄒ야 사라날고 추산갓치 ᄃ난 칼노 목을 질너 죽어시니 만고
열여 거안인가 가련타 쵸픽왕은 우미인을 이별ᄒ고 오쵸말을
밧비 모라 오강으로 향ᄒ다가 ᄃ픽 신고할 ᄌ 강동 팔천이이
어ᄃ로 신고홀고 이십팔기 만나 하구나 ᄒ날을 우러러 탄식ᄒ
고 강가에 다다런이 오강정장이 엿자오ᄃ 강동이 수만호나 ᄃ
고 지방이 철이오니 ᄃ왕은 급피 근너소셔 쵸픽왕이 그 말을
듯고 분한 마음 거지업셔 탄식허

고 일너 曰 칠연을 ᄂ 군사되여 시셕주에 수고ᄒ엿이니 네 공
갑풀 길이 업셔 ᄂ 머리을 비여주ᄂ니 가져가셔 흔왕이 밧치면
천금상에 만호후을 줄그시니 이그시로 네공을 갑노라 ᄒ니 쳔
ᄒ영웅 그안인가 흥망승시ᄂ 쳔수라 엇지 영웅으로 이논ᄒ리오
수양지ᄂ 부귀 쳔ᄒ 유덤이라 동산 아ᄅ 못실ᄐ니 장광이 빅이
오 못가에 벼덜숨이 변셩ᄒ고 위수을 숫치 노와 공중으로 나리
오게 ᄒ엿시니 쳔연ᄒ 빅용

이 구름을 타고 옥갓탄 무지기을 공중에 품ᄂ 덧ᄒ드라 기화요
쵸을 무수이 숨거시니 추절이 드려 쵸목이 학낙할 ᄯ 오ᄉ 빗트
로 꼿과 입을 만드라 나무가지마당 달여시니 셜중에 은영ᄒ
충낭이라 용주을 ᄶ여 모옥에 두고 달발근 밤이면 빅을 타고

션유ᄒ며 각싴 풍유을 알이며 삼천궁여 픠복단장ᄒ여 춤을 춘
이 창파에 오싴이 영농ᄒ야 물빗치 구름갓튼지라 그려ᄒ나 이
렷타시 지은 쵀을 천지 안에 용납지 못ᄒ여

p. 29

일죠픠망ᄒ고 목을 믜여 죽엇시니 천도 엇지 무심ᄒ리요 창오
산을 순임군 순수ᄒ여 싱화ᄒ신곳지라 소상강 딕수풀은 순임군
두 부인 아황 연영에 눈물 뿌린 흔적이 쇼상반죽 되야신이 엇지
비감치 안이 ᄒ면 무령도원은 천지간 별근곤지라 춘풍삼월에
ᄒ 어용이 일업션을 져혀 청산빅ᄀ수에 드러간이 동학어별이
일월이 영랑ᄒ고 산쳔슈려ᄒ 곳에 졍길ᄒ 쵸옥 딕쵼을 일왓시
니 이런바 별유쳔지 비인간

p. 30

이라. 어룡이 문 왈 엇드ᄒ 사람이 이러ᄒ 곳에 산난요 ᄒ 노웅
이 답 曰 나는 진나라 사람으로 피란ᄒ야 이곳에 드러와 신션이
되야 빅발도록 골이 다시 아히갓고 인간 영욕과 싀상흥망을
싑박에 부쳐두고 흔가히 새월을 보닐이 곳치 피면 봄이 줄 알고
입이 지면 갈인 줄 아노라 흔이 잇쌍에 온지 오빅연이 되얏는지
라 죠션국은 예이지방이요 문명지국이라 샬고싴에 경상도 틱빅
단목ᄒ에 신인이 나려와 군상이 되야

p.31

든이 그 후에 주문왕이 기자을 봉ᄒ사 평양 도업ᄒ고 득화을
비펏시니 예약법도와 예관 문술이 중화에 비깃고 그 후에 경상
도 기임ᄯ에 신인 ᄒ강ᄒ니 셩은 박씨라 경주 도업ᄒ사 나왕이
되여시니 요순갓탄 셩군이라 지금가지 쳥숑ᄒ고 강원도 금강산
은 쳔ᄒ에 명삼이라 중원사람이 원ᄒ기을 죠션국에 ᄒ 번가셔
금강산을 보와지라 ᄒ니 진실노 기이ᄒ 곳지라 일본국은 진짓
황기 인견을 구할 젹에 방사 셔

p.32

시 등이 불사약을 기러ᄒ고 동남동여 오빅인을 그날이고 동ᄒ
로 드러가 왜국이 되야시니우셥다 만물이 져럿타시 근본이 잇
ᄂ 이쳘 모려고 흔갓 귀경 만이 흔치 ᄒ고 주쳑그린이 진쇼위
기야자 셔울 단여옴긱이라 ᄒ니 여히 가히 업셔 물너나와 안지
면 가로듸 그러면 존장이 ᄒ날ᄲ기 귀경ᄒ신잇가 쑥기비 진중
이 답 曰 늬 쳔상을 귀경ᄒ 지 일연지간이라 작연 춘삼월에
보왓시라 하

p.33

니 쑥기비 답 曰 그러ᄒ면 네 귀경ᄒ 바을 엿慈烏라 여희 답
曰 ᄒ날을 올나가니 구만장쳔 지쳑갓고 모연ᄒ여 삼십삼쳔 두
려 귀경홀직 은근 수쳔 거름 근너 간이 일홈은 쳔상봉악깅이라
쵸목 금수 다 시상에 보지 못ᄒ 빈라 기화요쵸 만발ᄒ고 청학이

며 기린 봉황이며 공작 비취 쌍쌍이 논이며 각식 김싱과 온갖
화쵸 인간에 보지 못흔 빈라 그 우에 션관이 월입시고 황풍에
명암이며 구럼 속에 밧쳘 가라 구

p.34

실풀을 숨그날 그 거동 잠관 보고서 인간 식상 싱각 바이 업셔
몸실 마음 졀노 사라지는지라 삼십삼쳔 보려허고 싯치 흐날
도려가셔 깁짜는 집얼 차자간이 크드란 집여 잇고 그 집을 지니
간이 한물이 잇고 그 물가에 집을 짓고 틱극으로 문을 삼와
그 문 우에 현판흐고 다만 빈 짜는 쇼리 나는지라 가망가망
나으로가셔 수궁 칠보딕을 올나간이 포연이 놉피 짓고 수호문
창이며 쥬렴 뒤루고 은하수 흔 구비는 방공에 그려 두고 서쪽벽
을 도라 본이

p.35

유리벽을 흐엿시되 고기와 용이 사면에 논이드라 그 가온딕
유리 빙풍 치고 용장을 되라시니 그려흔 가온딕 쳔상을 우려려
본이 흔 션여 월픽성당에 칠보단장을 흐고 엿자오딕 엇던신
씬관잇가 션여 가로딕 나을 모로난다 인간에 이런바 직여싱이
라 닉 일홈은 쳔손이니 상져어 손여라 상직씌옵셔 별노 사랑흐
시기로 실흐에 쓰나지 안이 흐오나 닉 빅필은 금문직킨 긴우셩
이라 익정이 과흐기로 별을 보려고 일일은

p.36

광안젼에셔 긴우와 히롱ᄒ여 찬 옥쳐을 쓸너주다가 샹직긔 득
죄ᄒ여 나는 남으로 귀양을 졍ᄒ고 긴우은 북으로 졍비ᄒ엿시
니 삼싱에 집푼 건싴 춘하간 긴긴날과 추동간 긴긴밤에 상사불
견ᄒ여 서럼이 구곡간장이 다 썩는다 직미업는 싀월이 북 나든
지상이라 일연일도 칠월 칠셕은 은ᄒ수 깁푼 물에 오작으로
다리노와 ᄒ로 밤 잠관 만나 거리든 졍회 다 할숀야 속졀업셔
눈물 쏴리 인간에 비가 뒤니 만나기는 잠관이요

p.37

이별키는 오뤈지라 이곳에 호올노 잇셔 졍이삼월 도라오면 광
져리 엽픠 씌고 부상에 쏭을 싸셔 잠농을 힘쎠 ᄒ야 순금비단
필로 싸셔 침션으로 수을 놋코 쏘ᄒ 셔상 사람은 부부 인연을
졍ᄒ야 오싴 실노 발목을 믹엿시니

p.38

인간 혼인ᄒ는 그시 다 박비연분이라 쳥상과부되기난 쏘ᄒ 쳔
수라 셔려ᄒ미 부지렵는지라 ᄒ그날 다시 엿자오되 직여셩 벼
런 줄노 쵸져녁을 싀상에 나려가 알게 ᄒ여지이다 션여 이런나
비들기운을 주그날 두 숀으로 바다가시고 ᄒ직ᄒ여 차차 귀경
ᄒ여 아홉치 ᄒ날에 올나간이 은은ᄒ 구럼 쏙에 발근 빗치 영농
ᄒ여 차운 거운이 이려나셔 마음을 놀뉘그날 그 곳질 바릭본이

컨집이 잇시되 일홈이 광흔젼이라 ᄒᆞ엿드라

p.39

그중에 기수나무 쳔지만엽 흔허러진 곳 북편에 옥톡기는 졀구
을 놉피 덜어 불사약을 장만ᄒᆞ고 사창을 열고 주렴을 되라그날
그리로 살피본이 살빗쳔 도화갓고 이목은 일월갓고 옥안에 진
쥬갓탄 장픠죠차 황홀ᄒᆞ다 우려려 보기 십분 황송ᄒᆞ디 잠관
지식을 살피본이 옥안에 근심쐬어 귀밋티 눈문현젹은 안연이
잇셔시니 이는 월궁으로 도황일너라

p.40

월궁으로 상젹ᄒᆞ야 쳔상연분 되엿시니 비록 쳔만년 장싱 불사
흔덜 빅회쳥쳔 호을 잇셔 독숙공방 ᄒᆞ릴업다 월궁을 지녀가셔
차차 귀경ᄒᆞ고 삼십삼쳔 나아가니 그 션관은 구실노 못셜 파고
빅옥으로 집을 짓고 운무로 병풍 삼아시니 이는 요지에 셔왕모
잇는 곳지라 그 압픠 벽도화는 구럼을 듭퍼시니 쳥죠싁는 쌍쌍
이 나라드

p.41

러 춘광춘싁을 자랑ᄒᆞ고 숑옥과 쌍졉은 셔왕모에 션여로다 쥬
럼을 이지ᄒᆞ여 흔가지 노이그날 벽도수 바리 본이 삼쳘 연 쏫치
피고 삼쳘 연 열미 여러 난만이 고치니 져 반도 한 낫쳘 이지오
듯 먹으시면 쳔말 연 장셩불사 할거시니 짜고져 ᄒᆞ다가 도로히

싱각ᄒ니 옛적에 동방삭이 천도 ᄒ나 도적ᄒ야 먹고 인간에
귀양왓시니 삼쳔갑자을 엇지 불벼ᄒ리요 ᄒ고 빅옥남합으로
가만이 올나가셔 문틈으로 사픠본

p.42

니 셔왕모 부용관을 씨고 황남산을 입고 셔안을 이지ᄒ야 옥안
에 수쇠을 쬐여시니 침션ᄒ다가 학션을 덜고 ᄒ 곡조 노릭 싱픠
ᄒ니 빅운이 알쳥ᄒ고 인간이 모망ᄒ다 삼성에 인연이 약수에
믹키시니 우리 낭군 주목왕은 ᄒ 변 간 후 쇼식 몰나 그 노릭
드려본이 실푼 심사 칭양업다 그 곳질 지닉와셔 십팔쳔을 나아
가니 ᄒ 곳듸 누각이 초연하고 오쇡 구림 영농ᄒ야 힝닉 진동ᄒ
그날 그리 드러간이 예상우에 풍유쇼

p.43

릭 낭자ᄒ고 그날 듸상을 바릭본이 쳥상션여ᄂ 쵸야왕에 듸션
이며 낙쵸션여며 일시에 모왓난듸 또ᄒ 바릭본이 치이션여 진
졉이면 이젹예 숙향이며 좌석에 모와드려 여러 션여 옥쳐을
씨고 얼골에 화기을 쬐여시니 그 중에 ᄒ 션여 화관 씨고 황금봉
치 꼽고 옷갓탄 은골에 눈물 흔적이 화용에 빈치시니 힉당화
아침 이실을 머금 갓드라 그 션여ᄂ 당명황의 양귀비라 자ᄂ
옥션이니 호련 학션을 드러 눈물을 가

고 ㅎ난 말이 션싱 견싱의 무삼 지로 인간 적강ㅎ야 명황 모시고 칠월칠셕 장싱젼에 오깅 짜려다고 육깅들 마련ㅎ야 삼싱에 깁푼 언약 빅연을 밍셔ㅎ여 날짜려 ㅎ는 말이 지ㅎ에 잇셔셔는 연에자 나무 되고 천상에 잇셔셔는 빅익죠 되야 셔로 명셔ㅎ엿든이 죠물이 시기ㅎ고 국운이 불힝ㅎ야 알녹산에 난을 만나 사직 위틱ㅎ야 우리 임군 당명왕이 쫏쳐여셔 쵹으로 드러간이 늬으 몸 무삼 죄로 어이 그리 단명

ㅎ고 실푸다 마이역에 오얏꽃 복숭아꽃도 만발하고 두견새들이 슬피 울 때 진 수근에 목을 민이 일핀양화 빈마이라 실푸고 실푸도다 우리 임군 당명황이 어이 그리 무정ㅎ고 실푸다 지금 싱각ㅎ니 원망ㅎ며 사람을 흔탄ㅎ여 가련흔 이 늬 혼빅이 바람에 붓치여서 옥징으로 올라온이 견싱에 집푼 졍을 죽언덜 이질 손야 십팔 싀 만내 이십팔 싀 이별ㅎ니 사라 이별 죽어 이별 사셩

이 믹익시니 인간 바릭본이 장안이 모망ㅎ다 쑴박에 사자 보늬 옥지환 흔 쌍으로 조율ㅎ여 쳔지 무궁토록 깁분 일이 업실가 ㅎ노라 실푸다 좌중이 이말 듯고 안이 실혀 할 이 업시믹 늬 쏘흔 흉중이 막키여 오릭 셧지 못ㅎ고 직시 나와 두류 단이다가

이십오천에 나아간이 구실누을 오칭으로 지엿시니 이는 자미궁
이라 오방신장과 사회용왕이 사면 엉호여 삼희육깅과

p.47
이십팔수 각각 시위ᄒ고 동방 적지지신은 청용이 응위ᄒ고 남
방적지지신은 주작이 옹위ᄒ고 북지흑지지신은 현무가 옹위ᄒ
고 종앙 황지지신은 동삭가 옹위ᄒ엿시니 엄숙ᄒ야 드러가지
못하고 문박지셔 살피본이 여러 션관이 일산을 들고 옥픠을
차고 상지기 죠회로 드려간이 틱상녹군과 안기싱이며 이틱빅
두목지 장근이 다 못왓드라 그곳질 귀경 다ᄒ 후에 그가슬 오려
남천문 밖에 잠간 가서

p.48
화덕장군 차자보고 천태산 드려가셔 마고할미 잠관 만나 술
ᄒ 잔 바다 멱고 그리로 나오라 해리와 남격노인성 보려ᄒ고
빙정방을 차자간이 칠성쵸단에 황나장 뒤류고 홍초관듸을 업고
안자시니 어연ᄒ 빅발 노인일늬라 셔안 과ᄒ여도 일명의 그런
쯧절 먹지 말고 어미 호도혀고 형제의 우익히먼 주린 사람 밥을
주고 버신 사람 오실 주고 짐싱을 살히 말고 사람을 음히 말면
욕심 업기ᄒ고 말삼을 순키ᄒ고 마

음 선흐면 죽은 후의 극낙시상의 연화봉의 오르리라 그러치
아이히면 빅년 공부흐고 천분 연불흔들 실듸 업다 극낙시 바리
보고 북을 츠자가이 십왕전이 웅장꺼날 고기을 드러보이 무수
흔 궁궐의 군조리 창금을 손의 들고 좌우에 버리 잇고 문의난
황금역사 버려서서 추상갓치 호령흐이 엄숙흐고 황급히야 나오
다가 다시 볼적 철생을 놉피 싸고 천문을 다라신이 이난 지옥이
요 타지방 갓고 여러 개의 거을갓고 음

산흔 기운이 골수의 사무찼드라 문의의 서서 바리보이 흔편은
쏘 산지옥이요 쏘흔 빙산지옥이요 쏘 흔편은 요만지옥이요 쏘
흔편은 엉성지옥이요 문틈을 바리보이 엇던 직인은 씨사실노
뎅이미고 나졸이 칼을 들고 혈발혀고 직시 군졸 싸러 무러되
저 사람은 엇더흔 죄인들 절악 힝흐난다 군조리 답왈 저놈은
시상의서 비살할 씩의 임군지 불충흐고 빅성의긔 직무을 탈흔
죄라 흐거날 쏘 흔 곳즐 브리보이 흔 놈을

달고 나조리 브로딩이 점점 느러저 빅암이 되여거날 쏘다시
무런적 그 놈 심스리 불칙허고 사람을 엄의흐고 남의 험 잘흐고
학정흔 죄라 흐고 쏘 흔 곳 바리보이 흔 놈은 사지와 목을 믹여
다리난듸 주린 김싱이 다가와서 닷토와 다 파먹은이 쎄만 나만

난지라 무른직 이 놈은 도적흔 죄라 허고 그 외 죄인은 무수이 칼을 씨여 씨사실노 치와 가두어시니 우지기는 소리 진동흐는 지라 시상 사람이 그런 그실 보면

p.52

그런 마믐 안이 먹고 죄을 지열 사람이 업시리라 그 곳에 구경 다흔 후에 회경흐와 돌아올시 쏘흔 바리본이 만쳡청산에 수셕 이 졍길허고 초목이 무셩흔듸 쵸옥 삼간이 구렴 쏙에 은은이 보이거날 그곳졀 졈졈 나아간이 흔 노인이 갈건 야복으로 그문 고을 무렵 우에 놋코 빅학을 그날리고 궁상각치우로 영영 타그 날 나아가 업흐고 빅리흐니 그 노인이 답예 좌졍후에 동자 명흐 여 차과을 늬여오라 흐긔날 장

p.53

관 마시니 기운이 졍이 상쾌흐드라 그 노인이 曰 나는 환으로 신고흐여 지늬니 그 병 근본은 비싸다가 그 병을 어더 십연이 되야시되 죠곰도 호차업고 졈졈 고극흐여 빅약이 무호흐고 곡 기를 싣어시니 이가에 무련 직베들 기운들을 가라 수뢰타 먹어 면 죠혀리라 흐되 그를 으덜기리 업셔 죽기만 바릴이라 흐그날 늬 가만이 싱각흐니 직여셩 뱃틸 어윗쓴 돌이 약이 된단 흐기로 노인기고 曰 늬기 션약이 잇사온니 아모

p.54

리 병환이 위중할지라도 이약을 써보쇼 혀고 들이 뇌여 들이니
노인이 그들을 가라 술에 타 멱은이 십 연 신고ᄒ든 병이 직시
쾌차ᄒ니 노인 질그움을 이기지 못ᄒ여 무슈이 치사 曰 쳔만에
되각 만나 죽을 사람을 살이닌이 은히 빅골난망이라 허고 가로
되 닉 쇼년시에 또한 술법을 빅와던이 그되을 주노라 허고 산협
을 여려 쌀근 구실 흔 기을 주미 가로되 이 구실을 가지고 산중
단일 써에 몸을 변화ᄒ야 혹 기집

p.55

도 되고 혹 쇼연도 뒤고 혹 노인도 되며 변화 무궁ᄒ그날 그
구실을 바다가지고 인간에 나려와 변화할 줄을 아노라 ᄒ그날
쑥기비 빅장되쇼 曰 그려ᄒ면 그 써에 칠셩보탑에 노인과 바둑
쑤다가 술이 취ᄒ여 눈간을 이지ᄒ여 죠우던이 문텃 박기 세두
리난 그시 잇거날 동자싸려 무런직 되曰 박지 엇드흔 김싱이
왓시되 빗치 누려고 쇼리은 질고 부우리는 셋죠ᄒ고 보지 못흔
김싱이라 ᄒ그날 동자을

p.56

명ᄒ야 진 장써로 멀이 쏘치라 ᄒ려 ᄒ든이 그써에 네가 왓던강
시푸다 빈 줄 아라쓰면 천일수일주 먹은 쏭씽이나 먹여 보닛든
들 ᄒ니 좌중이 벽장되쇼ᄒ니라 우섭다 여히은 간사흔 말노
쑤미 쑤거비 기롱허다가 도로히 욕을 보고 분흠 이기지 못ᄒ야

안자다가 죠현 말노 쑥기비을 히롱ᄒ야 曰 닉 쇼연 시절에 일힝
이ᄒ고 두루 사방ᄒ던 ᄯ에 우숩은 그실 보앗노라 ᄒ니 쑥기비
가로ᄃᆡ 무삼 일을 보왓난다 여희ᄃᆡ 曰 노나

p.57

라 드려가 공부자 사당에 복왈ᄒ고 도라오난 길에 녹수지깅
드려가 청누주사 차자가셔 숀국수먹고 취형을 이기지 못ᄒ여
수풀을 쫏차 흔가이 누어시니 목이 기갈ᄒ야 흔 못가에 다다런
이 컨 빗야미 ᄭᅴ구리을 물고 길에 누어그날 놀닉 물너션이 ᄭᅴ구
리 크기 쇼리ᄒ되 연화선사은 불심 나을 살여 주쇼셔 우리 사촌
죵첩에 ᄂᆞᆫ 놈 쑥기비 불너 주쇼셔 그 놈이 본디 엄홍갈덕ᄒ여
홍악흔 긔고로 날을 살이 그시니

p.58

부ᄃᆡ 불너 주쇼 ᄒ거날 맛참 칼을 ᄲᅦ여 그 빗암을 치려ᄒ든이
맛참 산영ᄒ난 사람이 수풀 쏙으로 나오그날 치지 못ᄒ여시니
그ᄯᅦ에 죤장이 ᄭᅱ구리와 쳑분이 잇ᄂᆞᆫ 줄 알라노라 ᄒ그날 쑥기
비 되쇼曰 그말도 ᄯᅩ흔 어린 아히 말이로다 옛날 유긔라 ᄒ난
사람이 술을 되취ᄒ고 큰 못가에 가다가 빗야미 질을 당ᄒ여그
날 칼을 ᄲᅦ여 빗얌을 벼히고 왓드니 그후에 널건 말미 울연
가로되 아달은 빅ᄌᆡ갈넌이 이직젹저

p.59

자을 죽인 바 되엿다 ᄒ드라 그 후에 유기 쵸픽왕을 죽이고
진나라을 멸ᄒ고 노나리을 지닉다가 걸 이려ᄂ 쇼리을 덧고
그 말은 올거니오 공자 사당에 좌허고 흔 팁조 고황저 되야시니
그말은 올건이와 네 말은 벼리밥 멱은 헛방구 갓도다 나ᄂ 근본
이 양반이라 닉위쟉과 지친이 업고 다만 동싱 사쵸이 월궁에
잇셔시 너 일은 바 씨구리ᄂ 드욱 부당ᄒ도다 네 아모리 간사한
말노 어런을 침범ᄒ든 되지 안이 흔

p.60

말이로다 너 분명 산영ᄒ든 사람으기 쫏치여 갓든가 시푸도다
산영흔 사람 근본을 일으그시니 자셔이 들어라 옛날 명산군이
숀을 조와ᄒ야 집에 식긱이 수쳔인이라 숀어기 구호야 호빅구
갓옷셜 만드려시니 여히 삼쳔을 잡아 갓은 흔 불을 쮜미ᄂ이
진지 호빅구라 옷셜 가지고 홈가지 진나라에 드러갓든이 진왕
이 밍상군을 옥에 갓우고 죽이리그 ᄒ니 밍상군이 돈을 보닉여
진왕으 사랑ᄒ난 첩 힝혀씨 청ᄒ

p.61

여 뉘이기을 쳥ᄒ니 힝히가 호빅구을 주면 쳥을 드려리라 ᄒ되
그 호빅구은 임의 진왕기 드럿시민 할 수 업ᄂ지라 밍상군어
숀이 도적질 잘 ᄒᄂ 직 잇셔 진나라 곳집에 드러가 그 갓셜
도적ᄒ여 드리여 뉘이기을 이른이 근쎡에 산영ᄒ여 여히을 잡

아들일 적에 너그 고종죠와 지쪽이 밀시허고 이변 산영ㅎ런
사람이 분명 상군으로셔 여혀 죡속을 다 잡부려 ㅎ고 왓든가
시푸다 만일 너도 잡피시면 딍상군으

p.62

갓옷시 될번 ㅎ엿도다 여히 그 말을 덧고 분함을 칭양치 못ㅎ되
아무 말도 못ㅎ고 잠잠히 안자다 가로딕 죤장은 쇠근이 능통ㅎ
시고 말슴을 잘 ㅎ시니 쳔문지리와 육도삼약과 예약삼셔을 다
아난잇가 쑥기비 진중이 답 曰 너히 갓탄 김싱이 자시 드려라
쳔지 삼긴 후에 음양 삼기시니 숭근 기운은 우로 흔날 딕고
히린 기운은 아릭로 쌍이 되얏시니 양이 딕고 쌍은 음이 되야
음양이 삼긴 후에 오항이

p.63

되야난지라 음양은 일월이 딕고 오힝은 상싱이 되고 음양과
오힝은 만물이 삼기나셔 만물지중에 사람이 가장 귀흔지라 사
람으 음양오힝을 응ㅎ여 나셔 삼귀을 품어시니 길흉화복도 오
힝으로 쏫차 변화 무궁ㅎ눈지라 이런 고로 틱극이 양에 셩ㅎ고
양에 사람을 싱ㅎ고 오힝은 금목수화토라. 상싱법에 서로 싱ㅎ
여 목싱화 화승토 토싱금 금싱수요 수싱금이요 상극법은 서로
극하니 수극화 화극금 금극목 목극토 토극수이니 길흉ㅎ복이
상싱상극의 법으

p.64

로 응ᄒ고 오방은 동셔남북중잉이요 오식은 쳥황븩젹흑이니
동방은 목이라 풀은빗치 긔고 셔방은 금이라 힌빗치 되고 남방
은 화이라 불근빗치 되고 북방은 수이라 금문빗치 되고 중인은
토이라 누련빗치 되기로 봄은 동방을 응ᄒ여 목에 왕셩ᄒ고
녀렴은 남방을 응ᄒ야 화이 왕셩ᄒ고 가을은 셔방을 응ᄒ여
금이 왕셩ᄒ고 겨울은 북방을 응하여 수가 왕셩하고 중잉은
사긔졀끝에 십팔일식 왕셩ᄒ니 칙역에 토왕용사ᄒᄂ 법을 늬엿
시니 계졀끝십팔일은

p.65

인간 화픠을 닷토지 못ᄒᄂ 지라 갑을빙졍무기깅신임긔ᄂ 쳔간
이요 자축인묘진사오미신유술히ᄂ 십이지라 갑을은 동방목이
요 빙졍은 남방화이요 무기은 중잉토이요 깅신은 셔방 금이요
임긔은 북방수이요 자은 졍북이요 축인은 동북간이요 묘은 졍
동이요 진사은 동남간이요 오ᄂ 졍남이요 미신은 셔남간이요
유은 졍셔이요 술히은 셔북간이요 각각 그 방위을 응ᄒ엿시니
쳔지음양 변화ᄒᄂ 법이니 이박

p.66

키 버셔나지 안이 ᄒᄂ지라 십간이 지지를 합ᄒ면 육갑이 되고
쵸목이 봄에 사라나셔 여렴에 왕셩ᄒ고 가을에 입픠 지면 겨울
에 감쵸난이 오힝지이라 그러ᄒ건이와 너 갓탄 무식ᄒ 김싱다

232 장선생전

려 빈화무숭흔 법을 일은뎔 엇지 아라드러리요 딕강 셜화흐나
니 자시 드려자 천문 보난 법은 옛젹에 희호 복히씨 상관천문흐
사 일연 십이식 영허셜 모와 달 쓰는 법을 청흐고 긔순 유우씨는
션기옥힁을 만드려 일월과

p.67

오셩 싱도을 졍흐시니 딕져 흐날은 둥겨려 원쳔으로 돌아가고
쌍은 모져셔 안졍흐고 쳔지식에 너게 셩수흐고 셩신은 흐늘에
붓혀 잇고 일월과 금목수화토 오힁은 공즁에 달여 도수는 삼빅
육십오일이 하나고 차이나 간격이 업고 해은 일일에 일차을
도라가고 달은 삼십에 일착식 도라가고 흐날은 삼빅육십일에
일차을 간이 일은 고로 일싱은 희와 갓치 도라가고 목셩은 십이
시에 일차을 힁흐고 토셩 화셩은 법도 법

p.68

시 단이고 이십팔수는 각항셔방심미기 칠셩 동방 청용이요 두
우려혀위실별은 북방 현무요 그루위모필추삼은 셔방 빅호요
졍귀유셩장익진은 남방주작이요 직미원이 흐날 가온딕 잇셔
흐날 지동이 되고 북두칠셩은 좌우로 부텨 잇고 탐량 거문 녹쥰
문공 염졍 무곡 파군 좌보 우필 구셩은 구구수을 응흐여 길흉화
복을 응흐야 불식흐면 풍우셩식을 안이 흐는이라 양기흐면 가
무렴이 되고 음기흐면 장미흐고 음

양이 고합ᄒ면 비가 되고 힛빗 치면 무지기 되고 음이 과이 딧치면 우박이 되고 ᄒ날 기운은 구럼이 되고 짱기운은 비가 되고 밤기운은 이실이 되고 딧치면 셔리가 되고 물이 어리면 으럼이 되고 가을에 비가 자주 오면 닉년이 가무지 안이 ᄒ고 동지 납일 앗침에 사면으로 기운이 잇시 그두고 밍당이 흔포호 난이 주산 수려ᄒ고 인산이 유졍ᄒ고 청룡빅호난 드팔노 잇덧 ᄒ고 수식는 할란이 난 듯ᄒ면 틔산에 장

진 듯ᄒ고 암은 빙풍치듯 ᄒ고 나셔면 업ᄒ난 듯ᄒ고 사방에 다 고은 호기운 잇시면 틔지 명산이라 빅자쳔숀 부귀영화 ᄒ는 이라 자힝을 졍ᄒ는 법은 션우쳔과 육십갑자로 분별ᄒ는이라 만일 오화풍이 드려오면 번관복지ᄒ고 염졍 빗치면 지즁화픠 잇고 계쵹을 범ᄒ면 자숀이 업고 슷기 두지 못ᄒ면 자숀이 가난 ᄒ고 청용이 부실ᄒ면 자숀이 이별ᄒ고 쳥용에 사각이 잇시면 후식에 장사ᄒ고 인방 바히 잇시

면 자숀이 호식당ᄒ고 묘방이 고함흐면 벼락 맛고 역수 닉범ᄒ 면 자숀이 도적질ᄒ고 물이 사면으로 혈너지면 자숀이 자결ᄒ 고 도화수 잇시면 내아네가 다라나고 틔쳐에 팔자수 잇시면 자숀이 역적이 나고 안산에 부시식 잇시면 자숀이 긱사ᄒ고

깅치풍이 드려오면 자숀이 겨진말 잘흐고 주각봉이 사을 곳치
면 자숀이 그짓말 잘흐고, 지리 잇시면 지리는 뒤강 그리흐근이
와 지리 잇시면 인에 잇

p.72

는이라 사람이 싱긴 법은 만물지즁에 취영흔지라 쵸목은 머리
을 쌍으로 박아 셔고 각식김싱 가로기여 단이되 오직 사람은
만물지즁에 웃덤이라 멸리은 둥그워 흐날을 셩흐고 받은 모져
쌍은 웅흐여서 서 단이면 멸이은 흐날을 씌우고 발은 쌍을 발부
디 오힝을 웅흐여 오륜을 마련흐엿시니 오륜을 모려면 금수에
달을숀야 오륜은 부자유친흐여 군신유의흐며 부부유별흐며 장
유유셔흐며 붕우유신

p.73

이라. 임군 심기난 도는 빅가셔 다 일너 직죠을 싹가닉여 기수
놋푼 가지 쇼연에 씩어 쏩고 청춘자딕에 져을 쌍쌍 붙이고 일홈
을 날려 영춍을 입으 만인을 다살이고 충셩을 다흐여 공밍을
국빅에 젼흐고 쇠악 연흐면 이난 장부어 사업이라 부모 심기는
도리는 빅힝이 근본이니 부모임 언희을 싱각흐면 호쳔망이라
순임군은 역산에 밧을 가라 부모을 심기시니 딕셩인 그만이며
자론은 빅이에 살을 져셔 부모을

p.74

보양 노릭자은 칠십에 칙복으로 츔을 츄어 부모을 길그이 ᄒ고
항힝자은 여렵에 부처질ᄒ여 부모을 핀기ᄒ고 왕싱이은 어렴쏙
에 잉어울 어더 부모을 보양ᄒ고 정신셩력ᄒ야 방이 차운가
더운가 임칠을 살피며 죠셕보양은 식셩짐작ᄒ야 맛도록 밧덜어
싱젼에 극진이 보양할 그시라 부모 업셔지면 아모리 ᄒ셩이
지극ᄒ덜 어듸가 봉양ᄒ리요 ᄒ듸 여히 듯기을 다ᄒ고 눈물을
혈어 가로듸 실푸다

p.75

나는 부모 기실 쩌에 집이 가난ᄒ여 죠셕난치ᄒ기로 부모 보양
을 쵸식으로 ᄒ고 지니간 양친구몰ᄒ고 영감ᄒ기 되엿시니 아
모리 보양ᄒ덜 ᄒ쳔망극이라 오늘 깅연 당ᄒ여 만반지수을 바
다시나 이왕에 쵸식으로 보양ᄒ던 일을 싱각ᄒ니 목이 믹키여
엄식 멱을 쓰지 졍이 업다ᄒ니 주인 장션싱이 쑥기비 위로ᄒ듸
가로듸 부부은 만복지근원이라 이셩이 모와 삼싱연을 믹자시니
가읍화순ᄒ면 복녹을 바다

p.76

가문을 창셩ᄒ는지라 장유유셔은 으련을 공깅ᄒ고 니 부모기
공깅ᄒ는 마음을 나무 부모기 공ᄒ는이 너희동은 으련을 모려
고 죤장을 공깅치 안이ᄒ는이 씰려 다 흘려자식이로다 붕우지
의는 신을 맛험이라 신이 업시면 남이 밋지 안이 ᄒ니 그려ᄒ면

236 장션싱전

사람으 유에 참예치 못ㅎ고 만사에 밋지 못ㅎ야 지몸에 히가
무수ㅎ난이라 이른 고로 쳔지는 자시에 신을 일치 안이 ㅎ고
죠순ㅎ는 바난 무릇 죠석에 신

p.77

이 잇고 미물 중에 기린을 츔츄엿시이라 육도삼약은 작전ㅎ는
병법이니 황지 헌원씨 씩 구쳔 션여가 ㅎ날에서 나려와 병법을
가럿치니 팔진기문법이라 그씩 황지 신화 역목이 고 법을 으드
장슈되고 그후 문왕으 장슈 강틱공이 팔십지연에 그법을 으드
셔 쥬쳡을 자바죽이러 ㅎ니 달기 근본은 유쇼씨 쌀이라 얼골이
쳔ㅎ에 졀식이라 시집가다가 즁노에 쇼ㅎ런이 야밤에 쇼

p.78

리 아홉 가진 여히가 문을 열고 달기 자는 방으로 드려가든이
깅각 달기 질식ㅎ여 죽그날 급피 약을 멱이 씩왓시니 이는 구미
호가 달기을 죽이고 달기되니 얼골 빗치 달기요 닉심은 여힐닉
라 언주으 쳡이되여 사람을 모슈이 죽이고 밤이면 사람모로
가까이 가 혼얼 썩여 멱은이 얼골이 도옥 화순ㅎ지라 강틱공이
안이면 쳘연 멱은 구미호을 뉘가 잡으리요 달기을 죽이려할
지 얼골을 보면 참아 죽이지 못ㅎ리라 수근으

p.79

로 낫칠 씨고 목을 미여 청용기에 니여 달고 만인을 희시ᄒ니 철연멱은 구미호라 그 유을 싱상에 남과두리요 ᄒ고 쑥기비 위시면 여히을 도라보와 가로ᄃᆡ 너히 족숀이 이젼붓텀 간압ᄒ 고 요기ᄒ야 사람을 무슈이 죽이고 나라을 망키ᄒ니 아단다 모루난다 ᄒ니 아모 말도 못난ᄒ고 낫빗쳘 불안ᄒ드라 쑥기비 다시 가로되 팔진볍 쳔지 풍운과 용호조사을 응ᄒ야 팔문을 니엿시니 팔문 각각 변ᄒ여 구궁진과 팔

p.80

기진과 육화진이 되얏난이 성문을 나가 사문을 치면 쳔지불변 ᄒ고 풍운이 이러나고 쳥용빅호난 좌우에 응위ᄒ고 조사난 수 미을 응ᄒ난이 오방기치ᄂᆞᆫ 방위로 곳차시되 동방에 푸른 기ᄂᆞᆫ 청용을 기리 곳고 남방에 불근 기난 주작을 응이 쏩고 셔방에 힌 기ᄂᆞᆫ 빅호을 기리 쏩고 북방에 그문 기은 헌무을 기리 쏩고 중잉에 누련 기ᄂᆞᆫ 구진을 기리시니 오방신장이 북을 치면 국악 을 갓쵸온이 오방기치ᄂᆞᆫ 공중

p.81

으로 잇ᄂᆞᆫ이라 이런 고로 쏘 강틱공 죽은 후에 황석공이 장양으 기 견ᄒ엿든이 그 후에 직갈공명이 신통ᄒᆫ 볍으로 어복포에 포진도을 별어 육숀을 급ᄂᆡ기 ᄒ니라 쏘ᄒᆫ 이도을 말할진ᄃᆡ 위왕 죠죠 쑤통을 아라 이원 화탈을 쳥ᄒ여 문병ᄒ니 화타 가로

듸 듸왕으 명이 두골을 씨고 병을 잡아늬야 나실이라 ᄒ니 죠죠
그 말을 듯고 가로듸 사람에 두골을 씨면 혼빅이 다히여질 그시
니 아모리 두골을

p.82

맞춘들 엇지 사리오 너 분닝 관운장 말을 듯고 나을 죽이려
ᄒ난가 시푸다 ᄒ고 옥에 가두자하니 화타 옥을 불어 청양비기
을 주며 가로듸 이는 쳔ᄒ 보비라 ᄒ고 주엿든이 그 후에 옥졸이
불에 살아시니 그 후에 청양비기을 싀상에 업는지라 실푸다
싀상 사람으 병이 안으로난 음식과 주식이 상ᄒ고 박그로난
풍한에 상ᄒ여 병이 된난지라 길흉화복 정ᄒ는 법이니 그 후
사람 음군픽이 졈을 신통할싀라 길흉

p.83

화복과 간상 보난 법은 오악을 보고 기싴을 살피여 금목수화토
오힝 형곡을 졍ᄒ 후에 수요 졍ᄒ는이 쳔셩이 수려ᄒ고 쇼연등
과ᄒ고 눈에 명치 잇시면 비살ᄒ고 귀밋치 히며 일홈이 싀상에
낭자ᄒ고 어질고 수염이 잇시며 장슈ᄒ고 법이 충후ᄒ며 부자
되고 하관이 관후ᄒ며 추분이 죡ᄒ고 와잠이 슈렷ᄒ며 자식을
만이 두고 눈싯티 살이 잇시며 쳐궁이 불화ᄒ며 눈썹이 쇠까랑
ᄒ며 남자 간사ᄒ고 여자는 요

망ㅎ고 되져 무렷 남여ㅎ고 얼골 독ㅎ 기운을 씌엿시면 자식을
두지 못ㅎ고 얼골이 화순ㅎ면 지일 죠현 거시오 언사을 유순키
ㅎ면 힝동 그지을 긔망이 안이며 쏘흔 되길이라 지금 너 상을
본이 비록 져려ㅎ나 목신이 놉되시니 장수할 그시오 눈동자가
분명ㅎ며 자궁도 분명ㅎ니 이식도 넉넉ㅎ련이와 쏘흔 양관이
불근이 되련 복중에 병이 잇셔 미양 극정이온이 죤장

은 서상에 불공ㅎ을 같지 말고 약을 가려치쇼셔 쑥기비 왈 너
갓탄 김싱쏘려 혀무흔 일나 셜화ㅎ리요 이날 다 히낙ㅎ다가
각석 숀임이 함포고복ㅎ고 취흥을 만민ㅎ여 각각 쳐쇼로 도라
갈지 일낙셔산ㅎ고 일출동산시에 이별주나 ㅎ려 ㅎ고 아히야
잔잡아 술 부어라 놀고 놀고 노라보자

기유 윤이월 휘일 필등

음슝흔뒤 〃〃〃〃 쑥기비 음슝흔듸 귀빈 죳틔 〃〃〃〃 쑥기비
귀빈죳픽 그 못씬 여히을 이기고 난이 참 기빈죳틔

64. 9. 22
李相淳順

■ 〈김광순 소장 필사본 고소설 100선〉 간행 ■

□ 김광순 소장 필사본 고소설 100선 역주 1차본

직위	역주자	소속	학위	작품
책임연구원	김광순	경북대학교	문학박사	1. 진성운전
연구원	김동협	동국대학교	문학박사	2. 왕낭전 3. 황월선전
연구원	정병호	경북대학교	문학박사	4. 서옥설 5. 명배신전
연구원	신태수	영남대학교	문학박사	6. 남계연담
연구원	권영호	영남대학교	문학박사	7. 윤선옥전 8. 춘매전 9. 취연전
연구원	강영숙	경북대학교	문학박사	10. 수륙문답 11. 주봉전
연구원	백운용	경북대학교	박사수료	12. 강릉추월전
연구원	박진아	경북대학교	박사수료	13. 송부인전 14. 금방울전

□ 김광순 소장 필사본 고소설 100선 역주 2차본

직위	역주자	소속	학위	작품
책임연구원	김광순	경북대학교	문학박사	15. 숙영낭자전 16. 홍백화전
연구원	김동협	동국대학교	문학박사	17. 사대기
연구원	정병호	경북대학교	문학박사	18. 임진록 19. 유생전 20. 승호상송기
연구원	신태수	영남대학교	문학박사	21. 이태경전 22. 양추밀전
연구원	권영호	경북대학교	문학박사	23. 낙성비룡
연구원	강영숙	경북대학교	문학박사	24. 권익중실기 25. 두껍전
연구원	백운용	경북대학교	박사수료	26. 조한림전 27. 서해무릉기
연구원	박진아	경북대학교	박사수료	28. 설낭자전 29. 김인향전

□ 김광순 소장 필사본 고소설 100선 역주 3차본

직위	역주자	소속	학위	작품
책임연구원	김광순	경북대학교	문학박사	30. 월봉기록
연구원	김동협	동국대학교	문학박사	31. 천군기
연구원	정병호	경북대학교	문학박사	32. 사씨남정기
연구원	신태수	영남대학교	문학박사	33. 어룡전 34. 사명당행록
연구원	권영호	경북대학교	문학박사	35. 꿩의자치가 36. 박부인전
연구원	강영숙	경북대학교	문학박사	37. 정진사전 38. 안락국전
연구원	백운용	경북대학교	박사수료	39. 이대봉전
연구원	박진아	경북대학교	박사수료	40. 최현전

□ 김광순 소장 필사본 고소설 100선 역주 4차본

직위	역주자	소속	학위	작품
책임연구원	김광순	경북대학교	문학박사	41. 춘향전
연구원	김동협	동국대학교	문학박사	42. 옥황기
연구원	정병호	경북대학교	문학박사	43. 구운몽(상)
연구원	신태수	영남대학교	문학박사	44. 임호은전
연구원	권영호	경북대학교	문학박사	45. 소학사전 46. 홍보전
연구원	강영숙	경북대학교	문학박사	47. 곽해룡전 48. 유씨전
연구원	백운용	경북대학교	박사수료	49. 옥단춘전 50. 장풍운전
연구원	박진아	경북대학교	박사수료	51. 미인도 52. 길동

◻ 김광순 소장 필사본 고소설 100선 역주 5차본

직위	역주자	소속	학위	작품
책임연구원	김광순	경북대학교	문학박사	53. 심청전 54. 옥란전 55. 명비전
연구원	김동협	동국대학교	문학박사	56. 어득강전 57. 숙향전
연구원	정병호	경북대학교	문학박사	58. 구운몽(하)
연구원	신태수	영남대학교	문학박사	59. 수매청심록
연구원	권영호	경북대학교	문학박사	60. 유충렬전
연구원	강영숙	경북대학교	문학박사	61. 최호양문록 62. 옹고집전
연구원	백운용	경북대학교	박사수료	63. 장국증전 64. 임시각전
연구원	박진아	경북대학교	박사수료	65. 화용도 66. 화용도전

◻ 김광순 소장 필사본 고소설 100선 역주 6차본

직위	역주자	소속	학위	작품
책임연구원	김광순	경북대학교	문학박사	67. 정각록 68. 장선생전
연구원	김동협	동국대학교	문학박사	69. 천군기2 70. 추서
연구원	정병호	경북대학교	문학박사	71. 금산사기 72. 달천몽유록 73. 화사
연구원	신태수	영남대학교	문학박사	74. 효자전 75. 강기닌전
연구원	권영호	경북대학교	문학박사	76. 고담낭전 77. 윤지경전 78. 자치개라
연구원	강영숙	경북대학교	문학박사	79. 설홍전 80. 다람전
연구원	백운용	경북대학교	박사수료	81. 창선감의록
연구원	박진아	경북대학교	박사수료	82. 임진록 83.제읍노정기